T0284766

# Después de Safo

Selby Wynn Schwartz

# Después de Safo

Traducción de Aurora Luque

Alianza editorial

Título original: *After Sappho*
Publicado por primera vez en 2022 por Galley Beggar Press Limited.

Calle Valentín Beato, 21
28037 Madrid
www.alianzaeditorial.es

ISBN: 978-84-1148-444-2
Depósito legal: M. 23.841-2023
Printed in Spain

*A tutte voi che siete Lina Poletti*
lo que significa: a todas las que sois Lina Poletti

Los problemas de Albertine son (desde el punto
de vista del narrador)

1. mentir
2. lesbianismo

Y desde el punto de vista de Albertine

1. estar prisionera en la casa del narrador

Anne Carson, *Albertine*

# PRÓLOGO

## Safo, *circa* 630 a. C.

Lo primero que hicimos fue cambiarnos de nombre. Nosotras íbamos a convertirnos en Safo.

¿Quién fue Safo? Nadie lo supo, pero tuvo una isla. Se adornaba con guirnaldas de chicas. Podía sentarse a cenar y mirar con franqueza a la mujer que amaba, por infeliz que fuera. Cuando cantaba, todo el mundo lo decía, era como si una tarde a la orilla de un río te hundieras en el musgo y el cielo se derramara sobre ti. Todos sus poemas eran canciones.

Leímos a Safo en la escuela, en clases consagradas a enseñar nada más que la métrica del verso. De entre nuestros maestros, poquísimos pudieron imaginar que nos estaban inundando las venas de casia y de mirra. Con sus voces ásperas seguían explicando el aoristo mientras que sentíamos, dentro de nosotras, tiritar en la luz las hojas de los árboles, y todo salpicado de sol, todo tembloroso.

Éramos tan jóvenes que por aquel entonces no nos habíamos encontrado. En los jardines traseros leíamos todo lo que podíamos y nos manchábamos los vestidos de barro y de resina de pino. A algunas, nuestras familias nos enviaron a remotos colegios para que nos refinaran y pudiéramos así alcanzar el desenlace apropiado. Pero no era ese nuestro desenlace. Apenas si fue nuestro comienzo. Cada una se recreaba en su propio entorno, buscando en los fragmentos de poemas palabras para decir qué podía ser esto, este sentimiento que Safo llamaba *aithussomenon,* el modo en que las hojas se mueven cuando no las toca otra cosa que el sol de mediodía.

En aquella época no teníamos nombre, y por ello apreciábamos cada palabra sin que nos importara cuántos siglos llevaba muerta. Al leer sobre los ritos nocturnos de las *pannuchides* nos desvelábamos la noche entera; el exilio de Safo en Sicilia hizo que girásemos nuestra vista hacia el mar. Comenzamos a escribir odas a las flores del trébol y al arrebol de las manzanas o a pintar sobre lienzos que volvíamos de cara a la pared al menor ruido de pasos. Una mirada de soslayo, una media sonrisa, una mano que reposaba en nuestro brazo justo por encima del codo: no guardábamos aún en la memoria los versos para tales situaciones. O quedaban solamente fragmentos de los versos que hubiéramos podido aportar, en cualquier caso. De los nueve libros de poemas que Safo escribió sobreviven meros jirones de sus dáctilos, como en el fragmento 24 C: *vivimos / ... lo contrario / ... desafiante.*

# UNO

## Cordula Poletti, nacida en 1885

Cordula Poletti había nacido dentro de un linaje de hermanas que no la comprendían. Desde sus más tempranos días sintió atracción por los rincones extremos de la casa: el ático, la balconada, la ventana trasera que rozaban las ramas de un pino. El día de su bautizo se liberó de las mantillas que la envolvían y gateó por la nave de la iglesia. Fue imposible retener fajada a Cordula el tiempo necesario para darle un nombre.

## Cordula Poletti, *circa* 1896

Siempre que podía sacaba una cartilla de latín de la Biblioteca Classense e iba a sentarse en un árbol cercano al cementerio. La llamaban en casa: ¡Cordula, Cordula!, y nadie respondía. Cuando encontraba las faldas de Cordula tiradas por el suelo, la madre no ocultaba su desesperanza sobre sus posibles pretendientes futuros. ¿Qué ciudadano biempensante de Rávena querría desposar a una joven que se encaramaba a los árboles en paños menores? Su madre preguntaba por ella: ¿Cordula? ¿Cordula? Pero en la casa no había nadie que pudiera responder a esa pregunta.

## X, 1883

Dos años antes del bautizo de Cordula, Guglielmo Cantarano publicó su estudio sobre X, una italiana de veintitrés años. X, de salud excelente, pasaba silbando por las calles y hacía feliz a una cascada de novias. Incluso Cantarano, que desaprobaba a X, tenía que admitir que era jovial y generosa. X sabía arrimar el hombro sin quejarse, hacía rugir de risa a todo un salón. No se trataba de eso. Se trataba de que X *no* era. X no era un ama de casa bien dispuesta. X permanecía impasible ante los bebés que berreaban, no quería vestir faldas que le estorbaran el paso, no sentía deseos de que la persiguiera el aliento ardiente de los hombres jóvenes, no acertaba a disfrutar de las tareas domésticas y no albergaba ni rastro de la modestia decorosa propia de la virginidad. Fuera X lo que fuera, escribió Cantarano, tenía que ser evitado a toda costa.

Así que a X se la encerró en un asilo y se aleccionó a las madres italianas para que observaran los indicios de la desviación de sus hijas. Incluso las que tenían pechos normales, advertía Cantarano, podían acabar siendo como X, cuyos genitales de apariencia normalizada no impidieron su intento de prenderle fuego, una noche a muy altas horas, a la casa familiar.

## C— Poletti, *circa* 1897

Acalló las voces insistentes de su familia en el interior de la casa y se subió a su árbol. Desde su remanso de hojas contemplaba el cementerio. Las sepulturas de los poetas se mostraban coronadas de laurel y grabadas con versos gloriosos, mientras que las tumbas de la gente común enumeraban como únicos logros los nombres de los hijos fabricados o una afligida esposa. Tantas muertas a la hora del parto, observó, y tan pocas en naufragios.

Su mente era una maraña de odas líricas y verbos sin conjugar. Cada verso de Ovidio exigía desenredar qué objeto recibía la acción y de quién era la mano valiente que la cumplía. Cada epíteto, si se rastreaba hasta su fuente, revelaba lo divino moviéndose entre los bastidores de la vida humana: en su árbol había un gran murmullo de dioses, de búhos, de serpientes aladas. En cuanto terminaba su cartilla de latín seguía con el griego. Se quedaba despierta hasta muy tarde, venturosamente tarde. Era evidente que ella no era Cordula en absoluto.

## Lina Poletti, *circa* 1899

A finales del siglo cambió de nombre. «Cordula» le sonaba en cierto modo a un manojo de cuerdas. «Lina» era una línea veloz y pulcra, una mano que roza una fila de botones. Sería Lina la que leería a Safo.

Lina vivía con su familia en la Vía Ratazzi, no muy lejos de la tumba de Dante. Una tumba es un lugar muerto en el suelo. Hay una roca en su cúspide, cubierta de leves mellas que son palabras. Lina se desveló escribiendo hasta muy tarde versos para la tumba. No dedicados al propio Dante, que ya estaba muerto desde 1321, sino a las incisiones que las palabras hacen sobre las sustancias inmutables.

Esto sucedía muchos años antes de que supiéramos de Lina Poletti. En su infancia vivía sola, con las constelaciones del cielo de la noche como solas compañeras. El estribillo resonaba en su casa: ¡Cordula! ¡Cordula!, pero Lina escuchaba solamente el silencio de los astros. Finalmente aprendería a traducir a Safo sin ayuda de diccionario. Descubriría que era una de nosotras. Pero en esos años resultó ser un gran milagro que Lina, a diferencia de X, no le prendiera fuego a la casa familiar.

## Lina Poletti, *circa* 1900

Con la mudanza de siglo, Lina Poletti sobrepasó a sus compañeras en las asignaturas clásicas, desde la declamación hasta el modo elegíaco. Además, se mantenía distante cuando las emparejaban para caminar a casa o se pasaban unas a otras apuntes de versos groseros. Lina marchaba sola a la Biblioteca Classense y tomaba nota de los variados usos del caso genitivo.

El genitivo es un caso que expresa relaciones entre sustantivos. A menudo el genitivo se identifica como «posesivo», como si el único modo en el que un nombre pudiera estar con otro fuera apropiándose de él ávidamente. Pero existe también, de hecho, el genitivo «de memoria»: allí donde un nombre está pensando en otro, rehusando olvidarla.

## Safo, fragmentos 105 A y 105 B

Safo escribe sobre muchas chicas: sobre las dóciles que se recogen con modestia el cabello, sobre las que resplandecen como el oro y marchan de buen grado hacia el tálamo nupcial y sobre aquellas que *como el jacinto en la montaña los pastores / con sus pies pisotean.* Un libro entero de Safo contenía canciones de boda; como el jacinto en la montaña, ninguna ha sobrevivido.

A la joven que deseaba evitar que la pisotearan los pies de los hombres, Safo le recomienda la más lejana rama del árbol más alto. Siempre existen esas pocas de comportamiento inhabitual que, apunta Safo, *los cosechadores olvidaron / no, no la olvidaron: fueron incapaces de alcanzarla.*

El padre de Lina se había labrado un modo de vida vendiendo vasijas de barro. Con cuatro hijas que mantener, consideró la urgencia de sus casamientos como un trueque de géneros de mercería. Una prole tal de hijas era ya una carga en sí, y no había mercado para niñas que no fueran dóciles.

Cada vez que su madre la llamaba, ¡Cordula, Cordula!, para que bordara el ajuar de paños de su dote, Lina andaba por cualquier sitio: o estaba llegando justo al final de su primera cartilla de griego o se había instalado en un rincón remoto de la Biblioteca Classense o desde la ventana trasera se había sumergido entre la fronda del pino para leer poemas de otro siglo menos embozado en tantas telas.

Sabríamos pintar a Lina en esos años: sus botas altas y abotonadas, sus citas llenas de erudición. Por encima de sus botas casi no parecía que llevase faldas. Lina Poletti era así, sabía hacer que cosas visibles parecieran insignificantes y poco dignas de atención. Tuvo sus propios métodos para escapar del siglo.

## Safo, fragmento 2

Un poema clético es una invocación, un himno a la vez que una súplica. Se inclina con una reverencia ante lo divino, siempre centelleante en mil facetas, y al mismo tiempo lo interpela para preguntar: ¿Cuándo vas a llegar? ¿Por qué tu resplandor dista tanto de mis ojos? Dejas caer tus gotas a través de las ramas cuando dormito junto a las raíces. Te derramas como luz en la tarde y sin embargo te sigues demorando en no sé qué lugar, fuera del día.

Al invocar a alguien que es permanente pero que, aun así, se le ha de llamar urgentemente, desde una gran distancia, es cuando Safo recurre al término *aithussomenon,* ese temblar brillante de las hojas en el instante de la anticipación. Una poeta está viviendo siempre en tiempo clético, sea cual sea su siglo. Está invocando, está esperando. Se recuesta a la sombra del futuro y entresueña entre sus raíces. Su caso es el genitivo de memoria.

## Lina Poletti, *circa* 1905

Lina Poletti luchó por ocupar una silla en la biblioteca. Luchó por fumar en el Caffè Roma-Risorgimento. Luchó por frecuentar tertulias literarias por las noches. Anudaba su corbata con dedos enérgicos y se exponía en público, una vez y otra, a las murmuraciones en la plaza Vittorio Emanuele II.

Se marchó, en contra de los deseos de su familia, a la Universidad de Bolonia. Estudió bajo el magisterio del apreciado poeta Giovanni Pascoli, que quedó sorprendido al descubrirla allí. La miraba de modo penetrante, aunque ella se sentaba resueltamente en la primera fila del aula con su pluma preparada. No había muchas mujeres que desearan escribir una tesis acerca de la poesía de Carducci. La gente siempre decía lo mismo sobre Lina Poletti: que estaban sorprendidos de encontrársela allí y que no había muchas como ella. Tenía ciertamente unos ojos llamativos, con cercos dorados alrededor de las pupilas. Parecía volátil, alquímica. Algo podía relampaguear a través de ella y cambiarlo todo. Como Sibilla Aleramo contaría más tarde, Lina era una ola violenta y luminosa.

# DOS

## Rina Faccio, nacida en 1876

De niña, Rina Faccio vivía en Porto Civitanova y hacía todo lo que se le mandaba hacer. Su padre le dijo que trabajara en la sección de contabilidad de la fábrica y ella lo aceptó. Tenía doce años, era obediente, su melena era larga y oscura.

En la fábrica se producían botellas de vidrio, millares a diario, que teñían el aire con un humo ferroso. Rina se encargaba de las cantidades, de cuánto sulfato de sodio se acarreaba hasta el horno sobre los hombros de cuántos *portantini,* los chicos que trabajaban ocho horas por un salario de una lira. No había escuela en Civitanova, así que Rina intentó instruirse a sí misma sobre cómo dar cuenta de todo esto.

## Rina Faccio, 1889

En 1889 la madre de Rina le dijo, sin palabras, algo que nunca olvidaría. Estaba de pie en la ventana, mirando al exterior, con un vestido blanco que pendía de sus hombros. Entonces, su madre, de repente, salió por la ventana. Se desplomó arrastrando el vestido como un trozo de papel. El cuerpo aterrizó dos plantas más abajo, plegado de una mala manera. Esto era lo que la madre de Rina Faccio tenía que decirle.

## Nira y Reseda, 1892

«Nira» fue el primer cambio de nombre que hizo Rina. Quería escribir en periódicos locales de provincia, pero tenía miedo de que la descubriera su padre.

Cuando Rina Faccio llegó a los quince, maduró dejándose de anagramas. Escogió «Reseda» como nombre porque le recordaba el de *recita,* un verbo para actrices: significa «actúa en su papel, recita su parte». Cuando su padre despotricaba en el salón contra las opiniones de «esas desvergonzadas, fueran quienes fueran, que aparecían en la prensa», Rina Faccio alzaba la vista de su bordado tan blanca como si fuera una página nueva.

## Rina Faccio, 1892

A pesar de haber recibido la advertencia muda de su madre, Rina no previó su destino. Sumaba y restaba obedientemente las cifras de la fábrica y mantenía los libros de cuentas organizados. Un hombre que trabajaba en la fábrica se movía en círculos a su alrededor. Tenía unas manos rudas que se aferraban como palancas y un aliento que le trepaba por la nuca. No lo vio hasta que los círculos se hicieron muy estrechos, y entonces fue demasiado tarde. Su vestido ya estaba levantado. Gritó, pero solo la palma bruta de su mano alcanzaba a oírla.

## Rina Pierangeli Faccio, 1893

En cuanto el padre de Lina se enteró de que ese hombre la había poseído, no quedaba otra cosa que pudiera hacerse más que traspasársela a él de palabra y por ley. Había artículos en las leyes italianas que obligaban a una hija a convertirse en esposa mediante la sola palabra de su padre. En concreto, el Artículo 544 del Código Penal era como una palanca de hierro que maniobraba con niñas de dieciséis años hasta situarlas en posición de casadas con los mismos hombres que las habían pisoteado.

Ese invierno Rina fue acarreada de una casa a otra, demacrada y aturdida. En la casa del padre de Rina, las dos hermanas se quedaron sentadas en silencio junto a sus bordados mientras que a la madre, o a lo que quedaba de ella, la recluyeron en el asilo de Macerata. No existían palabras para lo que había sucedido en la casa del marido al que ahora pertenecía Rina. Cuando Rina Pierangeli Faccio fue entregada a él junto a algunos muebles de salón, se corrieron las cortinas. Y cuando ella, en los primeros meses, abortó en medio de una febril precipitación de sangre, no preguntó el porqué. Pero sintió brotar dentro de ella un odio tumultuoso hacia la vida, esta vida, su vida.

## El Código Pisanelli, 1865

Los políticos aclamaron el Código Pisanelli como un triunfo de la unificación de Italia. El nuevo Estado se sentía ávido de crecer hasta su formación completa, estirándose a lo largo de toda la península para amparar a toda la población bajo sus leyes. Como dijo un estadista: hemos hecho a Italia, ahora tenemos que hacer a los italianos.

Bajo el Código Pisanelli, las mujeres italianas alcanzaron dos derechos memorables: podíamos dictar testamentos para distribuir nuestras propiedades tras nuestra muerte y nuestras hijas podían heredar cosas de nosotras. Lo que escribíamos antes de morirnos nunca se había mostrado tan importante como entonces. En Italia, algunas sopesábamos si podríamos legar a nuestras hijas algún modesto regalo que pudieran hipotecar a cambio de un futuro.

## Rina, 1895

En 1895, entre ropa de lavar y moretones, Rina Faccio dio a luz al hijo de ese hombre. Era un varón. Cuando el crío cumplió dos años, ella tomó el frasco de láudano y sin decir palabra lo apuró hasta el fondo.

El láudano no mató a Rina Pierangeli Faccio, pero le puso fin a sus días de esposa dócil. La mujer que había sido hasta esa noche estaba muerta, dijo. El doctor le recetó descanso en cama, el marido le hizo reproches. Pero Rina solamente deseaba hablar con su hermana.

A menudo eso era lo primero que hacíamos cuando estábamos cambiando: encontrar a una hermana y quedarnos con ella tomando el desayuno en nuestro cuarto. O encontrar a alguna en su cuarto y quedarnos con ella, fingiendo que éramos hermanas si fuese necesario. Las amas de llaves solían abrir los ojos como platos, pero si nos imponíamos, se nos serviría té con leche y tostadas en nuestra habitación sobre bandejas que abarcarían toda la extensión de nuestra cama.

## Doctor T. Laycock, *Tratado sobre los desórdenes nerviosos de las mujeres,* 1840

Cuando escribía acerca de los trastornos nerviosos de las mujeres, el eminente doctor Laycock de York no se ahorró el dar cuenta de que cuanto más tiempo pasaban las jóvenes unas con otras, más excitables e indolentes se volvían. Esta condición puede afectar a las costureras, a las obreras de una fábrica o a cualquier mujer asociada con otras, sea cual sea su número.

En particular, advertía, las jóvenes no pueden reunirse unas con otras en las escuelas públicas sin que corran un riesgo severo de excitar las pasiones y de verse arrastradas a entregarse a prácticas nocivas tanto para el cuerpo como para el alma. Novelas, cuchicheos, poemas anónimos, cultura general, dormitorios compartidos: están leyendo las niñas en la cama y al momento ya están leyendo juntas. Lo que puede parecer un afecto de hermanas o un capricho de colegialas debe ser diagnosticado como el pernicioso antecedente de los paroxismos de la histeria. En medio de esas tensiones se contagian fácilmente unas a otras y pueden arrastrar a una catástrofe a familias enteras.

## Enmienda al Código Pisanelli, 1877

Los derechos que no teníamos en Italia eran los mismos que no habíamos tenido durante siglos, y por eso no vale la pena enumerarlos. Pero en 1877, una modificación del Código Pisanelli permitió a las mujeres actuar como testigos. De pronto, legalmente, podíamos firmar con nuestros nombres lo que nosotras sabíamos que era cierto. Nuestras palabras, que siempre se vieron antes como frívolas e insustanciales, ganaron un peso nuevo al fijarse en una página.

También por entonces comenzábamos a darnos cuenta de cómo los perfiles de nuestras puertas y de nuestras dotes estaban emparejados, lo mismo que una caja podía meterse en otra: eso significaba la transferencia de una esposa. Nadie podía abandonar un matrimonio, pero algunas alcanzamos a discernir la forma que les imponía a nuestras vidas. Como dijo un político de la época, en Italia la esclavitud de las mujeres es el único régimen en el que los hombres pueden vivir felizmente. Quiso decir que nosotras mismas éramos el pequeño regalo hipotecado por el futuro de la patria.

# TRES

## Anna Kuliscioff, nacida hacia 1854

Antes de que Anna Kuliscioff invirtiera su vida en la lucha por los derechos de las mujeres italianas, había venido a nacer en el sur de Ucrania. En cuanto fue lo suficientemente mayor como para captar la idea básica de humanidad, comenzó a explicar sus principios a todo el que tenía alrededor, razón por la que fue exiliada, arrestada y encarcelada por todo lo largo y ancho de Europa.

En 1877 cantaba para pagarse la cena en un parque público de Kiev y huyó del país con un pasaporte falso. Apenas había pisado Suiza a la búsqueda de una imprenta clandestina cuando ya la policía la rodeaba como un enjambre lanzándole incisivas preguntas sobre esa creencia revolucionaria de que las mujeres no deberían ser consideradas como una propiedad.

La expulsaron de Francia, la arrestaron en Milán, la encarcelaron en Florencia aunque no había evidencia alguna de culpa, salvo la de ser rotundamente incorregible. En 1881 tuvo una hija, engendrada con un anarquista italiano. Anna Kuliscioff tuvo la precaución de no casarse con ese hombre. Tenía otras ideas.

## Anna Kuliscioff, 1886

Anna Kuliscioff era tan a menudo objeto de gritos y de imprecaciones que para 1884 ya apenas se daba cuenta de cuando la insultaban. Se matriculó en la Universidad de Nápoles para estudiar medicina, a pesar de la circunstancia de que ninguna mujer lo había hecho antes. Estaba interesada en la epidemiología y en por qué demonios se permitía que tantas mujeres italianas murieran a causa de las fiebres del puerperio. En su graduación en 1886, cuando fue denunciada como una perversión patológica de la feminidad, Anna Kuliscioff se detuvo brevemente para recitar la correcta definición médica de patogénesis. Y a continuación recogió su título.

## La *patria potestas*

Por razón de la pura vida humana, Anna Kuliscioff se oponía al Papa, al zar de Rusia y a la mayoría de los socialistas italianos. Eran ridículas las cosas en que esos hombres se ocupaban en lugar de dedicarse a la prevención de las infecciones posparto. Y lo peor, lo *verdaderamente* perverso, era el allanamiento ocasional de los cuerpos en las habitaciones de servicio de las casas, casi siempre de cuerpos de mujeres, autorizado por una ley civil llamada la *patria potestas.*

*Patria* significa al mismo tiempo «el padre» y «la tierra del padre» y *potestas* era el grueso nudo de su poder para disponer magistralmente de mujeres, niños y bienes domésticos. La *patria potestas* se había transmitido de padre a padre desde el Imperio romano. En el Código Pisanelli de 1865 estaba vinculada a la *autorizzazione maritale,* que autorizaba al marido a tratar a su esposa como un eterno infante: sin importar cómo se hubieran desarrollado su cuerpo y su espíritu, nunca ella sería una persona plena para la patria. Tan pronto como pudo, Anna Kuliscioff se hizo doctora, especializándose en ginecología y anarquismo.

## Dottoresa Anna Kuliscioff, *Il monopolio dell'uomo,* 1890

En 1890 la *dottoressa* Kuliscioff logró no se sabe cómo que la invitaran a pronunciar una conferencia en la Sociedad Filológica de la Universidad de Milán, donde jamás disertó mujer alguna. Eligió como título para su charla *El monopolio del hombre.* En un espléndido día de abril, Anna Kuliscioff aprovechó la oportunidad para explicar a los allí reunidos cómo el matrimonio era, fundamentalmente, una humillación para las mujeres. Los filólogos debían saber a fondo, puntualizó, que la *patria potestas* no era sino el término en latín para nombrar a los padres que vendían a bajo precio a sus hijas a los mismos hombres que las habían violado.

## Dottoresa Anna Kuliscioff, *Critica sociale,* 1899

Condenada a varios meses de prisión por un tribunal militar, la *dotoressa* Anna Kuliscioff quedó en libertad el día primero del año 1899. Regresó a casa, al polvo sobre sus libros, a la luz del invierno en las ventanas, al espectáculo de las agujas blancas del Duomo de Milán predicando su dominio sobre la plaza. Anna Kuliscioff se permitió sentarse en el diván verde durante el momento de un café. Era un nuevo año; pronto llegaría un nuevo siglo. Aunque siguiera en prisión la mitad de los socialistas radicales que habían colaborado en *Critica sociale,* concluyó Anna Kuliscioff, la publicación no podía sufrir retraso.

En un torbellino de tinta y de polvo, Anna Kuliscioff escribió a todo el que pudiera colaborar en el número siguiente: camaradas, revolucionarios, socialistas, feministas, escritores, editores. Entre los camaradas de Anna Kuliscioff estaba el revolucionario socialista cuyo periódico feminista lo andaba editando ahora una joven escritora llamada Rina Faccio.

## Rina, 1901

Por las noches Rina podía leer libremente y acudir al teatro. En el norte andábamos entonces comenzando a escuchar la palabra *femminista:* sonaba como el francés *femme,* que significa a la vez «esposa» y «mujer». Con diferencia preferíamos mujeres frente a esposas, y observábamos de cerca las señales de lo que iba a suceder. Por ejemplo, en Milán el teatro estaba tan concurrido que Rina a duras penas podía encontrar su asiento. La obra era *Casa de muñecas,* de Ibsen, la historia de una mujer llamada Nora que al final deja de ser una esposa. En el último acto, Nora abandona su casa, a su marido y a sus hijos, echando el pestillo de la puerta tras de ella con un ruido que parecía el de un siglo cerrándose de golpe.

## Eleonora Duse, *Nora,* 1891

*Casa de muñecas* llegó por primera vez a Italia bajo la forma de la actriz Eleonora Duse. Era ya famosa cuando arrasó en un teatro de Milán en 1891, con treinta y dos años, melancólica y resolutiva. Sobre el frío escenario se despojó del sombrero y las pieles y, al inclinar la cabeza, mostraba alrededor del cuello una cadena con pesadas llaves adheridas. Los dientes de las llaves colgaban hasta la parte superior de sus muslos, de manera que a cada paso producía un sonido de llaves y cadenas, de cadenas y llaves. La noche del estreno las entradas para verla costaban el doble de lo que solían, y aun así el teatro crujía lleno de cuerpos por todas partes hasta los palcos. Luego se alzó el telón y Eleonora Duse se convirtió en Nora.

## Rina, *Sibilla,* 1902

En 1902, Rina abandonó a aquel hombre, al niño y a su propio nombre. Se fugó a Roma y alquiló una minúscula habitación con escritorio. Entre las clases privadas que impartía y su voluntariado en un dispensario para niños pobres, se acabó enamorando de un distinguido novelista. Cuando el novelista preguntó su nombre, Rina dijo que era Sibilla, como la Sibila de Delfos. Un nombre nuevo era como un cuaderno en blanco; Rina podía escribirse dentro de él. Con una remesa de páginas limpias ella podría escribirse en el proceso de llegar a ser Sibilla, enigmática y sibilante.

Bajo el Código Pisanelli, su conducta era injustificable: nadie podía dejar atrás un matrimonio, pero muy especialmente ninguna mujer y ninguna madre. Apenas un abogado de condición caritativa se haría cargo de su caso. El problema de la señorita Faccio era desesperado, dijo, jamás volvería a ver a su hijo. Sus nombres antiguos se arrastrarían como cadenas tras de ella. Cuando abandonó el bufete del abogado, Sibilla exhaló un sonido como el de los vapores que se escapan de una tierra cuarteada. Y regresó de nuevo a su escritura.

## Sibilla Aleramo, nacida en 1906

En sus últimos años, Sibilla Aleramo diría que había nacido en 1906, justo cuando la primera copia de *Una donna* se imprimía en Turín. Tomó el libro en sus manos. No era como un bebé. No era como un frasco de láudano. Era un objeto sólido, el volumen de una vida. Llevaba su nuevo nombre en el lomo. Nadie podía decir si era una novela o una autobiografía, pero sus páginas fueron el sustento de Sibilla cuando esta llegó al mundo, sin parpadear, a los treinta años. Era la historia que ella misma contaba de sí, como una sibila que devorara sus propias palabras.

## Sibilla Aleramo, *Una donna,* 1906

Todo un equipo de editores de Milán había rechazado en un principio el manuscrito de *Una donna* por demasiado aburrido. Era solamente la historia de una mujer, dijeron. Una historia que ellos ya conocían, no había más que una historia. Carecía de tensión dramática.

*Una donna* era la historia de una mujer cuya madre salta por la ventana con un vestido blanco como un trozo de papel, cuyo cuerpo es pisoteado como un jacinto, cuyo padre la entrega al tipo ese, cuyo hijo ha nacido entre ropa para lavar y moretones. Es la historia de una mujer no llamada Nora que al final deja de ser una esposa.

*Una donna* se publicó en un pequeño negocio tipográfico de Turín y casi de inmediato tropeles de lectoras compraron todos los ejemplares. Los editores de Milán se quedaron tremendamente estupefactos, pero como eran hombres de negocios muy sensatos compraron los derechos para la reimpresión del libro. Tal vez existía un mercado nuevo para las aburridas historias sobre mujeres, o tal vez las mujeres que leían tales historias las hallaban dotadas de un interés insondable.

## Congresso Nazionale delle Donne Italiane, 1908

La propia reina Elena, con falda de un atrevido azul y sombrero de plumas, asistió al primer Congreso Nacional de Mujeres en Italia en la primavera de 1908. El precio de los billetes de tren se redujo para que las maestras, las empleadas de correos y las matronas de los orfanatos de toda Italia pudieran congregarse en Roma, subir los sacrosantos escalones de la Colina Capitolina y mezclarse con condesas y *femministe* de mala reputación. Más de un millar de mujeres observaban a la condesa Gabriella Rasponi Spalletti cuando presidía la ceremonia inaugural en la Sala de los Horacios y Curacios ornamentada con frescos. Se ofreció un té en los jardines y luego, reunidas, plantearon la cuestión de las mujeres.

De hecho, eran muchas las cuestiones de las mujeres; las reclamaciones de las inmigrantes no eran las mismas que las que planteaban las condesas. Las sufragistas pedían el voto; las maestras requerían campañas de alfabetización; las matronas de los orfanatos solicitaban ayuda para las madres solteras. Y aun así dos propuestas quedaron universalmente formuladas: el final de la odiosa ley de *autorizzazione maritale* y un decreto por el que a cualquier varón que asistiese al Congreso se le negaba el voto sobre los procedimientos.

## Sibilla Aleramo y Lina Poletti, 1908

Hacia 1908 Sibilla Aleramo era ya una escritora famosa y una feminista infame. Lina Poletti era una poeta de ojos dorados y veintitrés años que se plantó en el umbral marmóreo de la Sala de los Horacios y Curiacios mirando a Sibilla. Estaban en Roma, en abril, había mujeres por todas partes. En cálidas estancias se apiñaban las mujeres para discutir qué derechos debían poseer. Incluso había venido la reina, y con ella la princesa Maria Letizia para escuchar lo relativo a la educación de las niñas. Estaba allí Anna Kuliscioff exhortando a todo el mundo a no contentarse con la mera educación de las niñas cuando se podía presionar sobre el derecho a derogar la *patria potestas* y a los hombres que la defendían.

Una poeta es alguien que se alza en pie en el umbral de la puerta que se abre ante ella y ve la estancia como un mar en cuyas olas ha de zambullirse para cruzarlas. Lina tomó aliento y se adentró con pasos largos en la multitud, en los cardúmenes de hombros que sobresalían, el encrespamiento de las conversaciones y el barrido de las faldas a su alrededor. Finalmente, al llegar junto a Sibilla, soltó una triunfante exhalación. Ante ese aliento acelerado sobre su cuello Sibilla se giró y allí, con sus ojos incandescentes, estaba Lina. Una poeta es alguien que nada inexplicablemente lejos de la playa solo para llegar a una isla de su propia invención.

## Sibilla y Lina, 1908

Ahora era Sibilla la que permanecía en pie toda la noche, poética y febril. Desde el momento en que había salido de la sala del brazo de Lina, el aire en torno a ella lo agitaba un rumor de hojas que se arremolinaban como alas diminutas en cada rama, girando para sentir en todas las superficies lo que las había puesto a temblar. Lina era ese sonido en el aire, escribió Sibilla, o tal vez fuera Lina la luz que sin sonido alcanza a todas las hojas a la vez. Lina hablaba en voz muy baja, le costaba expresarse con palabras. Mientras el resto de Roma yacía en silencio recogida en el agujero del sueño, Sibilla le escribía a Lina: Eres una ola violenta y luminosa.

## R., *circa* 1895

R. se distinguía por su manía de escribir cartas, observó Cesare Lombroso, y por el modo en que se paseaba bajo las ventanas de las mujeres. Cuando era una cría, R. se había imaginado a sí misma como un bandolero, un bandido, un capitán de los árboles en los confines del parque. Ahora, a los treinta y un años, R. era una artista. R. se cortó al rape el pelo con determinación y se dedicaba a pintar por las mañanas. Era digno de mención el que a Rina no le preocuparan ni los coqueteos ni el arreglarse ella misma y que los hombres por lo general le parecieran vacíos. Cesare Lombroso, un criminólogo de la escuela positivista, lo atribuyó al hecho de que el padre de R. era un neurópata y su madre una neurótica contrastada. Su hermano era también muy raro, añadió Lombroso, encantado de haber descubierto tan excelente caso de estudio.

R. apareció en las páginas 423 y 424 de *La donna delinquente, la prostituta e la donna normale,* publicado en 1893 en Turín. Traducido al inglés en 1893 como *The Female Offender,* el libro no llegó a las páginas 423 o 424, ya que todas las menciones de prácticas sexuales o de órganos no mamarios las había eliminado el traductor. Quedó así como un librito que aportaba una guía escasamente práctica sobre las mujeres delincuentes, pero de todas formas algunas de nosotras lo leímos con avidez en Inglaterra. La mayoría éramos artistas y nos sentíamos culpables de escribir demasiadas cartas.

## Artículo 339

Vivíamos aún en un pequeño hueco entre las leyes. Lo que nos escribíamos unas a otras y el lugar en el que estuvieran nuestras camas, en qué habitaciones, no estaba estrictamente prohibido. En Italia la unificación se había tragado algunas regulaciones y otras se dispersaron con el reino de Saboya. Era un tiempo de incertidumbre a pesar de los esfuerzos por registrarlo casi todo y ubicarlo bajo tipologías y monografías.

De hecho, la regulación de algunos asuntos daba cobertura a otros. Por ejemplo, en el siglo XIX existía una reticencia extrema hacia la descripción de las mujeres que se unían. Los diccionarios ingleses recurrían a tímidos vocablos griegos, o bien omitían por completo la posibilidad. Solo los criminólogos mostraron disposición a discutirlo y solo con vistas a hacer sus crónicas sobre los interiores de insalubres orfanatos y burdeles y sobre las madres contra natura.

En 1914 se publicó un libro anónimo titulado *Tribadismo, saffismo, clitorismo: picologia, fisiologia, pratica moderna.* En virtud del Artículo 339 fue rápidamente censurado y su editor, Ettore Cecchi, condenado a tres meses de prisión, mientras que la autora, la tríbade anónima, no pudo ser castigada debido a su obscena inexistencia. De las muchas maneras en las que podíamos aparecer juntas, tribadismo y clitorismo eran dos de las más visibles externamente. Pero todavía sentíamos una pequeña conmoción, que se quedaba sin decir en las habitaciones que compartíamos, por miedo al ama de llaves. Aparecía en letra clara en la página del título: el safismo era una práctica moderna. Ahora que habíamos dado lugar a un libro sobre lo nuestro, estudiábamos con atención los diagramas. Necesitábamos un alto nivel de práctica antes de poder convertirnos en Safo.

# CUATRO

## Anna Kuliscioff, 1912

Cuando todos los ciudadanos de un reino son varones, a menudo eligen una serie de varones para regirlo, y a veces incluso una serie del mismo hombre repetido. Italia era esa clase de reino, y así, en 1906, un hombre de este tipo se hallaba gobernándola por tercera vez consecutiva. Su nombre era Giovanni Giolitti, y la *dottoressa* Kuliscioff le había dedicado algunas palabras afiladas. Anna Kuliscioff había tenido que cantar en los parques de la Ucrania nororiental para procurarse la cena, había sobrevivido a la tuberculosis, al parto y al exilio: lo único a lo que tenía miedo era al compromiso, esa voz relajante que va lamiendo la rabia hasta que ya no es más que un pequeño grumo blando en tu mano.

Cuando acudió a escucharlo en el parlamento, Giolitti exaltaba el prudente progreso llevado a cabo por la monarquía italiana. ¿No vais a admitir, decía con cierta dulzura, nuestra benevolencia al hospedar al pobre, al dar pensión al anciano, al proteger a los niños del trabajo antes de que alcancen los pertinentes doce años de edad? Pronto, además, cada hombre tendrá derecho a su propio voto. ¡El país de Italia se convertirá en un modelo de humanidad!

Anna Kuliscioff reprimió en silencio su rabia dentada y absoluta en el corazón. En la primavera de 1912 Giolitti disertaba en el parlamento sobre el sufragio femenino junto al hombre que era el amante de Anna Kuliscioff. Le escribió a su amante: Voy a intentar llegar a tiempo de escuchar tu discurso. Por favor, no me traiciones. El amante se dirigió al parlamento con las modulaciones suaves y biensonantes de un socialista razonable. Votaron los varones del parlamento. Con afabilidad, Giovanni Giolitti anunció el resultado: las mujeres no habían logrado alcanzar el derecho al voto. O más bien, como puntualizó Anna Kuliscioff: Cualquier italiano que ahora deseara convertirse en ciudadano solo tenía que hacer una cosa: nacer varón.

## Sibilla Aleramo, *Ciò che vogliamo*, 1902

En 1902 Sibilla Aleramo escribió un artículo titulado *Lo que queremos*. ¿Qué queríamos nosotras? Para empezar, queríamos lo que la mitad de la población ya poseía por el mero hecho de haber nacido y luego queríamos cambiar el modo en que se había seguido ese camino. Queríamos vidas que no nos abocaran tan irremediablemente al láudano, a los manicomios y a las fiebres puerperales. Como escribía en su artículo Sibilla Aleramo: Queremos que las mujeres sean seres humanos. Que sean por fin tan libres, autónomas y plenamente vivas como fuimos hasta ahora subyugadas, oprimidas y obligadas al silencio.

En 1902 llevamos orgullosamente a la imprenta todo esto para que cualquiera pudiese leerlo. Pero no era lo único que queríamos. También anhelábamos mesas para escribir que no estuvieran en la cocina, manchadas de cebolla; deseábamos leer las novelas que se nos sustraían porque se tenían por decadentes e incitadoras; queríamos sustituir las prendas bordadas a mano de nuestros ajuares por guías de viajes y gramáticas de idiomas extranjeros; queríamos encontrarnos unas con otras en habitaciones propias y discutir los derechos de las mujeres; queríamos cerrar las puertas de los dormitorios y echarnos en brazos unas de otras, con la luz filtrándose por la ventana, las cortinas descorridas, el panorama sobre la bahía desplegándose en franjas azules y cerúleas hacia el mar abierto. Soñábamos con islas donde escribiríamos poemas que dejarían desveladas a nuestras amantes a lo largo de la noche. En nuestras cartas nos susurraríamos fragmentos de nuestros deseos mutuos, cortando los versos en nuestra impaciencia. Íbamos a ser Safo, pero ¿cómo había comenzado Safo a ser ella misma?

## Lina y Sibilla, 1908

En la primera tarjeta postal que Sibilla envió a Lina se veía, sobre una serie de pinos dispersos por vastas llanuras, un cielo abierto. En la primera respuesta de Lina a Sibilla hubo una alusión cortés y hábil a la enigmática Sibila de la Antigüedad. En las cartas tercera y cuarta hubo referencias a esas horas solitarias en las que dejas ir la mirada a través de los campos rojizos hasta el confín del mar bordados con las copas de los pinos e intuyes la maravillosa buena nueva que llenará tu vida de gracia y de desgarro. A la altura de la quinta carta, Lina había alquilado un modesto piso en Roma al que Sibilla podía llegar a pie, y hacia la sexta había sobornado también al *portinaio* para que pasara por alto a cualquier mujer que pudiera venir a hacerle a ella una visita nocturna.

## Nora, 1879

En 1878 Henrik Ibsen recibió una invitación a pronunciar una conferencia en el Club Escandinavo de Roma. Sus piezas teatrales despertaban un gran interés en los miembros de este club, que las discutían vociferantes entre copas de coñac. Cuando exponía en el club su teoría sobre el drama humano, Ibsen dio paso a la propuesta de permitir a las mujeres el convertirse en miembros. Discutieron, vociferantes, la cuestión de las mujeres, y luego se efectuó una votación. Las mujeres perdieron. Ibsen salió airadamente del Club Escandinavo sin acabarse su coñac.

En 1879 Ibsen convalecía en la costa de Amalfi. La brisa suave del azahar y de los pinos enmielados, el mar disolviéndose entre las sombras del azul: tenía un escritorio instalado en la terraza y comenzó a escribir un drama nuevo. Lo tituló *Casa de muñecas* y volcó en Nora, su protagonista, todas sus observaciones sobre la miserable situación de las mujeres dentro del matrimonio: cómo los dueños de la casa rodeaban sus cuellos con cadenas, cómo las mimaban con golosinas y vestidos hasta convertirlas exactamente en los frívolos y livianos juguetes que a los hombres les gustaba ver bailar en sus salones. Al final de la obra, cuando el marido de Nora insiste en que ella debe ser, por encima de todo, una esposa y una madre, Nora protesta: Creo que soy, antes que nada, un ser humano como puedes serlo tú, o al menos es en eso en lo que voy a intentar convertirme. A continuación, lo abandonó.

Cuando Rina Faccio vio *Casa de muñecas* en Milán en 1901, las lágrimas acudieron a sus ojos y se quedaron allí, escociendo. Rina Faccio nunca lloraba en los teatros. Pero Nora, una mujer de huesos y nervios relegada a una vida de objeto con sonrisa pintada encima la hizo sollozar. O quizá fuera ese instante en el que Nora abandonaba lo que la conmovió tanto: el que una mujer *pudiera* abandonar, aunque fuera en una obra de teatro, fue lo que condujo a Rina Faccio hacia la que había de ser Sibilla Aleramo.

## Laura Kieler, 1874

El final de la obra, sin embargo, no era el final de la historia de Nora. Lo que Ibsen no mencionó nunca es que *Casa de muñecas* relataba la vida de una mujer conocida suya llamada Laura Kieler que fue también escritora. Los sucesos de *Casa de muñecas* se habían fabricado con el tejido de su existencia; allí, sobre el escenario, vueltos a existir, puestos en vivo relieve por las lámparas de gas, allí estaban sus hijos, sus deudas, sus mentiras, sus vestidos, las sentenciosas declaraciones de su marido, su miserable y acobardada dependencia de un propietario que apenas le concedía un poco de calderilla para comprar golosinas.

En una ocasión Laura Kieler se vio necesitada de dinero y envió el manuscrito de su novela a Ibsen, suplicándole que se lo recomendara a su editor. A Ibsen le desagradó la novela y no supo ver, además, por qué su deseo era siempre tan desesperado y por qué ella siempre tan inquieta y reservada. Cuando recibió la negativa de Ibsen en su mesa de cocina manchada de cebolla, Laura Kieler tiró el manuscrito al fuego. A diferencia de Nora, Laura Kieler no podía abandonar. En lugar de eso la enviaron, encinta y aterrorizada, a un manicomio.

Ibsen se sintió mal por este asunto, pero, aun así, sentado en su hermosa terraza de Amalfi, se apropió de la vida de ella para escribir la pieza.

## Sibilla y Lina, 1909

En 1909, Sibilla no estaba durmiendo bien. Se marchó al mar a Santa Marinella, se marchó a las montañas e intentó mirar en paz a lo lejos, más allá de los pinos. Pero los pinos se inclinaban en ángulos afilados como colmillos fuera de las empinadas paredes de roca, sus extremidades colgaban sobre los barrancos y el mar se arrastraba en menudas olas de sal, echándose unas encima de otras en una sucesión mareante. Sibilla permanecía levantada toda la noche escribiéndole a Lina otra carta más sobre el matiz rosado de la aurora en el horizonte, solo para descubrir que en el ocaso el cielo estaba ya manchado y pálido. De algún modo las zonas imposibles de describir de Lina provocaron que la tierra misma vacilara y saltara.

Lina, por su parte, dormía de maravilla. Tenía veinticuatro años y el mundo era un venero de imágenes líricas. Para cualquier momento de melancolía romántica, tenía los solitarios bosquecillos de pinos; para cada delicia, los gorriones despreocupados por el cielo y las frescas riberas con helechos y violetas. No podías dar un paseo sin que el mundo te inspirara una oda, una elegía. Hasta cuando se sentaba erguida en su silla de la Biblioteca Classense podía quedar abducida por el lomo de la *Grammaire grecque* de Ragon, o por las motas de polvo en la luz; ciertamente cualquier nimiedad, como una palabra en dialecto eolio, era suficiente para enajenarla. Por ejemplo, el *Lexicon* de Pólux menciona el uso que Safo hacía del término *beudos,* una especie de vestidura corta y transparente. ¿Quién no desearía dormir largas horas para soñar con un *beudos*?

## Sibilla Aleramo, *La vita nella campagna romana,* 1909

En 1909 el mundo no estaba hecho todavía de violetas prensadas; Sibilla llevó a Lina al Agro Romano, una miasma de lodo, de humo y de malaria en los campos que rodeaban a Roma. Caritativa y demacrada, Lina caminó de pueblo en pueblo repartiendo libros a campesinos que no comían más que un cocimiento de yerbajos y maíz que llamaban sopa. Sibilla ayudaba en la enfermería a niños depauperados aplicándoles vinagre y gasas con su pelo bien recogido. Plegados entre los brazos de sus madres, escribió Sibilla, los niños parecían pequeños paquetes de carne exhausta, doblados ya en la forma que sus vidas habrían de adoptar.

¿Qué más podría escribirse sobre cuerpos, dijo Sibilla a Lina ese invierno, que lo que ya estaba grabado en los rostros de las mujeres de Agro Romano? A los veinticinco ya habían perdido los dientes, ninguna de ellas sabía leer, vivían en chozas nauseabundas rebuscando comida. Nunca verían las escalinatas de piedra de la Colina del Capitolio y por supuesto nunca asumirían las cuestiones planteadas en el Congreso Nacional de Mujeres. Sibilla se estremeció de piedad por sus vidas imposibles de imaginar, por el contorno borroso de sus hambrientos rostros cetrinos. Y después se levantó y fue a vestirse para la cena.

## Sibilla Aleramo, *L'assurdo*, 1910

La obra *L'assurdo* nunca fue terminada. El manuscrito cuenta una enmarañada historia de amantes: Lorenza, Pietro y alguien llamado Arduino que a veces se describe como una chica masculina, otras como un joven afeminado y otras como un sueño fabricado para parecer real. En cuanto aparece Arduino, Lorenza deja de estar contenta con Pietro; los quiere a ambos, se pone a dudar, desea a Arduino, quizás Arduino no existe, Lorenza no puede describirlo con claridad, solamente alcanza a decir que es como un súbito tiempo primaveral y que su propio regazo se llena de violetas.

Cuando Sibilla Aleramo escribió *L'assurdo* estaba escribiendo su propia vida. Tras abandonar a su marido en 1902 se había enamorado de un respetable novelista de Turín. Era serio y moderno, creía en la unión libre de hombres y mujeres. Pero Lina Poletti era una descarada poeta joven que creía que, si tú deseabas a alguien, escribías versos que derramaban violetas en su regazo. La llevabas al río de noche, a la orilla cubierta de rocío, y te asegurabas de que cuando volviera a levantarse con esponjosos musgos como plumas en su pelo, ella no volvería a ser la misma.

Sibilla Aleramo dedicó la obra a *la única persona que me hizo / creer que fue verdad / este sueño.* Ese ser era Lina Poletti, ardiente e indescriptible. Incluso quienes la amaban no estaban seguros de que fuese real.

## Safo, fragmento 147

*Alguien nos recordará / lo afirmo / incluso en otro tiempo:* para ese alguien escribió Safo. Escribía sobre la mujer que se tumbaba de espaldas junto a ella sobre berros y musgos en la orilla del río, sobre cómo la oscuridad podía acumularse en su regazo a medida que la tarde caía sobre ellas y cómo se fundía esa oscuridad. Uno de los epítetos de Safo más difíciles de traducir, incluso para una poeta, es ese oscuramente radiante hueco del cuerpo. Puede tratarse de un pliegue en la ropa o en la carne, o de la sombra entre los pechos o de la sorpresa ante el crepúsculo. Puede tratarse de un deseo agudo y hechizante que brota entre las vísceras o puede ser tu regazo que se colma de violetas. Sea lo que sea, escribe Safo, se prolonga a lo largo de la noche.

## Safo, fragmento 31

¿Era esto, entonces, eso de amar a una mujer?, escribió Sibilla a Lina. Aunque a Lina difícilmente se la podía tener como una mujer como las demás. Caminaba a zancadas con sus abotonadas botas altas, apoyaba los codos en la balaustrada para fumar, escribía sobre aviación o sobre los encomios de Carducci: Lina era inefablemente Lina.

El hombre que había sido el amante de Sibilla durante ocho años veía cómo su unión libre empezaba a deshacerse. Era digno y moderno, un hombre del nuevo siglo. Cuando Sibilla lo abandonó, la dejó ir. Ella se marchó con Lina a una villa junto al mar en la que abrieron las ventanas de par en par y cerraron las puertas, renunciando al desayuno porque había demasiados poemas y demasiados huecos en el cuerpo. El hombre que había sido el amante de Sibilla se desvaneció poco a poco hasta quedarse en una silueta grata.

Safo escribió en su fragmento 31 sobre la triangulación de los amantes. Quien ama se sienta y observa mientras que la amada vuelve su sonrisa extática hacia otra persona. Y ahora la nueva persona favorita se acerca lo suficiente para tocarla. *Mas todo ha de intentarse,* escribe Safo. Y luego el poema se interrumpe.

## William Seymour, 1875

William Seymour fue un cochero cuyo único defecto era tener reúma en una rodilla. Agradable y pulcramente afeitado, era un valor seguro en las calles de Londres y Liverpool, donde las mujeres ciclistas corrían a menudo riesgos por culpa de los imprudentes conductores de los cabriolés y de los caballos desbocados. Además, Bill Seymour tenía una dulce esposa que le llevaba la cena a la parada del taxi y le frotaba la rodilla reumática. En 1875 fue acusado de intentar robar dos trozos de carne en una carnicería de Liverpool, cosa que negó como hombre honesto que era.

Cuando se le llevó a juicio acusaron a William Seymour de crímenes que iban más allá del robo de la carne; se descubrió que era una tal Margaret Honeywell que, casada a los catorce años, había abandonado insolentemente a su marido y se había atrevido a huir a Londres y a conspirar para ganarse la vida y la independencia como cochero. En otras palabras, William Seymour planteó la cuestión de qué era ser una mujer como cualquier otro ser humano.

## Sibilla Aleramo, *A proposito di una votazione*

Lina podía traducir a Safo sin ayuda del diccionario, pero no podía asistir a las reuniones de la Sociedad Filológica de la Universidad de Milán, ya que los filólogos habían votado que no se admitiera a las mujeres. Anna Kuliscioff, que con tan furibunda aspereza había dado en la Sociedad, en 1890, una conferencia sobre el monopolio de los varones, declaró que los filólogos habían confundido perversamente los usos transitivo y existencial del verbo *admitir*. Lina Poletti dijo que si los filólogos de Milán, al mirarla, veían solamente a una mujer, podían ir todos a colgarse. Es más, Lina no pudo resistirse a añadir esto: ¿Es que no conocían ellos a Pólux, el lexicógrafo que alabó a Safo como la más admirable cinceladora de palabras a partir de la materia prima del dialecto eolio?

Sibilla no se preocupaba mucho por la filología, pero sabía identificar un monopolio de hombres en cuanto detectaba alguno. Dedicó su siguiente artículo a explicar que, en tanto que los hombres eran los únicos que votaban, el término apropiado no podía ser, francamente, el de *demo-*

*cracia,* sino el de *tiranía*. En los márgenes del artículo, Lina escribió: *N. b.* del griego τύραννος, cf. Aristóteles, *Pol.* 5.11; Tucídides, *Hist.* 1.13. A Lina Poletti le gustaba tener la última palabra.

## Artículo 544

Los filólogos eran testarudos y exasperantes, pero el Artículo 544 del Código Penal de Italia podía arrastrarte directamente al láudano. El Artículo 544 no sería derogado hasta 1981. Sibilla no vivió para verlo morir. Era una ley en torno al verbo *impadronirsi,* que como enlaza y junta tantas formas de poder es difícil de traducir. *Impadronirsi* significa convertirse en patrón y poseedor, en propietario y patriarca; conquistar, dominar, hacerse cargo de, obtener la propiedad, actuar con la impunidad de un padre que, según el Artículo 544, podía borrar el crimen de la violación de su hija casándola con el hombre que la había violado sin tener que darle una dote. Esto se denominaba «matrimonio de reparación», porque satisfacía a los dos varones involucrados.

En *Una donna,* Sibilla Aleramo relata cómo el hombre que ha violado a una joven intenta a continuación acariciarla, halagarla, poner su boca sobre la de ella de modo que ninguna pregunta, ninguna protesta puedan escapar de sus labios. Declara pomposamente que nada puede compensarla por el regalo que le ha hecho y, en ese mismo momento, *tentava impadronirsi di nuova della mia persona,* escribe Sibilla, intentaba él de nuevo convertirse en el patrón y el poseedor y el propietario y el patriarca de mi persona. Es decir: mientras le daba las gracias por haber sido violada por él, intentaba volver a violarla. Unos meses después, el padre de Sibilla Aleramo, siguiendo el Artículo 544, la entregó a ese hombre en matrimonio.

## Safo, fragmento 16

En cuanto podíamos desertar de estos matrimonios, huíamos. Aquellas que no teníamos en el bolsillo más que nuestros propios pañuelos mal cosidos raspábamos juntas lo que podíamos. Algunas dimos clases de piano en tardes tediosas, otras quitamos el polvo a los salones de las señoras hasta que pudimos comprar nuestro billete. Hubo otras como William Seymour, muchachos laboriosos metidos en los pantalones de sus hermanos, y otras que podrían haber gastado ociosamente sus vidas en las haciendas si así lo hubieran deseado. Pero ninguna de nosotras quería vivir dominada. Siempre, aunque dejábamos ahí el verbo *impadronirsi,* nos marchábamos sin billete de vuelta; así nos embarcamos, cada una a su manera, en el viaje de ida.

Llegamos a ciudades desconocidas, a puertos de islas del sur, a casas en las que cualquiera aparentara ser una hermana. Nos recorrió un estremecimiento y nos deshicimos de nuestros nombres. Comenzamos a encontrarnos unas con otras, lentamente al principio, ¡éramos una realidad tan nueva! Podías ver a alguien en la calle, a alguna como X, y preguntar y entender al mismo tiempo. O habría una mirada como la de R., interrogante y sabia, alzándose para encontrarte en el balcón donde estabas asomada porque era el límite más extremo de la casa de tu padre. Entonces escribimos nuestras primeras cartas inseguras de unas a otras, dudando si preguntar, si contar, o con qué palabras, tensadas sobre los silencios; logramos un poco de falso coraje al ver nuestros versos rotos y jadeantes en una página como los de Safo: *rogar por compartir / hacia... / ... inesperadamente.* Después nos sentamos muy calmadas a aguardar una respuesta, a la espera de una correspondencia de fragmentos.

# CINCO

## La portadora de la linterna, 1899

Entre ráfagas y arranques, la linterna brillaba y luego vacilaba. Era de noche en el jardín inglés, era verano en la tardía infancia; la portadora de la linterna iba tercera en una procesión de hermanos emocionados que se mandaban callar unos a otros al cruzar la cancha de tenis. El mayor llevaba el frasco de vidrio y explicaba el sistema mientras el menor deambulaba hacia el estanque. De quien portaba la linterna dependía la tarea de iluminar el significado de todo aquello.

En dos ocasiones se apagó la mecha, pero la portadora de la linterna perseveraba. Tenía diecisiete años y estaba acostumbrada a los caprichos de las luces de las bicicletas. Finalmente llegó su momento; levantó la linterna para buscar en el árbol todas las hendiduras llenas de sombra; la luz cayó triunfante sobre dos polillas borrachas de ron y manchadas de melaza negra sobre el tronco del árbol, se elevó una ovación, se hizo bajar el frasco, la *Noctua* amarilla protestó con un vago aleteo ebrio y se acabó la historia.

Esa misma noche, ya muy tarde, el foco de la bicicleta podía verse parpadeando tras la ventana de la señorita Adeline Virginia Stephen; andaba escribiendo el episodio, pues, como anotó con satisfacción en su diario, la portadora de la linterna no era otra que la presente escritora.

## Leslie Stephen, *Dictionary of National Biography,* vol. I, 1882

El año en que nació Virginia Stephen quedó también marcado por el nacimiento del *Diccionario Nacional de Biografía* de su padre. Escribió cada artículo de los veintiséis primeros tomos y redactó cientos de vidas de notables varones británicos quejándose de violentos dolores de cabeza a lo largo de los nueve años completos gastados en la tarea. Porque, de hecho, la Biografía Nacional de Inglaterra no podía sanarse con una simple tintura de gotas de quinina.

Los notables difuntos de Inglaterra y sus colonias siguieron adelante después de que Leslie Stephen renunciara como editor. Eran incontables, insaciables en el servicio del Imperio. Sus fantasmas gimoteaban reclamando gloria. El *Diccionario Nacional de Biografía* continuó caminando hasta que alcanzó los sesenta y tres tomos y se acabó el siglo.

## Virginia, 1895

El despacho de Leslie Stephen se hallaba en la parte más alta de la casa, encima de las habitaciones de mujeres y niños. Un piso más abajo, en el dormitorio infantil, una chimenea ardía en las noches del largo invierno; Virginia observaba las sombras voladoras y nerviosas colgadas de las paredes. Cuando la luz del fuego se movía en parpadeos y destellos, sus pensamientos llameaban y caían en una carbonizada confusión. Las voces iban yendo y viniendo como sombras, susurrándole, mirándola de modo lascivo, crepitando, arrojándose por las ventanas. Podía oír cómo pronunciaban palabras ardientes para ella. En el dormitorio de los niños había noches en las que esas voces irrumpían brutalmente. Eran las pesadillas.

## Casandra, 1895

Las pesadillas son las visitas de lo no-muerto que te ha precedido. Desgarran la costura que debería ensamblar tu vida. Sisean los antiguos oráculos que te dejarán deshecha en tu propia cama y no podrás moverte mientras la ciudad entera cae a tu alrededor entre sangre y llamaradas. Las entrañas de los pájaros yacerán sobre las piedras de tus sueños, ofreciendo señales.

Es tarea de sibilas y profetisas hospedar a estos visitantes. Pero Casandra era una profetisa que no daba acogida a sus pesadillas en su lengua. Una poeta cuenta de Casandra que cuando se erguía para vaticinar brillaba como una lámpara en un refugio antiaéreo.

Observamos que en verdad Casandra brillaba como una portadora de la linterna, como alguien que ya ha vivido antes nuestras vidas. Había visto todas las cenizas en las que podríamos quedar abrasadas y había escuchado todas las burlas hechas a su locura. ¿Qué eran entonces las pesadillas de 1895 para Casandra?

Lo que sabe Casandra, Virginia lo escribió mucho después, es que Virginia Stephen no había nacido el 25 de enero de 1882, sino muchos miles de años antes, y desde el primer instante tuvo que encontrarse con instintos ya adquiridos por miles de antepasadas. Asumimos que esto significaba que tanto las pesadillas como las sibilas tenían muchas vidas.

## Laura Stephen, 1893

Laura Stephen, hermanastra de Virginia, recibió innumerables nombres. Su padre la tenía por diabólica, malvada, perversa, tremendamente apasionada, extremadamente perturbadora y supremamente patética. Tartamudeaba y chillaba en un tono que penetraba hasta los pisos superiores de la casa de Hyde Park Gate. Para Virginia era una niña alelada de mirada ausente que apenas sabía leer.

Al principio, se le aplicó a Laura un aparato llamado Corsé Racional. No funcionó, y hacia 1893 la internaron en un manicomio en Redhill. Pasó el resto de su vida recluida en instituciones, balbuceando consigo misma. Un miembro de los Stephen informaba a los demás en 1921 de que Laura farfullaba disparates sin parar; la única frase con sentido que había pronunciado fue: Le dije que se fuera.

## Florence Nightingale, *Cassandra*, 1860

En la época en la que la enfermera Florence Nightingale estaba lista para declarar sus opiniones sobre el destino de las mujeres victorianas de las clases privilegiadas, su mascota, la lechuza Atenea, murió. Florence había crecido con la costumbre de llevar a la pequeña Atenea en el bolsillo, una firme compañera que lo observaba todo con sagacidad. Atenea observaba que los padres de Florence la querían convertida en esposa y en madre. Pero la voluntariosa y tremendamente apasionada hija se embarcó en su propia carrera, en soledad, si exceptuamos a Atenea.

En 1860 Florence Nightingale publicó *Casandra,* un relato de lo que impulsaba a las jóvenes en las familias victorianas de cierto nivel. No era su fragilidad, no eran sus caprichos. No era la falta de mamás cariñosas ni de acompañantes adecuadas ni de clases particulares. Se trataba de lo que deseaban en su interior, escribió Florence; eso era lo que provocaba los trastornos nerviosos. Tartamudeaban y gritaban porque no existía lenguaje dentro de su lenguaje para poder decir lo que sabían.

Florence Nightingale publicó su *Casandra* solo en ediciones privadas. Era peligroso en 1860 hablar demasiado a las claras de ciertos asuntos, y no le quedaban ni diosas ni parientes para protegerla.

## Virginia Stephen, *LOGICK o el uso correcto de la razón con un surtido de reglas para prevenir el error en asuntos de religión y de la vida humana, así como en las ciencias, por Isaac Watts, D. D.,* 1899

Sin reverencia por el difunto señor Watts o por la santidad de su filosofía en *LOGICK,* Virginia Stephen sustituyó todas las páginas del tomo, comprado de segunda mano por tres peniques, por las de su propio diario. De este modo en 1899 *LO-*

*GICK* quedó trastornado por los pensamientos de una joven de diecisiete años, que consiguió para sus cavilaciones una sólida y elegante encuadernación en piel de becerro repujada.

Entre nosotras, muchas habíamos profanado nuestros libros de texto con garabatos y viñetas, pero hasta Virginia no habíamos ni imaginado una subversión tan asombrosa en la no-ficción. Es más, admirábamos el sentido práctico de su arte: con piel, papel y pegamento había convertido las estólidas reglas del señor Watts en sus propias memorias personales.

## Safo, fragmento 133

Para los poetas clásicos griegos es algo inusual el dirigirse a uno mismo en segunda persona. De hecho, quizás el único ejemplo superviviente sea el de Safo, que se apostrofa a sí misma en el fragmento 133. Pronuncia su propio nombre en caso vocativo, que es el caso usado para llamar a alguien directamente. Por este motivo, el vocativo suele traducirse a menudo precedido de un ¡Oh...! al que sigue el nombre de la persona invocada.

Pero Safo no se invoca a sí misma. No sermonea ni incita, maldice, implora o arenga a su propia persona. En lugar de eso, al igual que Virginia Stephen cuando escribe las primeras páginas de sus diarios, Safo interroga. Se pregunta a sí misma, sin conocer aún las respuestas; ahonda y reflexiona de verso en verso. La luz es siempre cambiante sobre la página, sobre el mar, sobre el pensamiento, como si llegara disparándose desde una mente tensa: *Safo, ¿por qué...?*

## Virginia, 1903

En 1897 Virginia comenzó a estudiar griego en el Departamento para Señoritas del Kings College. Fue avanzando verbo tras verbo hasta que en 1903 ya pudo leer a Eurípides y a Esquilo y encontrarlos bellos. Llegó a un trance de entusiasmo con su tutora la señorita Case al tratar el modo en que una niña se encaramaba a una rama del huerto, en las alturas del aire primaveral. ¡Qué poéticamente podían los griegos suspender a una doncella en una rama, madura para la recolección! Pero la señorita Case no permitía trances de éxtasis sin gramática. Si una quería leer a los griegos como los chicos de Cambridge, no podía quedarse atrapada en los valores meramente literarios. En vez de eso, dijo la señorita Case, destaquemos el muy raro tipo de genitivo del tercer verso.

## La señorita Case, 1903

Raro espécimen de mujer, la señorita Case estuvo entre las primeras en graduarse en el Girton College, el primero también de los *colleges* para mujeres en Cambridge. Escogía el papel de Atenea en los dramas que se representaban en la universidad: era una sabia en asuntos de traducción y de derechos de las mujeres. A menudo Virginia Stephen deseaba poder guardarse a la señorita Case en el bolsillo para hacerle consultas en momentos de necesidad.

En 1897, mientras que los hombres del senado de Cambridge debatían si debía permitirse a las mujeres cursar grados completos, se reunieron cenáculos siniestros de estudiantes varones. A la declaración de que las mujeres no se ajustaban a las más altas formas de educación, las manadas celebraron con rugidos su victoria, se encendieron hogueras, se lanzaron fuegos artificiales, se izaron pancartas. Justo al otro lado de la capilla de la universidad, los chicos de Cambridge sacaron desde una ventana la efigie colgante de una chica de Girton a horcajadas sobre su bicicleta. ¡Qué educadamente podían los chicos de Cambridge colgar a una joven de un poste, lista para su decapitación e incineración! Aquí la señorita Case consignó el uso común, o mejor el uso excesivo del genitivo posesivo.

## Virginia Stephen, *The Serpentine,* 1903

El hermano mayor de Virginia se había convertido en uno de esos chicos de Cambridge, y ella le daba lecciones sobre sus verbos. A cambio, él llevaba a otros chicos de Cambridge a desfilar por el salón de su casa de Gordon Square, donde permanecían horas y horas hablando de la verdad y del género trágico. En ocasiones Virginia intervenía tal vez con algo que le había chocado leer en los periódicos, por ejemplo, el hallazgo del cuerpo de una mujer en el lago Serpentine, cosa que no era extraña, pero en este caso la nota que se halló sujeta al interior del bolsillo del cadáver le paralizaba a cualquiera el corazón; toda su vida bosquejada en dos o tres líneas ya medio borradas por el agua: Sin padre, sin madre, sin trabajo. Que Dios me perdone por lo que he hecho esta noche.

Esto era la naturaleza de la tragedia griega tal y como nosotros, los modernos, debemos entenderla, dijo Virginia. Cómo una mujer inglesa de cuarenta y cinco años podía escribir la verdad de su vida y luego acabar con esa vida; el que la totalidad de su existencia no fuera susceptible de ser acogida en ninguna de las ediciones del *Diccionario Nacional de Biografía* tal y como lo había concebido la humanidad hasta ahora; y qué filamento en su interior se había ido atenuando y apagando finalmente en la oscuridad de ese día, a esa hora, cuando ella bajó al lago Serpentine con la muerte en el bolsillo. ¿Por qué, Safo?

## Virginia Stephen, *Reseña a El toque femenino en la literatura de ficción,* 1905

*El lago Serpentine,* un ensayo sobre la nota de suicidio de la mujer inglesa ahogada, permaneció sin publicar incrustado en el diario de Virginia de 1903. Pero en 1905 Virginia Stephen empezó a publicar sus reflexiones y a convencer a los periódicos para que la retribuyeran por ellas con cheques de cinco o más libras.

En 1905, en su cumpleaños, salió a la luz su reseña a *El toque femenino en la literatura de ficción.* Previsiblemente, un libro con ese título lo había escrito un varón; como era de esperar, ese hombre afirmaba que cada vez más novelas eran escritas por y para mujeres, y que eran las culpables en grado creciente de que la novela como obra de arte estuviese desapareciendo. Además, proseguía este caballero, el toque femenino, cuando sonaba en la ficción, era un leve chirrido; las mujeres se enredan en detalles estridentes y no tienen el sentido de la gran visión panorámica del arte.

A quienes de nosotras leímos en enero de 1905 los periódicos ingleses se nos invitó al extraordinario espectáculo de ver a Virginia Stephen levantar las cejas en la hoja impresa. Podíamos ver sobre la página en blanco y negro su ceño escépticamente fruncido, un arrugarse las palabras cuando ella concentraba allí su ingenio irónico e incrédulo. Ensambló sus pensamientos, ordenó sus citas; reseñó *El toque femenino en la literatura de ficción* como un teniente pasando revista a la marcha renqueante y chapucera de un regimiento de vagos. Dado que a las mujeres se les ha otorgado una escasa suma de minutos para escribir ficción desde que Shakespeare descollara, después de todo, ¿no es demasiado pronto, preguntó Virginia Stephen, para criticar «el toque femenino» en cualquier asunto? ¿Y no sería una mujer el crítico adecuado de otras mujeres?

La vitoreamos cuando demolió *El toque femenino en la literatura de ficción.* Si había fallos en las escritoras, señaló Virginia, estos simplemente demostraban la tremenda necesidad de educar a las niñas con el mismo rigor que a los chicos de Cambridge; si nuestras novelas debían ser juzgadas, que esperen los críticos un siglo antes de abalanzarse. Finalmente, como prueba de que las escritoras podían vagar libremente desde los detalles conmovedores hasta la vastedad de la verdad y el género trágico, Virginia presentó el indiscutible ejemplo de Safo.

## Safo, fragmento 96

En el verano de 1905, Virginia Stephen se marchó a la costa para descansar de su defensa de las mujeres en la ficción. Era un gran alivio dejar Londres, con sus críticos literarios y sus constantes amenazas a las vidas de las mujeres ciclistas, y llegar a un mundo en el que no sucedía otra cosa que la luz sobre el agua.

Virginia se alzó a la visión de los barcos varados en la bahía como gaviotas con las alas plegadas. Todas las mañanas cerraba las páginas para volver el rostro al paisaje que la rodeaba: los pesqueros barnizados sobre la espuma de las olas, el silencio que precedía a los aguaceros mientras la luz se ahuecaba y atenuaba. Virginia bosquejaba lo que podía con palabras, inexactas tal vez, en impresiones más que en ensayos, pero intentando siempre limpiar ese momento en que, como Safo escribe, *la luz / se tiende sobre el salado mar / y a la vez sobre campos cuajados de flor.*

# SEIS

## Romaine Brooks, *L'Amazone*

Romaine Brooks pasó su juventud en Roma aprendiendo a pintar formas grises y afiladas como su propio cuerpo. No veía por qué la clase de desnudos del natural podía llenarse solo de chicos jóvenes: ella tenía su lápiz de carboncillo y una mano firme. Así que se matriculó e ignoró a todo el mundo menos a la modelo. No pudo evitar que sus compañeros de clase levantaran la voz cuando comentaban algo sobre su persona, qué larguirucha era y qué rara, pero empezó a llevar un sombrero de copa que le dejaba los ojos en la sombra. En la Scuola Nazionale d'Arte aprobó con notas altas en siluetas, en desnudos del natural y en el primer curso de métrica. Después del primer año dejaron de leer a Safo y Romaine Brooks suspendió la literatura.

Natalie Barney pasó su juventud en París, donde estaba su madre aprendiendo a pintar. Abandonada a su suerte, Natalie hizo lo que le apetecía, especialmente escribir y tener encuentros con chicas. Un verano conoció a Eva Palmer, cuya larga melena roja era como un poema que Natalie deseaba escribir: le caía hasta los tobillos y quedaba allí flotando de un modo irresistible. En los bosques se quitaban sus ropas para leer a Safo y declinaban sustantivos desnudas entre la fronda. Vivieron juntas en París dentro de una nube de color bermellón hasta que Eva regresó a Grecia y se casó con algún tipo.

Hasta que llegó la guerra, Natalie Barney no conoció a Romaine Brooks, la que lo pintaba todo en tonos de paloma y de acero. Natalie creyó que podía confiarse, más o menos, en que Romaine se quedaría a vivir en sitios como París, donde la luz era apagada y constante. Romaine observó con frialdad a Natalie y comenzó a pintarla en gris ante una ventana, invernal, envuelta en pieles. Sobre la mesa, junto al codo de Natalie, una pequeña figura de un caballo en jade hacía cabriolas sobre los poemas apilados de Natalie. Romaine tituló el retrato *La amazona*. Y luego abandonó París en busca del ocre y del intenso azul del sur.

## Pauline Tarn, nacida en 1877

Pauline Tarn le había dado un final violento a su nombre. El plano y práctico «Pauline» y el romo y engañador «Tarn». Los quemó de raíz con la llama perforadora y azul de su repulsión y a continuación se marchó a París a toda prisa. Se prometió a sí misma que su nombre nuevo sería enigmático y negro como la tinta, compondría poemas como violetas de floración nocturna y estamparía vistosamente su nombre sobre ellos. No volvería a existir la Pauline que tomaba la cena, no existiría ya la señorita Tarn que zurcía medias. En vez de ello, no consumiría más que el aire de la noche y cosería solamente fragmentos de versos deshilachados. Alquiló una habitación en la calle Crevaux y compró la *Grammaire grecque* de Ragon, encuadernada en elegante piel verde. Muy pronto andaba ya articulando frases del dialecto eolio. Hacia 1899 se recostaba sobre un codo, vestida con levita negra y pantalones de velarte, para leer a Safo. A la luz de la lámpara se adivinaba un perfil elegante y oscuro. Se había convertido en Renée Vivien.

## Renée Vivien, 1899

Renée Vivien apenas vivió una juventud. Los pocos años de que dispuso le sucedieron en París escribiendo poemas y estudiando griego. Ni comía, ni dormía, ni salía a la calle en las horas diurnas. Se dedicaba exclusivamente a traducir a Safo al francés. Una tarde de otoño de 1899, con los castaños de Indias ya desnudos de sus hojas, en algún lugar entre los fragmentos 242 y 31, conoció a Natalie Barney.

## Safo, fragmento 24 A

*Habrás de recordar,* escribe Safo, *que nosotras en nuestra juventud / hicimos esas cosas / sí, muchas cosas y bellas.* Es cierto que en la aterciopelada floración de nuestra juventud nos encontramos con Natalie Barney. Pero Natalie Barney tenía encuentros con cualquiera que le llamara la atención. Salía a cabalgar por las mañanas por el Bois de Boulogne, escribía con ahínco toda la tarde junto a la ventana y luego se instalaba en su salón para recibirnos, primero en Neuilly con Eva Palmer cortésmente a su lado y más adelante en el número 20 de la Rue Jacob, que era famosa ya exclusivamente por Natalie.

Durante el reinado de Natalie creíamos que todas las mujeres de París le rendían tributo. De hecho, nuestra idea de lo que era «todo el mundo» equivalía al cupo de mujeres que cabían en su casa. Solamente más tarde descubrimos a mujeres de París que no estaban subordinadas a Natalie, mujeres que eran emperatrices de clubes nocturnos de su propiedad o que vivían en destartalados suburbios alentando la revolución.

Pero en aquella época nos parecía que todo el mundo acudía a alguna lectura de poemas en el salón, a alguna sesión de danza en el jardín trasero, con nosotras brotando todas alrededor de Natalie dondequiera que ella se sentara, principesca y complacida. Tomó los vulgares tabiques de una casa rodeada de insignificantes olmos y los transformó en algo arcano, celestial, propio de una sibila. Como acostumbraba a decir por esas fechas la bailarina Liane de Pougy, Natalie era un *idylle saphique*.

## Liane de Pougy, 1899

Liane era bailarina en el Folies Bergère y nunca era capaz de permanecer estática en un idilio. Al principio, cuando bailaba el cancán en el Bal Bullier, Liane pasaba arremolinándose junto a Natalie sin siquiera mirarla. Pero una vez que Natalie había decidido que valía la pena conocerte, te conocería, aunque empleara en ello todo un mes y cantidades astronómicas de flores. Consiguió un traje de paje de terciopelo color almendra y se arrodilló en el salón de Liane. Poco después, en un estallido de lirios de invernadero, comenzó el *idylle saphique* de Natalie y Liane.

## Liane de Pougy, *Idylle saphique,* 1901

La gente decía que Liane de Pougy no había escrito *Idilio sáfico* ella sola. Consideraban a Liane una coqueta de la peor calaña, una de las *grands horizontales* que hacían carrera mundana entre los brazos de otros. Bien podría haber sido amante de Natalie Barney, eso sí lo concedían, pero ella nunca podría haber escrito el libro por sí misma.

Sin embargo, de acuerdo con nuestra visión de las cosas, ninguna había escrito nada por sí misma. Nos asíamos las unas a las otras por las muñecas en un círculo. Sin Natalie, Liane nunca hubiera sabido que era una de las nuestras. Sin Eva Palmer, Natalie nunca hubiera leído a Safo. Sin Safo, Pauline Tarn se habría enmohecido en Londres zurciendo los talones de delicadas medias. En vez de eso, aquí estaba Renée Vivien, un espectro de incienso y de violetas, traduciendo a Safo al francés hasta el amanecer. Aquí estaba Liane juntándonos las manos y haciéndonos girar por el jardín esplendorosas, descalzas, sonrientes.

Nos reunimos alrededor de Natalie y recogimos lo que necesitábamos. Había levantado un refugio a partir de fragmentos, un jardín donde la luz del sol permitía que las hojas se estremecieran. Así que considerábamos apropiado y correcto que en medio del *Idylle saphique* de Liane de Pougy apareciera un capítulo escrito por Natalie Barney. En medio de Natalie Barney, amparada por columnas dóricas y coronada de guirnaldas por nosotras mismas, estaba Safo.

## Aurel, *Comment les femmes deviennent écrivains*

Aurel, como Safo, tenía un solo nombre. Cuando Aurel escribía *Cómo las mujeres se convierten en escritoras,* renunció a adjuntar a su escritura el «Aurélie», el «Octavie», el «Gabrielle», el «Antoinette» o cualquier otro de los muchos nombres decorativos con los que la dotaron. Bastantes mujeres objeto de dotes habían existido ya, pensaba. Era ya hora de que las mujeres escribieran para ser lo que deseaban llegar a ser.

## Sibilla Aleramo, *La pensierosa,* 1907

Al leer a Aurel, Sibilla Aleramo sintió que un coro de voces se elevaba en el aire. ¿Cómo se convertían las mujeres en escritoras? Parecía haber muchas respuestas; cada voz relataría la suya. Traducir a Aurel para una revista italiana hizo que las frases revolotearan en la cabeza de Sibilla como pájaros dentro de una habitación. Aurel tenía la esperanza de que las escritoras desobedecieran las leyes que aprisionan los libros de los hombres. Era ya hora de que las mujeres se apoderaran del lenguaje por sí mismas, dijo Aurel, aunque fuera de una sola palabra cada vez, para apoderarse de sus propios nombres y llegar a ser ellas. Para llegar a ser aunque fuera una palabra solitaria.

Por entonces, en la habitación de Sibilla en Roma había un precipitarse y un remontar vertiginoso de voces: cómo traducir a Aurel cuando dice que las cartas íntimas y los diarios de las mujeres conforman una sensibilidad verbal propia, cómo traducir a Renée Vivien cuando invoca la isla de Lesbos en un verso clético: *danos nuestra alma antigua.* ¿Se exilió de nosotras hace muchos años nuestra alma? ¿Es nuestra la isla donde una vez habitamos? ¿Estamos invocando? ¿Estamos esperando?

Sibilla no sabía leer griego, pero podía traducir el poema de Renée Vivien *Retour à Mytilène* del francés al italiano. Después de Aurel y Renée Vivien, Sibilla continuó traduciendo a Colette, a Anna de Noailles y a Gerard d'Houville, que se negó a que la llamaran Marie. Sibilla dejaba que las voces de estas volaran a su modo dentro de la suya, que se entrelazaran con ella, que se alzaran en su lengua; crearon un diálogo al que dio el título de *La pensierosa,* que significa *La mujer pensante.* Lina, que en 1907 leía todo lo que escribía Sibilla, comprendió entonces que, a pesar de las grandes distancias que separaban a las mujeres pensantes, podíamos todavía inaugurar una correspondencia íntima.

## Natalie Barney, *Lettres à une connue*

En nuestros idilios sáficos llegamos a escribir volúmenes de cartas amorosas. Incluso cuando los idilios acababan, no cortábamos la comunicación entre nosotras, modificábamos sencillamente la clave de nuestra intimidad. Amiga, compañera, amada: los matices de la confraternidad eran para nosotras variados y cambiantes. Al concluir el idilio entre Natalie Barney y Liane de Pougy, por ejemplo, Liane publicó su *Idylle saphique,* y Natalie, a modo de réplica, escribió una novela confeccionada con cartas a Liane. La tituló *Lettres à une connue,* o *Cartas a una mujer que conozco.*

En seguida, las mismas personas que sentenciaron que Liane no podía obviamente haber escrito un libro dijeron que las cartas de Natalie no eran obviamente una novela. A la mayoría de nosotras estas palabras nos hubieran desgarrado el corazón. Pero Natalie era tan serena y segura de sí misma, diría Radclyffe Hall más tarde, que todas nos sentíamos normales y valientes solo por reunirnos alrededor de ella.

De hecho, Natalie clamaría en su salón: ¡Una novela *epistolar!,* y rompió a reír. Deseaba escuchar nuestras voces brotando a su vera con un gozo sin desgarros. Era costumbre suya encontrar a las tímidas y a las desconocidas, *les inconnues,* y hacer de cada una *une connue.* Toda persona que entrara a la casa de Natalie se convertía en conocida. Nos apremiaba a ser recalcitrantes en nuestras cartas y a anunciarnos con nuestros nuevos nombres en la entrada. Teníamos esperanzas de llegar a ser nosotras en todos nuestros géneros y en todas nuestras formas.

## Léo Taxil, *La corruption fin-de-siècle,* 1894

Justo a continuación del capítulo *Le sadisme* venía *Le saphisme.* Léo Taxil pensaba en nosotras como algo lamentable y escandaloso, pero en orden alfabético. En ese capítulo se describían academias lésbicas reales en las que, clamaba Léo Taxil, las safistas se entregaban en grupo a indescriptibles orgías. De haber existido de hecho una Academia Lésbica de cualquier tipo de acreditación, habríamos emprendido con valentía su plan de estudios. Pero Léo Taxil nos sobrevaloraba. En realidad, muchas de nosotras andábamos luchando todavía contra el genitivo posesivo, y Eva palmer, que podría habernos ayudado, se había marchado a Grecia en 1906 para casarse con un tipo. Ahora era Eva Palmer Sikelianós, y flotaba por los alrededores de Atenas con sus túnicas tejidas a mano y su melena color de fuego arrastrándose por el polvo.

Léo Taxil, como Guglielmo Cantarano y Cesare Lombroso antes que él, se imaginaba a sí mismo como criminólogo. Significaba esto que mostraba un interés inusual por lo que las mujeres hacían cuando no eran vistas por los hombres. Todos deseaban escudriñar, por razones científicas y de estricta moralidad, qué sucedía exactamente en los asientos de los carruajes, en nuestros jardines traseros y en nuestra ropa interior. Se nos consideró especímenes prominentemente corruptos del *fin-de-siècle,* capítulo III, sección 2.

A lo largo de cientos de páginas, Léo Taxil proseguía escribiendo sobre burdeles, sádicas, *cabotines,* malas madres, madames y sobre la vileza lasciva que supuestamente se nos atribuía. El número de mujeres que en París y en ese período eran poseídas por otras mujeres, concluía Léo Taxil en 1894, era imposible de calcular científicamente. Aportó como evidencia las palabras de un oficial de bajo rango de la Prefectura: Era desalentador, pero legalmente nada podía hacerse; el crimen de safismo no estaba recogido en el Código Civil Napoleónico.

Como Natalie Barney comentó secamente una noche de 1913: Quizá Napoleón debería haber consultado a la Sibila ¿verdad, Sibilla? Desde el diván en el que se recostaba, Sibilla Aleramo le regaló a Natalie Barney una sonrisa enigmática.

## Sibilla Aleramo, *Il salotto di un'amazzone*

Durante el resto de su vida, Sibilla Aleramo rememoraría el Salón de la Amazona de la calle Jacob número 20: sí, muchas cosas bellas. En 1913, Sibilla fue a instalarse en París con Aurel, que era como una hermana para ella, y se quedó durante medio año; eran muchas las mujeres con las que citarse. Daba la impresión de que Natalie Barney conocía a todo el mundo, y en su jardín había un templo real, bastante modesto, pero con cuatro columnas dóricas que sostenían la inscripción «à l'amitié»; en su interior, un busto de Safo vigilaba las cenas privadas que Natalie celebraba a la luz del fuego del hogar. Natalie, en aquel semestre, invitaba a todo a Sibilla y así se mantenía cercana a todas nosotras. Fue en esa época, entre destellos y retazos, cuando supimos por primera vez de Lina Poletti. Quizá fuese la leyenda de sus ojos derretidores o tal vez la intimidad de la chimenea, pero sentimos que saber algo más de Lina Poletti podía fundirnos dolorosamente y forjarnos, renovadas, bajo una forma brillante y dura como el acero.

## Renée Vivien, *Sapho: Traduction nouvelle avec le texte grec,* 1903

Aunque Renée Vivien se propuso traducir a Safo con la máxima fidelidad, había siempre algo que se quedaba fuera. Renée encendía velas, quemaba incienso, se enjuagaba la boca con agua perfumada. Pasaba en vela toda la noche suplicando a espíritus que solamente ella alcanzaba a ver, pero no era capaz de devolver al mundo a Safo con total exactitud. Para ella, Safo era *La Tisseuse de violettes,* la tejedora de violetas;

Renée no encontraba el modo de traducir las frases delicadas hasta lo inverosímil sin aplastarlas, magullándolas, entre sus manos. A menudo Renée se miraba con enorme repulsión los huesos de las manos. Comenzó a llevar brazaletes en las muñecas para mantener alejado el ruido que hacía su mente al construir palabras fallidas.

En 1904 Natalie Barney llevó a Renée a la isla de Lesbos. En Mitilene, durante unos breves meses soleados, contemplaron el azul perfecto del mar y no hablaron de otra cosa que no fuera el fundar allí, juntas, una escuela, un salón, un retiro, un templo para la intimidad de las mujeres, en suma, el *Retour à Mytilène*. Renée se sentía flotar en un tiempo clético, nadaba por las mañanas en el Egeo plácido, prometió consumir menos cloral. Vestiría pantalones de lino crudo y transcribiría fluidamente sus visiones, como un asceta o un oráculo. Volver a Mitilene era bajar hasta el puro tuétano. Una vez que la carne quedaba cercenada, los versos se adherían realmente a Safo.

Pero al final del verano, cuando Natalie la devolvió a París, Renée clausuró con clavos sus ventanas contra el enmudecido cielo gris. No soportaría regresar a otro lugar que no fuera Mitilene.

## René

El año que precedió al verano de Lesbos, Renée había intentado escribir un libro que tituló *Une femme m'apparut,* o *Se me apareció una mujer,* sobre su amor por Natalie Barney. Dos años antes, Natalie Barney había escrito *Cinq petits dialogues grecs* sobre su amor por Renée Vivien. Nunca dejaron de escribir a menos de un palmo la una de la otra. En su correspondencia íntima hubo cartas extensas, poemas cariñosamente dedicados, borradores inacabados. *Une femme m'apparut* fue un esbozo sin terminar durante mucho tiempo porque, si bien Renée podía escribir en abundancia sobre apariciones, veíamos que la carne de las mujeres le resultaba difícil de abordar.

De hecho, Renée no podía concluir un poema sin dar un tajo hasta el fondo de sus huesos antiguos y blancos. Solo el cambiar de nombre la calmó; había firmado sus poemas más tempranos como René. Era un gran alivio, nos explicaba, ver esa forma mondada, limpia y masculina de su nombre al principio de la página, protegiendo del daño a los alejandrinos. ¿Es que no sentíamos el peso desaliñado, como un colgajo, de la -e sobrante?

En general no lo sentíamos. Pero nos acordábamos del personaje de San Giovanni en el primer esbozo de *Une femme m'apparut:* andrógino, distante, terriblemente puro, un poeta sáfico. En ese bosquejo primerizo San Giovanni está en todas partes, exaltando los éxtasis del safismo. Pero en el segundo borrador, escrito a la vuelta de Lesbos, la voz de San Giovanni se recortó hasta quedar en casi nada, una línea escasa aquí o allá. Nos preguntábamos cuánto más podría recortarse antes de que Renée desapareciera.

## Tryphé

En aquella época existía en París el *poste pneumatique.* Podíamos enviarnos notitas de amor toda la tarde mediante unos tubos especiales que atravesaban los distritos. Estos mensajes «neumáticos» se llamaban *petits bleus* por el color de las cápsulas en las que se enviaban. También sugerían *l'heure bleue,* esa hora difusa del crepúsculo en la que el sol ya se ha marchado pero el cielo está todavía de un gozoso azul inaprensible. Para Natalie, este azul era voluptuoso y seductor, la piel misma del cielo desnuda y extendida ante sus ojos. Para Renée, *l'heure bleue* no era azul en absoluto: era el cielo manchado que siempre se hundía en la tiniebla. Era el mundo intentando desgarrarla en dos delgadas franjas. Era el siglo equivocado. Era el despertar de la noche, la hora de comer aire, la turbiedad del cloral.

Cuando Natalie Barney escribió *Cinq petits dialogues grecs* sobre Renée Vivien en 1901, lo publicó bajo el seudónimo de Tryphé. En griego, *tryphé* alude a una magnífica voluptuosidad casi regia, un gran amor extravagante por los cuerpos desnudos y tendidos ante ti, un placer de aire suave sobre tu propia piel. Natalie Barney era exactamente así. Pero Renée Vivien, cuyo nombre significa algo así como «la que ha nacido de nuevo y sigue viva», no lo era. De hecho, Renée no sobreviviría mucho tiempo al verano de Lesbos. Escribió un poema titulado *La mort de Psappha* o *La muerte de Safo* y comenzó a hundirse dentro de su tiniebla. Una mañana del otoño de 1909, cuando los castaños de Indias se habían desnudado de sus hojas, abandonó su leve y frágil cuerpo. Por fin, dijo Natalie, Renée Vivien había regresado a Mitilene. Cada semana llevábamos flores a su tumba de Passy, siempre violetas.

# SIETE

## Sibilla Aleramo, *Apologia dello Spirito Femminile*

No siempre fuimos capaces de encontrarnos unas a otras a tiempo, o en cuerpo real. Cuando Sibilla Aleramo llegó a París en 1913, todo lo que podía conocer de Renée Vivien consistía en fantasmas de palabras sobre una página y en el espíritu numinoso que permanecía como incienso en el Temple à l'amitié. A Sibilla le entregamos lo que pudimos de la vida de Renée Vivien; la llevamos a la tumba de Passy para dejarle allí su ramito de violetas.

A cambio, en el transcurso de muchas noches, Sibilla nos contó la historia de Lina Poletti. En realidad nos contó muchas historias: Lina estaba acuñada en un molde. Como Renée, Lina fue una poeta de perfil pulcro y oscuro; como René, fue audaz e inquieta sobre sus abotonadas botas altas. En los relatos de Sibilla veíamos a Lina con su gramática encuadernada en cuero verde, imaginando un *beudos,* y escuchamos a Lina decirle a su madre que preferiría quemar la casa antes que coser su ajuar. El bordado no es nada, dijo Lina, impaciente, ¡mientras que en griego hay todo un genitivo de memoria!

En la casa de Lina Poletti este argumento era una ofensa a la feminidad. Pero en aquellos días Sibilla Aleramo creía que las mujeres deberían convertirse en poetas en lugar de en costureras de su propia esclavitud, y por eso redactó un artículo titulado *Defensa del espíritu de las mujeres*. Se lo dedicó a Renée Vivien, la San Giovanni del verso sáfico.

## Lina y Sibilla, 1902

Lina, nos contó Sibilla, hablaba en voz baja y tenía dificultades para explicarse con palabras. Además, cuando Lina sentía deseo por alguien, a menudo cambiaba su nombre. Te llegarían cartas ardorosas y llenas de misterio de parte de quienquiera que fuese entonces Lina, dijo Sibilla, y tú simplemente tenías la tarea de averiguarlo. O ya lo adivinaste, porque no podía haber sido otra persona. Las cartas eran como calladas respiraciones tras tu cuello: querías darte la vuelta y abrazarlas, pero también querías aguardar, sintiendo cómo llegaban una tras otra, tenaces y excitantes.

En 1908, Sibilla se sentía lamida por la calidez de Lina: qué incansable sucesión de cartas, qué optimista y amoroso su tono. Pero en 1909 Sibilla intuyó que la violenta y luminosa ola de Lina había llegado a su cresta y se iba retirando de ella. Finalmente Lina le envió unas líneas: estaba trabajando en una obra nueva. Necesitaba tiempo para pensar en la acción dramática. Le interesaban las actrices.

## Tristano Somnians, 1909

Era el año 1909 cuando un tal Tristano Somnians entabló correspondencia con varias actrices, con la afamada Eleonora Duse entre ellas. Tristano, cualquier actriz lo hubiera sabido, era el nombre del joven héroe que rodea a su amada con unos brazos tan apretados como una madreselva en un avellano. Y Somnians significa que está fantaseando con ella con una media sonrisa.

Para Lina Poletti, las actrices eran como verbos aún sin conjugar: llevaban dentro el potencial embriagador de cualquier acto, de cualquier mandato, de cualquier futuro. Gracias a la audacia de sus manos cualquier objeto podría soportar su acción. ¿Qué poeta joven y heroico no aguardaría en la entrada de artistas, soñando con las actrices?

## Eleonora Duse, nacida en 1858

A lo largo del siglo en el que había nacido Eleonora Duse, señaló Ibsen, todas las actrices de Escandinavia se habían desmayado sobre el mismo lado del escenario en toda ocasión. Si se producía una situación dramática, el pañuelo iba a parar a la mano izquierda, la actriz se desviaba hacia la izquierda del escenario y luego sucedía el desmayo.

Pero en Italia las actrices eran imprevisibles. Si sentían que el desmayo se les venía encima, una vacilación las iba llevando a dondequiera que se detuvieran, y cuando se hundían en las tablas del suelo, se les clavaban en las palmas astillas diminutas y crueles. Todos los miembros de la familia de Eleonora Duse se dedicaban al teatro. De hecho, su madre, Angélica, presa de los dolores de parto cuando la compañía viajaba de Venecia a Vigevano, casi se había desmayado en el tren.

Eleonora apenas tuvo tiempo para nacer en Vigevano, en plena noche. Comenzó a actuar a los cuatro años. Su madre le dijo: No importa dónde te desmayes, si a la izquierda o a la derecha del escenario, pero ponte el pañuelo en la mano sobre la que vayas a caer para evitar la punta de las astillas.

## Giacinta Pezzana, *Madame Raquin,* 1879

En Nápoles las viviendas se amontonan en cuestas escalonadas por las que corren las aguas sucias, los gatos callejeros, las peladuras de pescados y hortalizas. A los niños se les llama *e'criature.* Todo se despeña cerro abajo hasta el mar, todas las criaturas mezclando sus huesos, pelajes y escamas. Al menos cuando los callejones daban en el mar *e'criature* podían ver el cielo.

En Nápoles Eleonora Duse se unió a la compañía del Teatro dei Fiorentini, cuya prima donna era la enérgica actriz Giacinta Pezzana. Eleonora, de solo veintiún años, era ya huérfana de madre y le daba por llorar bruscamente. Su padre la reprendía por sus salvajes ataques de nervios. Insistía en que allí nadie podía sufrir *la smara,* un temperamento sombrío que a los venecianos les llegaba de la gélida niebla de la laguna, porque en el dialecto de Nápoles no existía vocablo que la designara.

Con la joven Eleonora en el escenario, Giacinta Pezzana comenzó a asumir papeles de madre o de tía. Eleonora era aún, técnicamente, una *seconda donna,* no una *prima donna,* pero Giacinta la sacó a plena luz y acarició su pelo oscuro con suavidad. En el otoño de 1879, cuando Eleonora hacía el papel de Thérèse Raquin, al abrazar a su tía Madame Raquin en el segundo acto Giacinta percibió la nueva y pesada redondez de la barriga de Eleonora bajo su vestimenta. Ninguna de las dos actrices se apartó del papel, pero ambas lo supieron: era una *criatur'*.

## *Nennella, 1879*

La escritora Matilde Serao, nacida en Patras y criada en Nápoles, rebosaba de amor por cualquier criatura que sufriera. Solía parar en la calle a los ciudadanos pudientes y reñirles a propósito de los orfanatos. Tenía opiniones propias acerca de las aguas sucias, de los escondrijos turbios de los callejones y de la dudosa moral de los solteros enamoradizos. En cuanto Matilde Serao conoció a Eleonora Duse se enamoró de ella para el resto de su vida. Como solía decir Matilde: Si yo hubiera nacido hombre, esto no habría tenido fin.

Matilde llamaba cariñosamente a Eleonora *Nennella,* que significa «nenita» en el dialecto de Nápoles. La otra persona que había llamado así a Eleonora fue el hombre que la dejó embarazada y se negó después a volver a verla.

Bajo la ley italiana, una mujer no tenía derecho a demandar al hombre que la había dejado encinta. Joven actriz con mínimas raspaduras de dinero y con los nervios afilados, Eleonora se preparó para entregar el bebé al orfanato.

## Santissima Annunziata

En Nápoles la patrona de las *criature* rechazadas por sus padres era Santissima Annunziata, que daba nombre al orfanato. En sus muros se había fijado un torno: giraba solamente en un sentido. Un bebé ilegítimo colocado en la rueda se convertía irrevocablemente en un huérfano.

A las madres que entregaban a sus hijos en Santissima Annunziata se las llamaba rameras desnaturalizadas de corazones falsos y caras pintarrajeadas. A los padres no se les llamaba de ningún modo porque la ley italiana no contemplaba las demandas de paternidad. A los huérfanos se les llamaba «niños de la Madonna» y la mitad de ellos moría antes de un año.

## Artículos 340 y 341

En Francia, los hombres notables demandaban una ley para prevenir que las mujeres de clase baja, lavanderas o actrices o cualesquiera otras que hubieran quedado encintas, los acosaran sin tregua con súplicas y llantos. ¿Qué ocurriría si las mujeres intrigantes, con sus corazones hipócritas y sus críos hambrientos, tuvieran la tentación de incorporar a sus bastardos en la legítima familia francesa? Y es más, advertían los varones notables, todas esas mujeres que han conseguido quedarse embarazadas se arrimarían llorando a los hombres casados en busca de dinero para alimentar al hijo, y eso era una vergüenza, un crimen, una mancha contra el Código Civil Napoleónico. En 1804, los varones aprobaron el Artículo 340, que prohibía estrictamente las demandas de paternidad. Todos los niños están desprovistos de padre al nacer, argüían, un padre se constituye solamente a través del matrimonio: *pater is est quem nuptiae demonstrant.*

Inmediatamente después los varones aprobaron el Artículo 341, que estipulaba que, por otra parte, las demandas de maternidad estaban bien vistas en el ámbito de la ley francesa. Una mujer ha de ser considerada responsable de la inmoralidad de su conducta carnal, decían los varones, y una ley así les daría a las volubles tiempo para pensárselo antes de meterse en la cama de cualquiera que les guste. Por todo esto, un varón notable no tenía que ocuparse del nacimiento de un hijo ilegítimo, tal y como el Artículo 341 establecía vigilando en su nombre.

## Eleonora Duse, 1880

Giacinta ayudó a Eleonora a camuflar el embarazo en el escenario hasta el noveno mes, y después Matilde encontró para Eleonora una comadrona bien retirada, en el campo, a donde ella podría llegar en el anonimato. Cuando el bebé nació, Eleonora envió al hombre que la había dejado preñada una fotografía con su rostro radiante y agotado y la débil criatura entre los brazos. El hombre recibió la fotografía, escribió una palabra encima y la envió devuelta. La palabra era *commediante,* que significaba «eres una actriz, nadie va a creerte».

La criatura murió a los pocos días y Eleonora, que necesitaba dinero, volvió al teatro en Nápoles. Se dejaba llevar por el llanto y los ataques de nervios desatados, pero la gente decía que las actrices eran siempre tan emocionales que no podías creerte sus lágrimas. Indignada, Matilde Serao replicó que se podía sufrir *la smara* incluso bajo la bóveda del más radiante azul del cielo en Nápoles.

## Eleonora Duse, Nora en *Nora,* 1891

Eleonora Duse nunca se encontró con Laura Kieler, la mujer cuya vida Ibsen adoptó para el personaje de Nora. Pero en 1891, cuando *Casa de muñecas* se estrenaba en Milán, Eleonora volcó su propia vida en la de Nora con tal fuerza que las llaves alrededor del cuello entrechocaron sonando con violencia. Eleonora supo lo que era cerrarle la puerta al hombre que dudaba de que fueras plenamente una persona. Tenía treinta y dos años y nunca volvería a ser una *Nennella.* Ahora les diría a las actrices más jóvenes: Nuestras vidas están llenas de diminutas astillas, nadie va a mitigar la caída.

Eleonora Duse nunca llamaba a una obra por su título. Para ella, una obra era la mujer que ella iba a ser en la misma. En cuanto comenzaban los ensayos, Eleonora se concentraba en hacerle sitio a la mujer que vendría a ocupar su lugar. Se recogía el pelo, coagulaba sus sentimientos personales en una cámara lateral de su corazón. Todo para abrir más espacio y que su protagonista lo poseyera. Iba a acortar su propio nombre. Así que en aquella velada invernal de 1891 en el Teatro Filodrammatici de Milán, ella era la Nora que era Nora en *Nora.*

## Sibilla Aleramo y Giacinta Pezzana, *Nora,* 1901

En 1901, justo antes de que Rina Faccio se convirtiera en Sibilla Aleramo, llegó al teatro en Milán y vio a Nora. Rina nunca lloraba en el teatro, pero esa noche su querida amiga Giacinta se dio cuenta de que las lágrimas rebosaban de sus ojos. Giacinta comprendió: Nora estaba abandonando al hombre con el que se había casado porque no se daba cuenta de que ella era un ser humano. Nora repiqueteaba en la puerta cerrada de un siglo de mujeres cuyo único verbo había sido casarse. La húmeda sal que ardía en los ojos de Rina no era la del llanto exactamente. Era el siglo, que estaba abandonando su cuerpo.

La querida amiga de Rina que había comprendido todo aquello era la misma Giacinta Pezzana, ahora enérgica *femminista* de sesenta y tantos años, que había ayudado a la joven Eleonora Duse a convertirse en prima donna. Giacinta Pezzana sabía lo que era actuar. Observó los ojos de Rina brillando en el teatro en penumbra y le dijo: Ahora. Es el momento. Cinco años más tarde, Sibilla Aleramo era la protagonista de su propia vida y su libro *Una donna* nació en Turín, en medio de un ajetreo enfebrecido.

Giacinta presintió que Eleonora Duse y Sibilla Aleramo se convertirían en sus propias Noras. A menudo discernimos en las otras la primera señal, la línea inicial de apertura. Pero luego nos volvíamos desconfiadas. Consultábamos los horarios de los trenes que pretendíamos tomar, comprábamos cuadernos de notas y otras provisiones. Nos deteníamos en el umbral, con el futuro ante nosotras como un mar de olas incesantes. Y ahora, preguntamos a Sibilla, ¿cómo creer que habrá una isla de nuestra invención?

## Eleonora Duse, *Ellida,* 1909

Hacia 1909 Eleonora Duse se encontraba exhausta. Había sido tantas mujeres. Trabajaba desde los cuatro años. Se la pudo ver en escenarios de Egipto, de Rusia y de América; en París, la divina Sarah Bernhardt se ofreció a prestarle a Eleonora su propio teatro privado en el que cabían diecisiete centenas de admiradores. Eleonora había probado inyecciones de estricnina e idilios en Capri. Pero estaba viviendo la menopausia y no deseaba otra cosa que recostarse en el diván de su piso de Roma y leer poesía.

Era una cuestión importante la de cómo retirarse de la escena. En 1909, Eleonora Duse eligió como último papel el de Ellida, que Ibsen llamó *La mujer del mar.* Ellida para Eleonora era, como dijo luego, la libertad definitiva de su espíritu. No existía ningún hombre que pudiera impedírsela, ni una ley que pudiera sustraerla de la emancipación. Ellida, la hija de un farero, era un faro para las mujeres que un día serían capaces de elegir a quién amar y cómo vivir en su compañía. Su cabello de plata brillaba como una madeja coronando la cabeza y el cuello estaba libre de joyas y cadenas. Para Eleonora, Ellida era la mujer en la que Nora finalmente se había convertido, dieciocho años después de abandonar al hombre que la había encerrado en una casa de muñecas. Después, ella abandonó a todos los hombres que eran ese mismo hombre.

## Lina, *Tristano Somnians,* 1909

En el verano de 1909, el misterioso Tristano Somnians hizo la corte a un buen número de actrices en Roma. Llegaban por correo caballerosos mensajes perfumados, por los camerinos se enredaban los *bouquets* de madreselva. Sin nadie a quien comparar con la bella Helena, presentía Lina, era imposible escribir un drama. Buscaba a la que, como decía Safo, *a todo ser humano sobrepasó / en belleza / dejó a su bello esposo / atrás, y marchó en barco a Troya.*

¿Quién sobrepasaría a todas en belleza, quién abandonaría a todo hombre que intentara retenerla, quién tomaría orgullosamente en sus manos su propia vida y navegaría con rumbo allende las islas?

Eleonora Duse se había retirado de la escena y reposaba en su diván en Roma leyendo los poemas de Giovanni Pascoli. Salió brevemente de su ensimismamiento una tarde para recibir a un protegido de su adorado Pascoli, un joven poeta que se anunciaba como Tristano. La condujeron al salón y Lina se presentó inmediatamente a Eleonora Duse con un volumen de Safo abierto por el fragmento 24 C: *vivimos / ... lo contrario / ... desafiante.*

## Lina, *Helena,* 1910

Incluso en invierno el sol de Roma resplandece como una bendición, anotó Lina en su primera carta a Eleonora, y bendita tú eres, entre todas las mujeres mortales, como una Helena que sobrepasa a todas en belleza. ¡Oh, Eleonora!, ¿cuándo regresarás a Roma? Eres más luminosa que el sol, tu luz rutila en el cielo del invierno y desciende sobre el mar. Eres tan alto faro para mí, Eleonora, que por ti yo alcanzo a ver más allá de las islas conocidas por cualquier ser humano.

## Lina, *Arianna,* 1910

Sola en Roma, Lina comenzó a escribir una pieza para Eleonora. Se titulaba *Ariadna,* por el hilo que conduce al laberinto y por la mujer que lo desenrolla. Una mujer, escribió Lina, es alguien que reúne en sus manos los hilos de su vida y marcha hacia adelante.

Tú agarras el filamento en su núcleo, le escribió Lina a Eleonora. Eres Ariadna desenmarañando todas las distancias, todos los límites, todas las coacciones.

Eleonora estaba enferma, postrada en cama en Belluno, pálida como los almohadones que la circundaban, leyendo escenas de *Ariadna.* Era absurdo a su edad, se decía, enamorarse de una joven poeta arrobada de visiones. Pero Lina era tan cálida en sus cartas, tan dolorosamente devota, que Eleonora sintió que se estaba fundiendo.

## Sibilla Aleramo, *Madame Robert,* 1910

En 1910 Eleonora Duse tenía cincuenta y dos años, la misma edad que el personaje de Madame Robert en la obra inacabada de Sibilla Aleramo, *L'assurdo.* Antes de la aparición de Madame Robert, *L'assurdo* constaba solamente de un triángulo de personajes. En el centro está Lorenza, la mujer que ha de elegir entre el distinguido Pietro y el descarado y poético Arduino. O visto desde otro lado del triángulo, el digno Pietro está perdiendo lentamente a su amada por culpa de un poeta descarado que se llama Arduino.

No podemos ver esto desde el tercer lado del triángulo porque, en la obra de Sibilla, Arduino es imposible de describir. A veces Arduino es afeminado, sin barba y clarividente; otras es una joven mujer masculina con altas botas abotonadas. Fuera la persona que fuera, a Lorenza le resultaba irresistible. Pero Lorenza duda. Hay algo en su deseo que le trastorna el sueño. Arduino es a duras penas un hombre o una mujer como el resto, eso lo comprende Lorenza, pero ¿cómo puedes amar a alguien que no alcanzas a definir? ¿Qué ocurre si eres incapaz de escribir una sola palabra que alcance a atrapar lo que es tu ser amado?

Sorprendidas, levantamos la vista del manuscrito de *L'assurdo.* ¿Tal vez creía Sibilla que la palabra «amado» no era suficiente por sí misma? ¿Tal vez, con el fin de que Lorenza amara a alguien como Arduino, tendría que soldarlos a una superficie más sólida que el lado de un triángulo? Nos preguntábamos si Sibilla le habría reprochado alguna vez a Lina el haber sido tan indescifrable.

Lorenza nunca responde a estas preguntas; en su lugar, Madame Robert aparece en la obra. Entregada a sus agudos ataques de nervios, Madame Robert ejerce sin embargo la fascinación de quien ha vivido cientos de experiencias teatrales en sus cincuenta y dos años. Arduino es inquieto y lleno de molicie; Madame Robert es intrigante, resolutiva; toma a Arduino como amante. En ese punto, el manuscrito se interrumpe. Algunos actos solo pueden ser escritos bajo forma de fragmentos, dijo Sibilla con un suspiro, se te rompen en las manos antes del final.

## Lina Poletti, *Gli inviti,* 1910

A lo largo de la primavera las cartas de Lina llegaban a Eleonora a la vez que todo se fundía. Fue entonces, nos contó Sibilla, cuando sintió que Lina fluía lejos de ella. Sibilla intentó escribir a Lina, intentó escribir una obra como Lina, intentó escribir sobre Lina: todas las líneas se rompían en la página.

Por esa época Lina envió a Eleonora un poema que comenzaba así: Abre las ventanas de par en par, sumérgete en el mar, ven hasta el filo del horizonte donde se funden las olas, donde yo estoy esperándote.

También por esa época, Lina envió una carta a Sibilla que decía cabalmente: Estaré pronto en Roma ocupada en un proyecto, también te envía saludos Santi Muratori, con quien me casé el jueves pasado en Rávena. Espero que estés bien.

## Audouin, *Étude sommaire des dialectes grecs littéraires (autres que l'attique)*

Lina Poletti sentía un gran afecto por el bibliotecario Santi Muratori desde sus tempranos días en la Biblioteca Classense de Rávena. Le prestaba cualquier libro de los archivos y no le pedía nada a cambio. Cuando el padre y la madre de Lina se plantaron en el salón y le dijeron: Tienes forzosamente que casarte, se oyen ya demasiadas habladurías, Lina Poletti fue a buscar a Santi Muratori en medio de sus amados estantes y se lo explicó. Por supuesto, Santi le prestó el *Breve estudio de los dialectos literarios griegos distintos del ático* y acordaron verse el jueves.

Por lo general olvidaban que estaban casados, salvo cuando Lina necesitaba para algo sus documentos de identidad. Era solamente entonces cuando, en medio de una rabia seca, Lina escribía a Santi: Mi querido Santi, aparentemente no puedo ser en Italia nadie excepto la señorita Cordula Poletti o la señora Cordula Muratori *née* Poletti, así que, por favor, envíame los papeles.

Con celeridad le remitía Santi todo a Lina, en copia doble. Luego enviaba una carta a Eleonora Duse rogándole gentilmente que entendiera que a Lina, en esas ásperas rabietas, la devoraba una llama que ardía y ardía por las injusticias cometidas contra las mujeres hasta que ella metió fuego a su propia vida. No se trataba solo de que a Santi le importaba Lina y no quería verla quemada y amargada, sino que, escribió a Eleonora, veía cuán favorable era la vida para nosotros los hombres, qué indulgente es la sociedad y qué incontables las recompensas. Cada paso era suave para nosotros. Pero ¿quién, quién lucha por los derechos de las mujeres? ¿Qué pueden dar los hombres desde su libertad y su comodidad? Sobre todo ¿qué puede hacerse en Italia?

Con los papeles que Santi le enviaba, Lina era libre para comprarse una casita a su nombre. Le contestaba con gratitud en una carta que guardó en los archivos en los que gastaba todas sus horas de vigilia, en medio de sus adorados estantes, hasta que llegó la guerra y bombardearon las bibliotecas, sepultando a Santi Muratori bajo tres toneladas de papel y de escombros.

## Lina Poletti, *Arianna,* 1910

Eleonora y Lina, juntas, eran seres casi alados. Pasaron un verano liviano como gasa en Belluno, donde las cumbres de las montañas conservan su azucarada nieve incluso en la canícula. Después bajaron hasta Florencia a la villa de Mabel Dodge. Mabel Dodge las hizo bajar a la tierra. Cuidaba perros y le desagradaba casi todo lo demás. Mabel Dodge observó que Lina parecía estar usando pantalones y no sabría entrar a una estancia sin hacer peligrar docenas de perritos de porcelana.

Lina dejó la jauría de perros ladrando en la terraza y trepó a un roble con el borrador de *Ariadna.* Pero su Ariadna iba desviándose de escena en escena; a veces era la intrépida tejedora de futuros y otras solamente una abandonada mujer quejumbrosa. Lina solamente quería a la Ariadna que sostenía con firmeza los hilos en su puño. Quería solo a la Helena que pasó por encima de todos y abandonó, navegó allende los mares, pasadas incluso las islas de Esciros y Escirópula, Psará y Antipsará. Esa era la belleza de Helena: cuando estaba en el mar, podías esperar siempre que tuviera su destino no en Troya, sino en Mitilene. Pero era difícil escribir cosas así, lo comprendíamos, porque era muy difícil vivirlas.

## Gertrude Stein, *Portrait of Mabel Dodge at the Villa Curonia*

Escuchábamos a Sibilla en el Temple à l'amitié ya en la alta noche y éramos como un coro que aún no sabe si aquello acabará siendo una tragedia. Por entonces ya sabíamos cómo encontrar a nuestras hermanas y cuándo soslayar preguntas sobre nuestras alcobas y nuestra ropa íntima. Se acababa de publicar en Florencia *Tribadismo, saffismo, clitorismo* y Natalie Barney nos prestaba muchos otros libros que antes había mantenido lejos de nuestras manos. Pero temíamos que lo que iba a suceder fuese más terrible e inevitable de lo que preveíamos. Preguntamos a Sibilla: ¿Qué llegará a ser de Lina Poletti? Sibilla, enigmática a la luz de la chimenea, se limitó a repetirnos una línea del *Retrato de Mabel Dodge en Vi-*

*lla Curonia* de Gertrude Stein: Tanto aliento no tiene el mismo espacio cuando el final es ir disminuyendo.

## Lina Poletti, *Arianna,* 1912

Cuando llegaba el final, Lina y Eleonora marcharon a Venecia. El verano avanzaba, pesado y húmedo, mientras intentaban recobrar el hilo de su vida juntas. Rilke, que vivía cerca, leyó el esbozo inacabado de *Ariadna* y lo juzgó ambicioso: Lina era realmente talentosa, pero demasiado joven, aspiraba a demasiado, su Ariadna era demasiadas cosas a la vez. Como poeta veterano le aconsejó modestia y un ritmo más verosímil en la acción. Querida, solamente tienes veintiséis años, dijo. Confórmate con pequeños tragos de inspiración, no esperes que la grandeza venga sobre ti. El propio Rilke acababa de escribir varias de sus elegías de Duino en cuestión de días porque el poema lo había llamado cuando caminaba solitario por los acantilados, proclamando su lugar entre las jerarquías de los ángeles.

Lina sospechaba que Rilke mentía descaradamente. Pero se preguntó si algunos actos podían ser solamente escritos como fragmentos.

## Eleonora, 1912

Un pavo real lanzó un grito en los jardines. Eleonora dejó caer el vaso, que se rompió. Un miasma húmedo serpenteaba sobre la laguna y sofocaba la respiración. De la Piazza San Marco llegaban unas luces llamativas y los *gondolieri* cantaban ásperos como gaviotas.

El final era ir disminuyendo y Eleonora sufría cierta enfermedad pulmonar que le impedía respirar con desahogo. El final era disminuir y Lina sintió una rara opresión en la mandíbula. Ya no ocupaban el mismo espacio, habían perdido el hilo de gasa por alguna razón. Lina anhelaba una Helena que navegara invicta más allá de las romas playas del mundo conocido. Veía a Eleonora lánguida cuando dormía, tosiendo, con el camisón retorcido entre las piernas.

Una de las últimas cosas que Lina le dijo a Eleonora fue esto: Vayamos a París, puedo comprar una casita para nosotras, he oído hablar tanto de París, allí está Natalie Barney que conoce a todo el mundo, Eleonora, en París voy a concluir mi *Ariadna* y tú regresarás a la escena como su estrella.

Pero Eleonora estaba agotada y enferma, había sido ya demasiadas mujeres en su vida y solamente deseaba descansar en su diván de Venecia leyendo poesía. Entonces Lina la dejó sola. Abandonó a Eleonora, abandonó *Ariadna* sin terminar, abandonó Venecia. ¡Cómo lamentamos que Lina no viniera con nosotras a París en los meses bochornosos de 1912! Podría habérnoslo contado todo ella misma. Pero en lugar de eso Lina regresó a Roma, donde al final del verano las tormentas abrían grietas en el cielo. Después el aire se queda aplacado y limpio, dijo Sibilla, y puedes respirar de nuevo.

## Eleonora Duse, *La Duse parla del femminismo,* 1913

Tras un año de convalecencia, Eleonora Duse regresó inesperadamente a la vista del público para dar una extensa entrevista sobre el tema de las mujeres en Italia. Ante todo, dijo Eleonora, Italia era indiscutiblemente un monopolio de los hombres. Por supuesto, las mujeres anhelaban ser seres humanos en lugar de muñequitas que bailaban para placer de sus maridos, parían obedientemente a sus hijos y se aniquilaban a sí mismas. ¿Quién no desearía lo que poseía la mitad de la población solamente por el hecho de haber nacido? Además, prosiguió Eleonora, incluso si una mujer desea trabajar, escribir, pensar por sí misma, emprender cualquier acción, amar a otra mujer, queda inmediatamente ridiculizada como una depravada contra natura por expresar las cualidades que los varones aprecian para sí mismos. No es extraño, concluyó Eleonora Duse, que las mujeres en Italia están quemándose y quemándose con una seca rabia contra la larga tiranía de los hombres. Desde el τύραννος de Grecia, añadió, explicándole a su atónito entrevistador que durante su larga enfermedad había comenzado a estudiar gramática griega. Esperaba poder leer pronto a los clásicos en su lengua original.

# OCHO

## Eva Palmer, *Safo,* 1900

Siempre recordaría Eva Palmer aquella primera vez en la que fue Safo. Estuvo aguantando de pie, muy quieta. Se trataba de un *tableau vivant*. Envuelta en media sábana estiró un brazo como si en ese momento fuera a arrancar a cantar. Pero se quedó en silencio, con el pelo rojo que le caía hasta los tobillos, la sábana resbalándose muy despacio hombro abajo. Flotaban en el aire los sonidos del verano en la isla de Mount Desert: pinos que crepitaban con ritmo propio, ajetreo de pájaros en los techos de paja, la brisa susurrando en las cortinas de las casas de veraneo.

Ahora, además, surgía un murmullo del racimo de espectadores que observaban cómo Eva se convertía en Safo. Eran padres norteamericanos presentes allí en su mayoría por motivos de beneficencia. Acostumbrados a los huérfanos cohibidos y a las bandejas de *petits fours,* miraban a Eva Palmer con curiosidad. Era una chica sorprendente con su pelo rojo en cascada, soñadora y, además, según habían oído, un prodigio en lenguas clásicas. A los padres norteamericanos que veraneaban en Bar Harbor no les llegó noticia del motivo concreto por el que expulsaron durante un año a Eva Palmer del colegio de Bryn Mawr. Pero aun así era una niña rara, eso saltaba a la vista. Con sus propios ojos iban cerrándole con fuerza los pliegues sueltos de su sábana drapeada. Era el año 1900. Era la primera vez que Natalie Barney veía a Safo en público.

## Eva Palmer y Safo, fragmento 16, 1898

En realidad Eva llevaba practicando a Safo muchos años. En 1898, en la sala dormitorio de Radnor Hall, arrestaron a Eva cuando practicaba con dos o tres chicas. Tenían exámenes de griego de nivel intermedio, protestó Eva, y estas chicas apenas se defienden con el aoristo, ella solo pretendía ayudarlas a comprender el concepto de acción en el pasado. Pero el presidente del *college* no quería oír ni una palabra. Eva y Safo fueron expulsadas durante un año. Metió todos sus libros en la maleta y se marchó a Roma con Safo en el regazo, abierta por el fragmento 16: *la descarrió / ... porque / ... levemente.*

## Anna Vertua Gentile, *Come devo comportarmi?,* 1899

En 1899 existían muchos libros en Italia que instruían a las señoritas sobre cómo adquirir unos modales modélicos. Las niñas han de ser nobles, lindas, hacendosas, modestas, devotas, tranquilas, dispuestas a sacrificarse y, sobre todo, limpias de vicios. Anna Vertua Gentile, autora de docenas de estos libros, publicó *¿Cómo debo comportarme?* en las mismas fechas en las que Eva Palmer llegaba a Roma. Eva no lo leyó.

En lugar de ello, Eva gastó los meses de Roma en hacer calas en la ciudad. Tomaba como referencia un rincón o una columna caída del Foro y operaba hacia abajo: primero, los gatos callejeros y el musgo; luego, los antiguos nombres en latín, las anchas losas que empedraban las calles subterráneas, las multitudes de pies con sandalias que las habían pisado, las voces aflautadas en el aire antiguo, los cánticos que emanaban del templo de Vesta como el humo de la llama sagrada; finalmente la Roma imperial quedaba al descubierto para ella. Eva no leía libros que ensalzaban las virtudes femeninas porque andaba volcándose en Virgilio, en Catulo, en Ovidio.

Fue Ovidio, y Eva quedó impactada al enterarse, quien le robó la voz a Safo para quedársela y volverla hostil a ella. *Quid mihi cum Lesbo?,* puso Ovidio con rencor en boca de Safo. ¿Qué me importa Lesbos ahora? Eva Palmer podría haberle replicado a Ovidio lo que Lesbos era para Safo, podía recitarle los nombres de las amantes de Safo como si fueran sus propias amigas.

## Natalie Barney y Eva Palmer, 1900

En los bosques que había tras la casa de veraneo dejaban que se resbalasen sus vestidos; desnudas, pasaban toda la tarde apostrofándose en el caso vocativo. Cuando Eva recitaba poesía, Natalie sentía a la multitud silenciosa de los árboles inclinando sus copas para escuchar. En los últimos versos, Natalie tomaba a Eva por la muñeca, la llevaba al centro del claro del bosque y daba un paso atrás para admirar el cuadro que había creado de Eva regia y desnuda con las sombras de las hojas jugando sobre su cuerpo.

Aquellos fueron nuestros días aurorales y observábamos con asombro las pocas fotografías que nos quedaban. Eva aparecía como una mancha pálida y borrosa arrastrando su pelo sobre las agujas de los pinos y Natalie sonreía abiertamente: eran tan jóvenes que no habían conocido a nadie más, salvo en los libros. Además, Eva, que había leído las *Heroidas,* contó a Natalie que Ovidio se había apropiado de la vida de Safo para desfigurarla. ¡Nunca, juraba Eva, jamás se habría despeñado Safo por los acantilados por culpa del amor de un hombre! Al sentir el temblor en la voz de Eva, Natalie la abrazó: libros, cuerpo, agujas de los pinos. Eran muy jóvenes, pero ya presentían el camino hacia su metamorfosis.

## Safo, fragmento 19, 1901

Del fragmento 19 no queda ningún verso completo. Es como si cada palabra acabase tragada tras un suspiro. En la primera parte del poema Safo habla de la espera: la tensión del tiempo antes de que algo suceda. Luego el poema se detiene, y hay un tictac de pura nada que avanza, punto-espacio en blanco-punto-espacio en blanco-punto, un ritmo desolado. Punto-espacio en blanco-punto era el barco de Natalie que zarpaba de la isla convirtiéndose en una mota en la bahía, desvaneciéndose, pensaba Eva. En 1900, como un espacio en blanco, Eva regresó al colegio mientras Natalie viajaba hacia París.

Cuando por fin retorna el movimiento, el poema arroja esto: *pero al marcharse / ... porque sabemos,* escribe Safo. No sabemos, pero hemos escuchado. No sabemos, pero a pesar de nuestras incertidumbres y puntos suspensivos, avanzamos. Eva abandona antes del examen final de latín. Se marcha a París, junto a Natalie. Es 1901.

El fragmento 19 llega finalmente a su destino; desde el otro extremo del poema, Safo mira hacia atrás: *Después / ... y hacia*. Cuando llega a París, Eva comienza a formarse como actriz en la Comédie Française. Una actriz, le confía Eva a Natalie, es alguien que cree todavía en los antiguos ritos. Podrá haber luces eléctricas y tramoya, podrá haber satén y artes de cine, pero una actriz se encuentra siempre en Delfos. Se alza sobre las tarimas astilladas como si se hallara entre amplias gradas de piedra, con el templo de Apolo elevándose a su espalda. Una actriz es como una sibila, sabe ver hacia adelante y hacia atrás al mismo tiempo.

## Eva Palmer y Sarah Bernhardt, 1901

En París, la actriz Sarah Bernhardt le iba desenlazando el pelo a Eva hasta que se le derramó en el suelo como una cascada espléndida. A Sarah Bernhardt se la consideraba en amplios círculos como una diva. Audazmente, Eva alzó la barbilla y le formuló a Sarah Bernhardt una pregunta sobre las actrices. Sarah, que estaba enroscándose en las muñecas el pelo de Eva como si fuera una serpiente, se echó a reír y contestó que los rituales antiguos de las actrices no se habían fijado por escrito en papel, tú aprendes, sí, los versos en una página, pero los ritos, ¡ay!, los ritos solamente los puedes aprender de otras actrices.

## Giacinta Pezzana, *Amleto*

Sarah Bernhardt, como antes Giacinta Pezzana, interpretaba con frecuencia papeles masculinos. Los llamaban *boy parts* y tenían la ventaja de la libertad de movimiento: con calzas y calzones podías dar zancadas y estocadas y girarte de repente y entrar en acción. En particular, Sarah Bernhardt disfrutaba haciendo de Hamlet. Se vestía con pieles recortadas sobre los muslos y llevaba una espada bien afilada en su vaina empedrada de joyas. Además, Hamlet era testarudo y orgulloso, como Sarah. Su Hamlet duraba cuatro horas.

El Hamlet de Giacinta Pezzana era menos extenso, pero más ambiguo. En 1878 Giacinta Pezzana se ocultó el pecho bajo diez metros de tela y se marchó a América. Dijo que iba a buscar nuevos horizontes, libertad de movimiento e inteligencia no asociada al sexo. No se supo lo que encontró allí. De hecho Giacinta Pezzana escribió en una carta a su querida amiga Sibilla Aleramo en 1911: *Sulla carta non si dice sempre tutto,* en el papel no siempre lo podemos contar todo. Dicho de otro modo, podemos aprender sobre el papel nuestros parlamentos, pero los ritos los podemos aprender únicamente de otras actrices.

## Sarah Bernhardt, *Pelléas,* 1901

Eva Palmer aprendió de la divina Sarah Bernhardt que una actriz podía adoptar la forma que le apeteciera: un chico, una reina, un asesino, un santo. Una gran actriz podía ser dos personajes a la vez; en esas fechas, por ejemplo, Sarah Bernhardt estaba ensayando para hacer de Peleas, que era a la vez el amante y el cuñado de la hermosa Melisande. Sí, por supuesto, insistió Sarah a Eva con cierta irritación, una actriz es alguien que elige los mejores papeles, eso era el arte del teatro. Papeles de chico, papeles de reina, papeles sobre la mente de un Hamlet tan complicado como un encaje: Sarah Bernhardt elegía los que le apetecían y los hacía suyos.

Tus griegos, después de todo, decía Sarah hundiendo su dedo en el hombro de Eva, ¿quiénes piensas que fueron? ¿Quién fue Medea o Clitemnestra o Antígona? ¡Fueron hombres, *ma chère* Eva! ¡Y Ofelia y Lady Macbeth y Desdémona! Siglos de hombres llenando los escenarios de sí mismos, con todos los papeles a su disposición, vistiéndose con calzones o con faldas a capricho. Por eso ahora, para ser una gran actriz, has de aprender esto: nunca más nos quedaremos relegadas a sus sobras de vestuario, a sus papeles de madres y doncellas y señoritas que esperan lograr novio. No, *chérie,* no nos rebajaremos a considerar el sexo de nuestros papeles.

## Sarah Bernhardt y Louise Abbéma

Antes de que Sarah Bernhardt alcanzara su estatus de divina, había sido la hija ilegítima de una cortesana judía. Muy pronto supo qué papeles son los que se ofrecen a las mujeres sin recursos. Cuando ascendió de rango en la Comédie Française, el conde de K. y el príncipe de L. se disputaron su aprecio: ella se ganó el sustento lo mejor que pudo. En 1864, con veinte años, dio a luz a un hijo ilegítimo. En Francia se le llamaba *fils naturel,* y Sarah pensó que lo natural era darle al bebé su propio apellido. De hecho, los padres no significaban nada para Sarah.

A Sarah Bernhardt se la ensalzaba por entonces como una gran actriz y ella vivía en consonancia; albergaba en su casa a un leopardo con la correa recamada de joyas, a un loro, a un mono, a su *fils naturel* y a una manada de exóticos camaleones. En cuanto fue reconocida como divina, escogió en su vida mortal los papeles que le apetecieron y se apropió de ellos. Dormía en un ataúd y navegaba sobre París en un globo aerostático.

Además, Sarah Bernhardt eligió que la escoltara en todo lugar la pintora Louise Abbéma, que vestía pantalones oscuros y fumaba escandalosas cantidades de puros. A Louise, en sociedad, la llamaban con desprecio *gousse d'ail,* que no solo significaba diente de ajo: aludía también a la mujer cuya boca ha pasado por sitios incalificables. Cuando los periódicos de Francia preguntaron a Sarah Bernhardt cómo interpretaba las pinturas de Louise Abbéma, replicó que todos los artistas vivían dobles o triples vidas, una vida insignificante no era suficiente para *ellas.* Y a continuación Sarah Bernhardt mostró todos sus dientes en su más abierta sonrisa.

## Eva Palmer, Mélisande, 1901

En la escena final de *Peleas y Melisande,* Melisande se sienta en un banco y levanta la barbilla, entornando los ojos como si estuviera dentro de un sueño, y Sarah Bernhardt se inclina para besarla. Es el instante insólito en el que la divina roza los labios de una mujer mortal. Una actriz, lo mismo que un discípulo, puede gastar su vida esperando a que ese momento luminoso descienda sobre ella. Una tarde, en su camerino de la Comédie Française, Sarah le dijo tiernamente a Eva:

¡Qué Melisande habrías sido tú para mi Peleas! ¡Un atuendo verde esmeralda y la luz de tu rostro!

En griego antiguo, para expresar un deseo o una esperanza existe el modo optativo. El optativo es un estado de ánimo, casi un sentimiento. Se cierne en el aire fuera del tiempo y del sujeto, en un tono melancólico, con sus bordes ligeramente teñidos de presentimiento. ¡Ojalá, ojalá fuera eso así, suplica el optativo, que pueda ser así, si de algún modo llegara a suceder! Llegamos a conocer a fondo el estado de ánimo optativo en aquellos días en que lo empleamos unas con otras. Oscilábamos entre invocar nuestros deseos en voz alta o esperar con timidez a que sencillamente nos sucedieran, como el tiempo meteorológico.

## Virginia Stephen, *Poetics,* 1905

Las *Geórgicas* de Virgilio estaban llenas de términos técnicos de apicultura, así que en 1905 Virginia Stephen optó por traducir a los griegos. La palabra inglesa «poeta» era simplemente ποιητής recortada por el borde. Por la misma época la *Poética* de Aristóteles le dio una visión más clara de la literatura que cualquier novela de Henry James.

En 1906, traduciendo su pensamiento en acción, Virginia Stephen emprendió la travesía con su hermana rumbo a Patras. A su llegada a Grecia tomó nota de la luz rompiéndose en centelleos en el mar, de las uvas hinchadas en sus viñas, de la vista panorámica de Olimpia. Sin embargo, una vez en Olimpia no estaba segura de cómo avanzar, eran demasiadas las palabras que proporcionaban las guías de viaje y con el deslumbramiento era difícil saber en qué siglo se estaba.

Cuando subía en burro por las laderas del Monte Pentélico, Virginia se tomó un descanso junto a un arroyo que chapoteaba entre pinos: esto ya no era una ilustración de la guía Baedeker, dijo Virginia, sino un idilio de Teócrito.

## Eleonora Duse, 1897

Eleonora Duse se sentó a contemplar las ruinas de una villa que levantaron junto al mar con el fin de proporcionar placeres estivales al emperador Tiberio. Estaba muy cansada. El médico sueco que la atendía le había recetado inyecciones de estricnina y agua de limón. Eleonora albergaba sospechas sobre los efectos curativos del régimen sueco, pero lo hallaba preferible al prescrito por su ginecólogo italiano, quien, con vistas a reducir la abundancia de su flujo menstrual, había ordenado la cauterización de su útero.

Eleonora cerró los ojos frente al mar verdeazulado. La isla de Capri era hermosa, pero quedaba demasiado cerca del mundo, con sus barcos acarreando médicos y periódicos desde Nápoles cada mañana. Ojalá una isla fuera como un intermedio, pensó Eleonora, así podría descansar durante un tiempo. Había sido ya demasiadas mujeres en su vida. Pero incluso durante el tiempo de descanso una actriz ha de cambiar su vestuario y prepararse para salir.

## Sarah Bernhardt, *Phèdre*

En 1879, cuando Sarah Bernhardt se desplazó a Londres para representar *Fedra,* Oscar Wilde esparció para ella, en el muelle, rociadas de lirios blancos en señal de admiración. Escribió un soneto en su honor y le rogó que lo visitara en su casa de Chelsea. Pero ella llegaba con retraso a su alojamiento en Chester Square porque la prensa inglesa deseaba escuchar con urgencia cuál era, en opinión de Madame Bernhardt, el valor moral de una pieza tan escandalosa como *Fedra*. ¡Ah, dijo Sarah Bernhardt, *Fedra* es una tragedia clásica! ¿Quiénes somos nosotros para juzgar la moralidad de los antiguos? ¡Una artista no debe estar sometida a las costumbres de su presente! Lego, esquivando otras preguntas, Sarah Bernhardt marchó a Liverpool a comprarse un par de cachorros de león.

## La señora Patrick Campbell, *Pelléas,* 1903

Eva Palmer vino a Londres a conocer a la actriz inglesa Patrick Campbell. La señora Pat era pragmática y no creía en la divinidad de las actrices. Una actriz, opinaba la señora Pat, contaba con una vida tan corta como la de un narciso, era inútil fingir que fuera diferente, florecía el día que tocaba y después, si habías sido lista, te retirabas cómodamente al sur de Francia. De hecho, la señora Pat, en su época, había sido una hermosa Melisande para el Peleas de Sarah Bernhardt, se había sentado en ese banco y había alzado su boquita sonrosada, sabía cómo era aquello. Ahora, la señora Pat ensayaba para interpretar a Peleas.

Mirando a Eva por encima del borde de su taza de té, la señora Pat le dijo: Eres muy prometedora, querida, serías una Melisande deslumbrante, pero deberías renunciar a algunas de tus amistades si quieres alcanzar una reputación.

Negando con la cabeza, Eva la sacudió tan bruscamente que se le deshizo un bucle. Prefería interpretar papeles mínimos en el jardín de Natalie a triunfar como estrella en la escena de Londres si esto conllevaba renunciar a sus amistades. Y es más, replicó Eva apasionadamente, en cuanto Renée Vivien finalizara su traducción, Natalie escribiría una pieza sobre ella, Eva tendría el papel protagonista ¡y se convertirían todas juntas públicamente en Safo!

La señora Pat, pragmática, decidió que la audición de Eva había llegado a su fin. En realidad había docenas de actrices capaces de hacer de Melisande y no todas eran unas sáficas temerarias. Eva Palmer era seguramente una chica de buen corazón, pero la señora Pat estaba ahorrando penique a penique para ganarse su chalet en los Pirineos. Eva Palmer tendría que trazarse su propio camino en el mundo.

## *Dialogue au soleil couchant,* 1905

Una tarde en Neuilly, cuando el sol moteaba todavía de luz el jardín trasero de Natalie Barney, Eva Palmer se vistió con una saya de lino blanco y soltó su cabellera. Iba a convertirse en la meliflua y virginal mitad del reparto de *Diálogo al atardecer,* en tanto que Colette iba a ser el pastor de Arcadia que la cortejaría. Colette, tendida en la hierba, suplicaba a Eva que se abandonara a sí misma al final de la tarde, que se recostara bajo la luz verdosa, que se sumergiera como el sol cuando reposa sobre una colina. La colina, entendíamos, era Colette. Mirábamos el cielo oscurecerse sobre el jardín y también nosotras deseábamos estrechar nuestros cuerpos sobre la hierba, susurrarnos unas a otras esas palabras que habían cruzado los siglos hasta encontrarnos. Únicamente en el jardín de Natalie sentimos que estábamos trazando nuestro propio camino por el mundo.

## Penélope Sikelianós Duncan, 1906

Safo era el motivo por el que al final Natalie Barney podía alejarse de su jardín de Neuilly. En realidad Natalie estaba enamorada de la casa; Eva vivía cerca y en verano el salón permanecía fresco y en penumbra. El único defecto era que, cuando Natalie representaba a Safo en el césped, el propietario amenazaba con llamar a los gendarmes. En 1906 Natalie montó una obra en torno a Safo en el momento en que esta contempla la ceremonia de boda de Tímade, su amada discípula. Rodeada por un círculo de bailarinas descalzas, Eva Palmer era Tímade en una ensoñación nupcial hasta que asomó el casero, furibundo. Las conminó a salir a todas, bailarinas, invertidas, amazonas, safistas, actrices: ¡toda la caterva de lunáticas que imponían sus indecencias a los respetables residentes de Neuilly!

Penélope Sikelianós Duncan, que actuó tocando el arpa con el pelo entrelazado de hiedra, preguntó a Eva Palmer en voz baja qué significaba la palabra *invertida.* Nacida en la isla de Lefkada, Penélope sabía tocar la flauta y el arpa, cantar infinitas canciones populares griegas, recitar poemas en demótico. Pero acababa de casarse con un norteamericano; a veces no entendía los vocablos foráneos. Por suerte, Eva Palmer era ya muy experta en griego y se los explicaba. Una invertida es alguien que piensa al revés, dijo Eva, en el mismo sentido en que los colonizadores británicos piensan que el pueblo de Lefkada es demasiado bárbaro como para gobernarse a sí mismo.

## Safo, fragmento 51

Un invertido no es exactamente alguien que piensa al revés. Un invertido es alguien que piensa en una jerarquía diferente. Un aspecto que los otros pueden desplegar hacia el exterior, como una coraza de bronce, se halla en cambio para ellos resguardada en la cámara del corazón. O bien los invertidos pueden llevar sus partes más cálidas vueltas hacia afuera, como las orquídeas o los pulpos.

En su fragmento 51, Safo escribe acerca de dos estados de la mente en un mismo cuerpo. Cuando dos cosas se acoplan juntas en una única garganta, en una barriga, en un temblor de sentimiento que asciende por la espina dorsal, entonces orientan el cuerpo a la vez en distintas direcciones. Estábamos bastante familiarizadas con ese cálido desorden que brotaba en nuestros nervios. A veces deseábamos serlo todo al mismo tiempo. Un invertido es alguien que cree que eso es posible.

## Natalie Barney, *Équivoque,* 1906

Los lexicógrafos hicieron circular durante siglos el rumor de que Safo se había quitado la vida por el amor de un hombre. Se lo habían oído decir a Ovidio: Safo se había arrojado desde un acantilado por culpa de Faón. Su cuerpo quedó descoyuntado en pedazos entre las olas y las rocas, y las gaviotas le devoraron los ojos. Además, añadían algunos lexicógrafos, antes de convertirse en prostituta, Safo se había acostado con la mitad de los pastores de la isla. Cuando cayó prendada del joven Faón, ninguna de sus hermosas palabras le sirvió de nada, él la despreció, era ya una mujer vieja. No le quedaba otra elección que la de arrojar su cuerpo desde los blancos acantilados de Lefkada.

En 1906, Natalie Barney tenía treinta años y había escuchado ya todos los rumores sobre Faón. Como respuesta, Natalie escribió su propia Safo, orgullosa y sabia y profundamente entregada a sus discípulas, bajo la estructura de una pieza teatral titulada *Équivoque.* La obra consistía en un leve relato sobre Safo en los momentos en que observaba un ritual de boda. Para Natalie, *Équivoque* no era una trama, sino una escena: en torno a Safo hay una aglomeración radiante de muchachas que desean estar a su lado y le mendigan que pulse las cuerdas de su lira y cante para ellas, pero no son solamente sus versos lo que elogian; es el total, Safo lo es todo para ellas. Una chica dice: *Tu vida es tu poema / el más hermoso.*

## Safo, fragmento 149

En el *Équivoque* de Natalie, Safo descarta rápidamente al simple de Faón como indigno de su prometida Tímade. De hecho, declara Natalie, incluso si Safo se hubiera arrojado desde un acantilado por amor, solamente habría podido ser a causa de Tímade, una mujer cuyo cabello parpadeaba como una llamarada en la hierba; una mujer como Eva, descalza y con una túnica de seda confeccionada por ella misma, que cantaba los versos de Safo mientras la luz del sol entraba en su cabellera y la enredaba, roja, con el verdor del césped.

Natalie había amado a muchas mujeres después que a Eva, pero todavía guardaba amor por aquel poema de su pelo, por aquella mirada suya distante y mística. La preciosa Eva era casi una obra de arte, pensaba Natalie. Con frecuencia creciente Eva llevaba los vestidos como si fueran vestuario teatral; lo que Eva pronunciaba en las veladas eran los versos que había memorizado para la ocasión. Incluso cuando no estaba sobre un escenario, de algún modo se hallaba todavía y siempre en Delfos.

Pero Natalie había escrito *Équivoque* para contarnos que éramos posibles en nuestra propia época. Cada vez que nos veíamos en su jardín se producía una consagración viviente de aquellas noches que se gastaron entre danzas en las laderas de Lesbos: *cuando la noche entera / las tumba,* escribe Safo, aquel desear y aquel recuerdo. En el Temple à l'amitié fuimos una radiante aglomeración de muchachas que estábamos tan cerca de Mitilene como puedan estarlo los mortales. Para Natalie, Safo siempre permanecía fervorosamente en el presente.

## Sarah Bernhardt, 1906

Era cierto que en aquellos días sentíamos el rubor de nuestras intimidades desbordarse de unas a otras. Nos investigábamos con tanta atención como lo hacíamos con los libros que leímos cuando niñas. Estudiamos las fotografías de Natalie y de Eva borrosas en los bosques que había tras la casa de veraneo. Teníamos esperanzas de convertirnos en artistas, de escribir versos que mantuvieran despiertas toda la noche a nuestras amantes, de pintar retratos de mujeres serenas consigo mismas. Con la salvedad de Eva, no aspirábamos a convertirnos en actrices; los ritos antiguos nos parecían inquietantes y extraños. Habíamos visto la mirada lejana en los ojos de Eva, como si ella estuviera en Delfos ya.

Mientras tanto, Sarah Bernhardt se había mudado a América, llevándose sus propios ajuares. Tanto en sus sábanas como en su revólver lucía grabado su lema *Quand-même:* a pesar de todo, la Divina Sarah. En América le ofrecieron un caimán, un tren privado, un ejército de tramoyistas. El caimán murió después de haber bebido demasiado champagne, pero Sarah seguía siendo indómita. Cambiaba de vestuario y proseguía. Su tren flameaba al cruzar el continente sin verse constreñido por las ruinas antiguas. No veíamos cómo Eva podría seguirlo.

# NUEVE

## Isadora Duncan, 1899

Cuando en 1899 debutó en Nueva York, Isadora Duncan interpretó la danza de la noche de bodas de Helena de Troya. Observando las láminas que ilustraban un libro sobre la escultura en Grecia, se había confeccionado una túnica de gasa que le dejaba los brazos libres. Mientras danzaba, su hermano recitaba versos extraídos de los *Idilios* de Teócrito. El programa explicaba que la señorita Duncan deseaba transportar al público a un Noble Reino de Cultura Antigua, aunque solo fuese durante una velada.

Metros y metros de bandas de gasa, señaló la prensa, bien podían valer la pena a cambio de entrever unas bonitas piernas. En medio de un monótono zumbido sobre pastores con sus penas, la señorita Duncan resultaba atractiva, pero demasiado etérea para una audiencia acostumbrada a espectáculos más sustanciosos. Puede que las damas de París o de Londres hallaran de su gusto estas posturas. Pero a un neoyorquino viril, cuando iba al teatro, le gustaba ver bailar a una chica de carne y hueso, no una estatua y un poema viejo.

## Safo, fragmentos 82 A y 82 B, 1902

Al descascarar los vendajes de papiros del interior de los sarcófagos, en 1896 los arqueólogos descubrieron valiosos retazos nuevos de un poema de Safo. Entregaron los fragmentos a los filólogos, que los hicieron llegar al Museo de Berlín para un estudio complementario. En 1902 anunciaban los filólogos el hallazgo de un verso sobre Mnasidica, la joven que Safo encontrara más ágil y mejor proporcionada que su amada Girino. Puede que Mnasidica, conjeturaban los filólogos, apareciera en otro verso entrelazando tallos de hinojo silvestre, pero se necesitaba una investigación adicional; mientras tanto, insistieron en que Mnasidica quedara protegida dentro de una caja de cristal en el museo. Olía como a polvo, dijeron. A nosotras nos olía como a helechos húmedos y a regaliz, y además quisimos advertirles de que era imposible guardar en una caja de cristal el *tempo* de una invocación.

## Isadora Duncan, 1900

Isadora Duncan hizo la travesía a Londres en un barco mercante de ganado con su hermano. Su destino era el Museo Británico, donde podría estudiar la gestualidad de las estatuas de mármol que provenían del templo del Partenón. A diferencia del Partenón, el Museo Británico carecía de viento y estaba muy ordenado: Isadora podía emplear la mañana en dibujar a una cariátide que erguía sus hombros bajo su carga de piedra y luego tomarse un té.

La luz de Londres era de un amarillo grisáceo tiznado y aguanoso, y aun así las estatuas se mostraban ante Isadora pulimentadas con una blancura de esmalte dental. Sintió que le tendían sus manos antiguas y le pedían que se levantara para danzar. Pero las normas del Museo Británico eran estrictas: no tocar, no bailar, no a las multitudes díscolas de griegos que pudieran exigir el regreso de las estatuas de mármol al templo del Partenón.

## Teócrito, *Idilios,* siglo III a. C.

En su jaulita de mimbre los grillos estaban cantando, dijo Teócrito, y el chico que la trenzó para ellos tallaba figuras con ramas de sauce. Teócrito, nacido en la cultivada ciudad griega de Siracusa, escribía en perfectos hexámetros dactílicos sobre pastores en campos fangosos, sobre el rebuznar de los carneros, sobre la hiedra toscamente enmarañada. Convirtió a los cabreros en dioses y a los boyeros en poetas. Aunque escribió una canción de boda para Helena de Troya, la mayor parte de sus poemas eran idilios.

¿Qué es un idilio? Un lugar en el campo en el que todo es justo como siempre lo habíamos imaginado. De hecho, «idilio» proviene del griego *eidullion,* que significa «pequeño cuadro» o «modo de mirar algo hasta que se lo ve perfecto». En este sentido, es un *tableau vivant;* es como Eva Palmer, regia y desnuda, contemplada únicamente por Natalie Barney y una silenciosa multitud de árboles.

## Isadora Duncan, *Danses-Idylles,* 1900

Natalie Barney y Renée Vivien se sentaron en primera fila, tan cerca que posaban los pies en la alfombra en la que Isadora iba a bailar. Isadora apareció con una túnica de chiffon de seda color de perla fría. Sus pechos estaban anidados en la seda y sus piernas desnudas. Es casi la Mnasidica del poema, susurró Renée a Natalie. Isadora Duncan llevó la vista al centro del salón y alzó las palmas hasta el techo dorado. Renée observaba las volutas de la túnica de Isadora flotando a su alrededor como nubes, como jadeos, como el musgo liviano como una pluma que abraza a una estatua siglo tras siglo. Al terminar la actuación, Renée pensó que podría escribir un poema de nubes como perlas frías para llevar las *Danzas-Idilios* al verso.

Natalie pensó que era absurdo ver a Isadora Duncan ejecutar su danza sobre la alfombra de una sala de estar. ¡Ojalá Isadora aceptara bailar entre las columnas dóricas del Temple à l'amitié en el jardín trasero! Entonces sí sería perfecto: la imagen misma de una Musa devuelta a la vida.

## Isadora Duncan, 1902

Isadora Duncan hizo su travesía a la Grecia Antigua en caique con su hermano. En realidad, antes habían tenido que ir a Bríndisi y tomar el ferry. Pero en cuanto llegaron a la isla de Lefkada pudieron alquilar un diminuto caique, blanco y azul brillante, y navegar hasta Kravasara, de manera que llegaron al amanecer, desembarcaron en éxtasis y besaron el suelo de la Grecia Antigua. Habían pasado despiertos toda la noche cantándole al mar Jónico.

Isadora y su hermano viajaron a Agrinio, a Missolonghi, a Patras. Había chinches. Sin inmutarse, firmes en su cantar, Isadora y su hermano llegaron a Atenas sobre sus sandalias de cuero. Desde una colina en las afueras de la ciudad contemplaron la Acrópolis, que se alzaba en la imponente roca hasta encontrarse con su mirada y ocultaba en las sombras la extensión humilde de las calles modernas. A partir de esta visión, Isadora sintió que no podría alejarse de allí. Compró la colina. Soñó con una casa que emulaba el palacio de Agamenón, en la que podrían habitar la Grecia Antigua. La piedra noble se extraería del monte Pentélico; acres de terreno con cardos les servirían de escudo contra los labradores vecinos. Imagina, le dijo a su hermano, cada mañana se levantarían y se ataviarían con las túnicas, acarrearían agua desde la fuente, contemplarían la Acrópolis y danzarían transportados por el éxtasis.

Lo primero que ordenaron construir sobre el terreno fue un templo. Pero se descubrió que no había fuentes antiguas en las cercanías, ni siquiera un pozo, y la construcción se detuvo por la falta de agua potable.

## Oscar Wilde, *Theocritus: a villanelle,* 1890

Tranquila junto a un mar luminoso y risueño, escribía Oscar Wilde, la isla seguía con sus vidas: la hiedra que se entrelaza, los cabreros que silban, los grillos que cantan en sus jaulas de mimbre. Oscar Wilde le estaba escribiendo a Teócrito a través de los siglos. Su *villanelle* era una carta que contenía una pregunta: ¿Se acordaba Teócrito? ¿Existía la esperanza de recobrar esa época, esa isla, esos chicos como vástagos de sauce en la pradera?

Una *villanelle* repite muchas veces su petición al interlocutor y Oscar Wilde lanza a Teócrito la misma pregunta una y otra vez. Pero una *villanelle* es también un monólogo. No queda ni un verso para que Teócrito conteste. Además, la Siracusa que conocimos era una destartalada ciudad de Sicilia con brotes de cólera; las ruinas griegas de las afueras estaban desahuciadas y desiertas. Leemos de nuevo el poema y nos preguntamos aún: ¿Dónde está el idilio que se nos había prometido?

## Penélope Sikelianós, 1893

De niña, Penélope les cantaba a las estrellas de mar. Solía caminar por las orillas de la costa de Lefkada saludando a los pescadores cuando zarpaban hasta encontrar las pozas que embolsaban el agua del mar entre las rocas desmoronadas: allí se arracimaban las estrellas marinas. Y entonces les cantaba. Su voz era aflautada, penetrante. Estaba por entonces estudiando los modos, pero podía cantar durante horas. A menudo continuaba hasta que los grillos se le unían en la oscuridad, mientras el cielo depositaba su tiniebla sobre el mar y los pescadores amarraban las barcas. Cuando aparecían las estrellas les cantaba también: eran como estrellas de mar vueltas del revés, huecas y brillantes.

## Penélope Sikelianós e Isadora Duncan, 1902

Penélope se cruzó con Isadora Duncan y su hermano cuando paseaban por Atenas calzados con sandalias de cuero. Por cortesía se abstuvo de mirar sus polvorientos dedos desnudos. Era una joven cultivada de veintiún años de grandes ojos oscuros. En la casa familiar, a los antiguos griegos se les tenía por unos primos que hubieran llegado desde muy lejos para visitarles: hablaban de un modo exótico y rígido, pero sus palabras eran sabias. Por eso, decía el hermano de Penélope, toda familia moderna y cultivada debería tomar de la mano a sus viejos primos y traerlos a pasear al presente, a nuestra lengua demótica, para que los escuchen los griegos de cualquier condición.

Hacia 1902 Penélope ya dominaba el griego demótico y el clásico, la flauta, el arpa, la literatura francesa y los modos musicales griegos. En las calles de Atenas Isadora Duncan juntó su mano con la de Penélope y le pidió que se sumara a su plan de resucitar una obra de Esquilo. Anhelaban algo Trágico, algo Puro y Antiguo, dijo Isadora, y también querían someter a un centenar de huérfanos atenienses a una audición para seleccionar voces cantoras. Penélope observaba a Isadora y a su hermano: sus antiestéticos dedos, las túnicas mal sujetas sobre sus hombros, sus serios rostros de americanos. Los encontró de una ingenuidad entrañable, y además le iban a pagar a ella por cantar.

## Esquilo, *Las suplicantes,* 1903

Mientras Penélope conseguía convocar a los huérfanos atenienses e Isadora se encerraba en su cuarto a estudiar las pinturas de la cerámica, los respectivos hermanos se sentaron sobre los escombros del palacio a medio acabar para discutir el futuro del griego demótico. El hermano de Penélope sostenía que el demótico era la sangre vital del griego como lengua viva, mientras que el hermano de Isadora se mantenía firme en la creencia de que la lengua antigua era eterna en sí misma y no necesitaba su forma moderna. Para resolver su desacuerdo hicieron señas a un pastor que pasaba por la colina con su rebaño y lo conminaron a que juzgara: él encarnaba la voz del pueblo griego, decían, y entonces el hermano de Penélope se aclaró la garganta para soltar una traducción improvisada del tercer estásimo de *Las suplicantes* de Esquilo. Pero el pastor, silbándole al perro, les dijo que no podía quedarse. Tenía que llevar a pastar a su rebaño y a las ovejas griegas no les preocupa ni una lengua ni otra, sino la hierba.

## Penélope Sikelianós Duncan, 1903

Aunque la puesta en escena del tercer estásimo se juzgó más bien fallida, los hermanos de Penélope e Isadora se hicieron pronto amigos. No importaba que hubieran convertido a Esquilo en una mezcolanza de motivos bizantinos y de melodías de iglesia o que los huérfanos no entendieran sus versos cuando cantaban en griego clásico. Isadora sentía que el elemento esencial era su propio triunfo: siempre que ella pudiera bailar como las danzantes en las pinturas de la cerámica, el resto era un mero decorado.

El hermano de Penélope proclamó que aquello era solamente el comienzo. Continuarían con el proyecto de llevar una cultura viva y consciente al pueblo de los griegos. El hermano de Isadora asintió: su siguiente paso sería el de fundar una Academia, Isadora podría dar clases de movimiento. Pero tendrían entonces que encontrar a alguien que enseñara a cantar a los pupilos, señaló el hermano de Isadora frunciendo ligeramente el ceño. ¿Y quién sería la persona adecuada para una Academia tan ilustre y empobrecida como la suya? Un mes más tarde, Penélope estaba casada con el hermano de Isadora.

## Safo, fragmento 22

Aún no había disturbios, pero la prensa anunciaba que París acabaría arrodillada debido a las huelgas laborales. Penélope traía un bebé en sus brazos y sus grandes ojos oscuros estaban acorralados por la fatiga. En la casa inacabada de la colina, en las afueras de Atenas, su marido no habría permitido que nadie cruzara el umbral vestido con ropas modernas. Pero aquí, en París, eran los únicos que vestían sandalias y túnicas y todo el mundo los miraba de hito en hito; el día anterior incluso un francés había posado su mano en el brazo desnudo de Penélope.

Eva escuchó cantar a Penélope por casualidad la primera vez. Inmediatamente sintió que algo se despertaba en su interior, una idea se filtraba a través de ella como agua que rezumara de un surtidor subterráneo. ¿Quién era Penélope? Eva pensó que quizá fuese el origen de la música del mundo. Invitó a Penélope a quedarse en su casa de Neuilly, lejos de la política y de los hombres sin civilizar. En su jardín iluminado por el sol Eva musitó como en una ensoñación: *Te invito a que cantes / de Gónguila, Abantis, tomando / tu lira y que (ahora de nuevo) el deseo / flote en torno a ti.* Penélope sonrió y replicó: Esto le reclamaba Safo a Abantis. Pero yo no tengo una lira y tú, ¿tú eres Safo?

## Safo, fragmento 156

Primero decidieron montar juntas un telar y luego tejieron con él, manejando la lanzadera en el granero, plegando tiras de tejido entre los hombros para ver si la tela caía como los pliegues de las estatuas antiguas. El mundo estaba hecho de hilos que vibraban al buscar su lugar, del cantar de Penélope cuando prendía con alfileres la nueva túnica de Eva. Para retener a Penélope a su lado, Eva decidió que *Équivoque,* la obra de Natalie Barney, debía ser versionada para música de flauta. Así, Penélope la de oscuros ojos entrelazó hiedra con su pelo y se alzó ante una columna dórica en el jardín de Natalie. Eva pensó que jamás había visto nada más hermoso. Pero se abstuvo de recitar a Safo: *mucho más dulce sonando que una lira / más dorada que el oro*. Penélope, con su flauta y melena oscura, podría malinterpretarla.

## Tímade, 1906

Al final de *Équivoque,* Safo se arroja al mar Jónico desde el acantilado, lamentando la pérdida de su amada Tímade. En el jardín de Neuilly vimos cómo Safo, ante el matrimonio de Tímade con un hombre, elegía la muerte. Mejor dejar mecer tu cuerpo hasta que muera entre las olas, creía Natalie Barney, que ser testigo de un destino así para la amada tuya.

En 1906, Eva fue Tímade, una discípula siempre fiel, y en la escena final de *Équivoque* sigue, como estaba previsto, a Safo desde lo alto del acantilado hasta la entraña del turbulento mar. También Tímade elige la muerte antes que la boda con un hombre. Su destino, fuera el que fuera, le había sido usurpado; no volverá a expresar un deseo en el modo optativo. Al final de la obra, las demás discípulas lloran su muerte entretejida con la de Safo y de alguna manera aún más inevitable. Imaginábamos su cabellera roja arrastrándose tras ella entre las olas como una llamarada que se extingue.

Eva era, por supuesto, una actriz, y nos devolvió los versos de Tímade tal y como estaban escritos. En realidad, en aquellos días todas hacíamos lo que Natalie nos indicaba, y hasta Colette apagaba sus cigarrillos cuando Natalie tosía. Pero nos preguntábamos si Tímade se habría quedado en el jardín de Safo, estática como una estatua rodeada de danzarinas de pies desnudos. ¿Era eso nuestro idilio sáfico, un *tableau vivant* constreñido por cuatro paredes como una fotografía encuadrada en su marco? El año 1906 era una época insegura y quizá por eso Natalie Barney había llamado *Equívoco* a su obra.

## Eva Palmer, 1906

Tres túnicas de seda blanca con sus fíbulas de sujeción, un par de sandalias de cuero y una gramática de griego: esto fue todo lo que entró en el equipaje de Eva Palmer. Penélope y ella habían confeccionado juntas el vestuario para *Équivoque* y les parecía una lástima derrocharlo en una sola tarde en el jardín de Natalie. Eva podría llevarlas por las calles de Atenas. Pasearía por toda Grecia con el pelo suelto; si arrastraba por el polvo, sería el del suelo que una vez pisaron las sibilas, el de una tierra que la divinidad había exaltado.

Este viaje no era un fugaz regreso a Mitilene, le dijo Eva a Natalie con desdén la noche antes de abandonar París.

¡Convertirse en Safo no consistía en representar una pieza en un jardín! Era vivir los ritos en medio de las gentes que se habían ocupado de los santuarios antiguos. Natalie observaba cómo Eva terminaba de empaquetar sus bolsos, sus posesiones se reducían a casi nada: ni las cartas de Natalie atadas con una cinta, ni el volumen de la poesía de Renée, ni un sombrero o un abrigo decentes.

A la Eva que llegaba a Atenas sin sombrero le dio la bienvenida Penélope, que la llevó a la colina que Isadora había comprado. Sobre sus sandalias de cuero contemplaron la Acrópolis. Era el año 1906. Eva Palmer sintió la vieja Grecia bajo sus pies. Miró hacia abajo y vio que habían excavado la tierra en círculo, como si estuvieran desenterrando cada capa del pasado. Sepultados en la ladera de la colina tiene que haber mármoles y bronces dispersos, fantaseó Eva. Pero Penélope dijo que no, que se trataba de un pozo que se había secado.

## Eva Palmer Sikelianós, 1907

En el invierno de 1906, Eva Palmer y Penélope Sikelianós Duncan dejaron Atenas rumbo al mar Jónico. Se dirigían a Lefkada, la isla natal de Penélope. Hacía mucho frío para ir calzando las sandalias de cuero y el aliento de Penélope flotaba en el aire cuando cantaba. En la casa familiar de Penélope se daban cenas que duraban toda la noche en compañía de poetas demóticos, revolucionarios griegos y botellas de Vertzami. Parecían hermanas ahora Penélope y Eva, con sus voces subiendo y bajando según los modos musicales griegos: el lidio, el jonio, el eolio. En Año Nuevo el hermano de

Penélope invitó a Eva a visitar los acantilados de Lefkada. Se quedaron allí durante una semana, con vistas al abismo.

En 1907 Eva Palmer había dejado de ser la Tímade que recitaba versos que Natalie Barney había escrito para ella. En su lugar, era ella la hechizada por el canto de Penélope la de ojos oscuros, que resonaba como un eón eterno por el aire. A diferencia de Tímade, Eva se situó a una distancia segura del borde de los acantilados de Lefkada. El hermano de Penélope la cogió del brazo.

Hacia el final de 1907, Eva Palmer era ya Eva Palmer Sikelianós. Montó un telar de madera de nogal para tejer sus propias túnicas y preguntó a su flamante marido por qué el gran teatro de Delfos permanecía vacío. ¿Dónde estaba el coro danzando sus tragedias e invocando sus antiguas armonías? ¿Quién practicaba el genitivo de memoria? Eva se marchó a pasear por la playa de Lefkada, mirando al mar. Cuando pensaba en Natalie Barney, en raros momentos amargos, imaginaba un objeto encerrado en cristal.

# DIEZ

## Beatrice Romaine Goddard Brooks, nacida en 1874

En la mañana de 1902 en la que Romaine Brooks llegaba en barco a Capri, una cruda luz deslumbraba en la bahía. Medio cerrando los ojos pudo atisbar el perfil de la isla, una prometedora mole de roca indómita con sus dientes hundidos en el mar. Apenas le quedaba algo de dinero para el ferry y nada para el almuerzo; sus pinceles estaban pelados y grumosos. Por veinte liras al mes podría alquilar una capilla abandonada en una zona baja de la ciudad. Había higueras en el patio lleno de grietas; si pudiera vender algún cuadro compraría pan y aguarrás.

Romaine Brooks creía que podría vender un cuadro, uno al menos, porque creía que la isla quedaba apartada de todos los azares que había padecido previamente. Capri distaba decenas de millas náuticas de las burlas de sus colegas en la Escuela Nacional de Arte. Aún más alejada quedaba su madre, una heredera que había dejado a Romaine con una lavandera cuando tenía siete años y luego se olvidó convenientemente de ella. La lavandera alimentaba a Romaine solo con café y pan frito, pero dejaba a la niña pintar sobre papeles de envolver usados.

¿Romaine?, respondía vagamente su madre en Niza o en Montecarlo. ¿Te refieres a la pequeña Beatrice Romaine? La están cuidando en algún sitio, creo. ¡Era una niña tan difícil!

Una isla, pensó Romaine Brooks, no tenía memoria. De hecho una isla surgía del mar para toparse contigo justo cuando llegabas al muelle. Al desembarcar encontrabas en el puerto solamente el resplandor inmediato e insensato del sol del mediodía. Nadie te ha saludado y en todo el verano no lees nada. En Capri podías pasar hambre hasta morirte, pero nadie te llamaría Beatrice.

## El Código Zanardelli

Cuando Italia quedó unificada por primera vez, sus leyes eran un inconmensurable marasmo de diferentes códigos morales. El Código Albertino de derecho criminal, el Código Sardo-piamontés, el Código Civil Napoleónico: acabar en la cárcel o que te dejaran vivir tranquilamente en el pecado dependía de la región en la que te encontraras. Por ello los políticos, deseando equiparar la criminalidad en todo el país, se dispusieron a combinar los diferentes códigos en uno. Estuvieron muy ocupados durante treinta años.

Al final, los derechos que no adquirimos bajo el Código Zanardelli eran los mismos que tampoco habíamos tenido durante siglos, así que no vale la pena enumerarlos, pero ganamos por omisión una significativa libertad. El Código Zanardelli no alcanzaba a mencionar a safistas, invertidas, tríbades, amazonas, viragos, actrices, mujeres delincuentes o cualquier otra denominación que quisieran darnos, y por lo tanto no alcanzaban a encontrarnos merecedoras de castigo bajo la ley de Italia. Además, el Código amplió el silencio que amparaba a las sáficas a aquellos varones que, a la manera de los antiguos griegos, disfrutaban de la filosofía del recostarse junto a otros hombres. Esta fue la única razón por la que Oscar Wilde, tras su liberación de una cárcel inglesa en 1897, huyó inmediatamente primero a Nápoles y luego, con su amante, hacia el mar verdeazulado de Capri.

## Las señoras Wolcott-Perry, 1897

En su origen tal vez una de ellas fuese Wolcott y la otra Perry, pero cuando aparecieron en la isla siempre estuvieron conjugadas, con sus codos entrelazados, tan inseparables como Capri y Anacapri. Las señoras Wolcott-Perry poseían una villa junto al mar edificada para ellas con torretas abovedadas que brotaban de las riostras de las columnas dóricas; en el jardín se alzaba un templo a la romana diosa Vesta, cuyas sacerdotisas pasaban juntas sus vidas bajo el mismo techo. En el templo de las señoras Wolcott-Perry la llama nunca vacilaba. Su monograma, dos corazones unidos por las iniciales de ambas, marcaba todos los rincones de la casa.

Muchos años después Natalie Barney y Romaine Brooks poseyeron una villa construida para ellas en el sur de Francia. Cada una disponía de un ala propia: Natalie podía escribir y Romaine pintar las tardes enteras, ambas en una libertad solitaria y perfecta. Por las noches se encontraban en el centro de la villa para cenar juntas en la única habitación que conectaba un ala con la otra. Llamaron a su villa *Trait d'union,* o *The Hyphen: El Guion,* la marca de una unión, la juntura entre dos sujetos individuales que no se borraban el uno al otro sino que permanecían unidos en un único punto voluntario. A su manera, dedujimos con ternura, Natalie y Romaine estuvieron juntas durante casi cincuenta años.

## La señorita Brooks, 1903

Romaine Brooks estuvo casada en una ocasión. En 1903 le llevó una mañana casarse y muy pocas semanas el comprobar que había sido un error. Se llamaba John. No le agradaba el cabello de ella, bien corto y chic ahora que su madre había muerto, pero estaba entusiasmado con su reciente herencia. Para deshacerse de su fugaz marido, Romaine Brooks determinó para él una suma de trescientas libras al año, con las que John y su amante Edward alquilaron una casa en Capri. Tenían un foxterrier que paseaban hasta la Piazzetta y luego de vuelta, y por lo demás permanecieron ociosos el resto de sus vidas. En Capri había entonces muchas parejas así con sus correspondientes canes; las señoras Wolcott-Perry empezaron a llevar listas para organizar a qué Johns invitarían a tal o cual cena.

Por eso Romaine Brooks abandonó Capri y comenzó a pintarlo todo con sombras de niebla y madera quemada. Era estupendo que las leyes de Italia no bajaran hasta las islas para torturar a quienes eran vistos como desviados, reconoció Romaine, pero ¿no podía John haberle dejado Capri a ella? Ahora tendría que encontrar otro refugio, otra isla sin recuerdos. Ya le andaba pareciendo a ella que demasiadas islas acababan devoradas por sus propios pasados.

## Eileen Gray, nacida en 1878

Eileen Gray lamentaba que su padre se obcecara en pintar los tostados paisajes ardientes de Italia en lugar de todos los grises fríos que se mostraban satinados y sedosos en su condado de nacimiento. Su isla era Irlanda, no Capri; sus colores, los de los herbosos montículos donde resbalaba el rocío y el del río Slaney floreado con gotas de lluvia. Siendo niña su padre abandonó a la madre y se marchó a vivir a un pueblo italiano cualquiera. A partir de entonces, Eileen tuvo una serie de gobernantas que no hicieron nada por disuadirla en la carrera que la llevaba a ser una artista refractaria al matrimonio.

## Romaine Brooks, *Maggie,* 1904, y Safo, fragmento 156

*Más dorada que el oro* era gris, creía Romaine Brooks. El gris era un estrato del sentimiento que iba desde el arrullo de las palomas hasta el pálido e implacable liquen que se alimentaba del tuétano del mármol de las columnas caídas. En Londres, en 1904, Romaine quiso pintar la fría luz gris de los ojos de una mujer pensativa justo antes de que ella decidiera exactamente qué pensar de ti. Esa era Maggie. En su retrato, Romaine enturbió los rasgos con un toque de incertidumbre, creando sombras de su boca y su frente, aunque la Maggie real tenía un brillante cabello rubio y una gracia vívida. Había momentos en los que Romaine encontraba a Safo del todo intempestiva para el año 1904.

## Eileen Gray, 1901

La sanguina era una especie de tiza roja que usaban los alumnos de la Slade School of Arts en Londres para imitar los tonos sonrosados de la carne. Una barrita de sanguina parecía un concentrado de sangre seca. En 1901, cuando Eileen Gray se matriculó en la Slade, estaba todavía prohibido a las mujeres el mezclarse con los hombres que pintaban desnudos del natural. Se suponía que los cuerpos de las modelos, aun parcialmente cubiertos de tela, sugerían una carnalidad inmoral, como la de la sangre seca sobre una sábana blanca.

Un día, deambulando por el Soho, Eileen se detuvo ante la ventana de un taller en el que se desplegaba un reluciente biombo chino. Qué resplandor brillante y sedoso, qué fría hondura del color, como la de la superficie de un río en la aurora. Eileen no había visto el brillo pintado como soporte material del mundo nunca antes de este modo. Al año siguiente dejó Londres por París para asistir a una escuela en la que los modelos para la clase de anatomía eran cadáveres extraídos del Sena. Para bosquejar su opalescencia verdosa no se requería la sanguina.

## Safo, fragmento 150

*Pues correcto no es que en una casa de las Musas / haya lamentos,* escribe Safo, *no es propio de nosotras.* Eva Palmer Sikelianós lo sabía e intentó mantener los pensamientos quejumbrosos fuera del umbral de su casa de Lefkada. Si un lamento invade una habitación, si las Musas resultan turbadas por tu llanto, era casi siempre más fácil abandonar la casa que purificarla de esos ecos de mal agüero. En 1908 Eva se mudó a una casa nueva en Atenas. En 1910 adquirió terrenos en Sykia y se echó a caminar por la orilla, desasosegada incluso antes de que se colocaran los dinteles.

No era desde luego razonable, se dijo Eva a sí misma cuando contemplaba el mar, esperar que todos los griegos adoraran los poemas antiguos. De cada población, una parte preferiría cosas modernas y baratas, el *ragtime* y las películas y las medias encargadas por correo. Pero ¿dónde, más allá de Penélope y su familia, dónde estaban los griegos que cuidaron de los santuarios de Safo? Las mujeres de Lesbos no recitaban en pentámetros dactílicos y las niñas no eran ninfas desmayándose sobre las violetas. Por lo que alcanzaba a ver, esas lesbias eran completamente ordinarias y ningún fragmento de Safo palpitaba en ningún rincón de ellas. Este era el lamento que Eva intentaba sosegar en su corazón antes de que se derramara en su voz. Pero tan difícil es cambiar el curso de un lamento como lo es el aniquilarlo.

## Alfred Delvau, *Dictionnaire érotique moderne, par un professeur de langue verte*

Una lesbiana, según una entrada del *Diccionario erótico moderno* de Delvau, es una mujer que prefiere a Safo antes que a Faón. Al principio nos divertíamos con esta definición que transformaba en un instante a tantísimas mujeres que a duras penas cabrían todas en la isla de Lesbos. Porque ¿quién no preferiría a Safo frente a Faón? Todas habíamos conocido a demasiados Faones con sus patéticos encantos. Tuvimos que hacer listas de a qué Faones invitar a tal o a cuál cena.

Una lesbiana, según otra entrada del *Diccionario erótico moderno* de Delvau, es una mujer nacida en Lesbos que en la actualidad reside en París. En 1904 Romaine Brooks andaba buscando un lugar donde vivir tranquilamente en el pecado y pintar. Estaba cansada de la ardiente y fuerte luz del sur y de sus interminables ruinas. En 1905 se puso el sombrero de copa que le dejaba en penumbra los ojos, empaquetó sus pinceles y se mudó a París.

## Gertrude Stein, *Rich and Poor in English*

Para librarse de su irascible casero, Natalie Barney abandonó Neuilly en 1909 y se mudó al número veinte de la rue Jacob de París. A partir de entonces pudimos llegar paseando cogidas del brazo desde el Temple à l'amitié hasta la casa de Gertrude Stein, aunque poníamos mucho cuidado en respetar los días que cada una reservaba a las visitas. Los viernes eran de Natalie, y de Gertrude los sábados, en los que incluso había hombres y licor de frambuesa.

Así surgió una correspondencia entre Natalie y Gertrude. Solían enviarse mutuamente sus *petits bleus* como si fueran príncipes reinantes en reinos vecinos, y entre sus salones se trazó, al modo de un río que excavara un cañón por sí mismo, una senda que bajaba a lo largo de la rue de l'Odéon. Seguir esa senda era algo fácil y natural, no teníamos más que cogernos del brazo unas de otras y dejarnos llevar. En la rue de l'Odéon había dos librerías que frecuentábamos tan asiduamente que Gertrude Stein llegaría a decir: ¡Aquí casi tengo una patria!

Esa patria era Odéonia, lo supimos gracias al propietario de La Maison des Amis des Livres. Se trataba de un pequeño pero maravilloso reino en el que encontrábamos libros de cualquier tema imaginable. Los volúmenes encuadernados en piel de la Maison des Amis que no podíamos permitirnos nos los prestaban, forrados en papel de seda, durante una quincena. Siguiendo la rue de l'Odéon, más adelante, entre las puertas de la librería Shakespeare & Company fluía una muchedumbre de estadounidenses que buscaban el correo aéreo y el futuro de la literatura moderna. Esperaban que les devolvieran el cambio en peniques y que estuvieran expuestos en un lugar preeminente sus poetas nacionales. Pero Sylvia Beach había dispuesto para todo el mundo sus sillones cojos: acogía igualitariamente a todos los lectores, tanto a ricos como a pobres en inglés, según dijo Gertrude.

Así que en Odéonia leímos atlas y biografías, tragedias y manuales para construir barcos de maderas muy livianas. En un atlas aprendimos que una delgada lengua de tierra se llamaba istmo, mientras que la secuencia de varias islas se llamaba archipiélago. Cuando paseábamos entre las casas de Natalie y Gertrude discutíamos si nos hallábamos en tierra firme o en el mar.

## Virginia Stephen, *Melymbrosia,* 1907

Virginia, que había dado inicio a su diario primerizo con un relato sobre un paseo en bicicleta hasta el parque de Battersea, se sintió siempre atraída por las excursiones. Le agradaba ver el paisaje desplegándose libremente a medida que lo cruzaba y cómo el impulso de los pedales hacía fluir tras ella las calles y los árboles. Pero el regreso, especialmente el retorno a la lóbrega casa de su infancia en Hyde Park Gate, le resultaba desalentador. Prefería los destinos menos familiares.

Hacia 1907, Virginia Stephen vivía con su hermano menor en Fitzroy Square y estaba escribiendo su primera novela. Circulaba en bicicleta por Londres, meditando cómo podría lanzar su libro al mundo. Los ómnibus se le echaban encima, los caballos de los taxis se encabritaban, los chicos de los recados pasaban como flechas: ella viró bruscamente, soltó una blasfemia y se preguntó cómo demonios iba a encontrar su camino *Melymbrosia*. ¿Quién iba a querer leer la historia de una niña que se aleja navegando de la isla de Inglaterra con rumbo hacia un futuro incognoscible, si además iba firmada por una novelista completamente incógnita?

De hecho, la *Melymbrosia* de Virginia Stephen no se publicaría hasta que cambió sus dos nombres: ocho años después, cuando el paisaje del mundo había quedado alterado irrevocablemente por la guerra, Virginia Woolf se convirtió en la autora de *Fin de viaje*.

## Romaine Brooks, *The Black Cap,* 1907

Si el color gris abarcaba muchos sentimientos, el negro era entonces el lugar donde se hallaban estos enterrados. El orden del negro, su austera autocontención, le dio a Romaine Brooks un sentido de serenidad en su nuevo piso del distrito 16. Rodeó alfombras y cortinas con bandas negras y encargó para sí varios pares de pantalones de lana en color gris carbón con abrigos negros que se abotonaban encima, y también una bufanda color ceniza. En 1907, Romaine Brooks pintó a una mujer joven mirando al suelo, con las manos semienlazadas, pensativa, en una habitación anónima. Podría ser cualquiera en cualquier cuarto de París, sin un pasado que la atara. Lo que pudiera estar pensando le daba sombra a su rostro como una visera negra.

## Eileen y Jack, 1904

Eileen y Jack vivían juntos en una serie de pequeñas habitaciones tras el Jardín de Luxemburgo. Eileen aspiraba a ser pintora; en una ventosa sala de la Académie Julian estudió las suaves curvas internas de las muñecas y los tobillos. Jack aspiraba a ser Jack. Por la noche, Jack se pintaría la sombra de un bigote, vestiría chaqueta y pantalones y escoltaría a Eileen hasta locales que ninguna mujer joven podía frecuentar en solitario. Despreocupadamente, Jack bebía *eau de vie,* jugaba al ajedrez y lo encontraba todo bastante espléndido. Eileen, que creía sobre todo en los interiores privados, lo encontraba todo bastante espantoso. ¿Qué pasaría si alguien pudiera ver más allá de la superficie plana de Jack?

Fue entonces cuando Eileen Grey comenzó a estudiar el arte de crear biombos, de endurecer las superficies, de pintar capas sobre capas de laca brillante y frágil que no delataban un sustrato. De un maestro en tradiciones japonesas aprendió que la laca se fabrica con la savia seca de un árbol venenoso mezclada con piedra pulverizada. Después de aplicar las primeras capas, la piel interna de sus muñecas quedó arrasada por un sarpullido atroz. Sin embargo Eileen siguió trabajando. Quería fabricar un biombo lacado para Jack, oblicuo e impermeable, algo que lo protegiera durante el delicado acto de vestirse.

## Damia, 1911

En uno de los *music halls* en que Damia cantaba, se esperaba que una chica se vistiera con el propósito de atraer las miradas de los marineros. Pero Damia entonaba sus salomas y lamentos llevando un simple vestido negro de tubo que dejaba desnudos sus fuertes hombros. Cuando un crítico la comparó con un boxeador de feria en reposo, Damia se encogió de hombros: había nacido en un cuarto hacinado del distrito 13 en una familia de diez miembros. La enviaron a un reformatorio; a los quince ya había escuchado toda la serie de maldiciones que podían arrojarse contra una chica.

Eileen y Jack encontraron a Damia en un club nocturno que ninguna mujer podía frecuentar en solitario. La voz de Damia era melancólica, grave, los cigarrillos se la habían vuelto áspera. Su vestido negro estaba arrugado y, aunque solo tenía diecinueve años, sus ojos eran viejos. Eileen, intentando no fijar la vista en sus hermosos hombros, le preguntó por su repertorio: ¿cantaba sobre todo *chansons vécues?* Sí, dijo Damia, por desgracia todas eran canciones que había tenido que vivir por sí misma.

## Natalie Barney, *Actes et entr'actes,* 1910

Los actos que emprendíamos entonces tenían cada vez menos intermedios entre ellos. Había actos apropiados solamente para las habitaciones privadas, pero hubo también, al menos en lugares como París y Capri, actos cada vez más abundantes que podían ser realizados en público. No se trataba solo de que bajo el Código Civil Napoleónico y el Código Zanardelli de derecho criminal no se mencionara a las sáficas. Sucedía que nos estábamos volviendo más atrevidas y más numerosas. Poseíamos cuchillos con mango de marfil y ya no éramos unas niñas. En Odéonia comprábamos manuales, atlas, traducciones de las tragedias griegas con las partes corales impresas en páginas intonsas que desbarbábamos nosotras mismas. Como Romaine Brooks, algunas de nosotras disponíamos ahora de nuestros propios medios de vida, y en lugar de más escuela reglada teníamos a Natalie, que leía para nosotras el poema *Retour à Mytilene* de Renée Vivien en el salón de su casa. Era cierto, sin embargo, que ya no contábamos con Eva Palmer. Ella estaba en un interludio, en una isla, sola en la Antigua Grecia.

## Romaine Brooks, *The Screen,* 1910

La vez primera que Romaine Brooks mostró en público sus pinturas, sintió que se exhibía desnuda en una pared de las Galerías Durand-Ruel. Todos sus cuadros eran de mujeres. En el cuadro que Romaine ya no soportaba mirar directamente, una mujer joven está en pie, apoyada en un biombo plegable junto a una pequeña mesa lacada en negro. Viste solo una combinación de tejido frágil sobre sus hombros. Mira hacia la lejanía, melancólica, cetrina y vaga en su forma, en tanto que la mesa está construida con bordes contundentemente duros. Cuando vimos este cuadro entendimos por qué llevaba a Romaine a la desesperación. Había pintado una mesa y un biombo que sabían cómo estar dentro de una habitación. Se hallaban en un hogar y en un interior perfectos y angulosos, mientras que la propia Romaine aguardaba inquieta y vaga, esperando todavía alcanzar una forma.

## Eileen Gray, *La Voie Lactée,* 1912

Por esa época, Eileen Gray hacía solamente muestras privadas de su obra. Producía para sus amistades íntimas algunos biombos lacados que podían usar para vestirse o desvestirse en sus aposentos de París. *La Vía Láctea,* por ejemplo, jamás salió de la alcoba de la mujer para la que Eileen Grey lo había fabricado. La superficie del biombo estaba oscuramente esmaltada en un azul de brillo lunar y el cuerpo de una mujer se deslizaba a través, bañado en la luz perlada de las estrellas. Con su cabello a la deriva, lechosa y brillante, hace luminosa a la totalidad del cosmos. Sabe cómo flotar suavemente sobre la más dura de las superficies, su cuerpo se está moviendo entre el mundo y el sueño.

## Safo, fragmento 104 A

Con el tiempo, los objetos lacados de Eileen Gray y los cuadros de Romaine Brooks acabaron juntándose en la casa de Natalie Barney. Natalie tenía una capacidad especial para concitar los interiores de mujeres muy dispares que nos dejaba atónitas sin descanso. Sobre las mesas bajas y negras de Eileen, Natalie solía encender velas para Renée y colocar floreros con los lirios que Liane adoraba. Quedábamos sobrecogidas con la imagen que Natalie había creado: cómo, al reflejarse en el oscuro brillo de la mesa, la llama entibiaba las pálidas gargantas de los lirios.

Después, Natalie se acomodaba bajo el retrato que le hizo Romaine y formábamos nuestro círculo a su alrededor, como ninfas en los bosques, para escuchar *Retour à Mytilène*. Sentíamos que, siempre y cuando nos quedásemos en las estancias de Natalie Barney, nos iluminarían por dentro las imágenes de lo que podríamos llegar a ser. Los viernes en casa de Natalie pensábamos en Safo: *Atardecer / tú reúnes de vuelta / todo lo que la Aurora deslumbrante dispersara.* Pero Romaine Brooks, exasperada por nuestras poéticas y sobrecalentadas reuniones, ponía objeciones: Amazonas, no ninfas, decía Romaine con brusquedad. Y nadie va a volver a aquellas islas.

## Penélope Sikelianós Duncan, *Akadémia,* 1912

En 1912 Penélope regresó a París. En el quinto piso de un edificio gélido, en una academia cuyo nombre compartía con el de su marido, comenzó a enseñar drama griego, música y artes del tejido. Era difícil enseñar a escolares franceses la historia de Electra, concluyó Penélope, pero explicarles las diferencias entre los modos musicales lidio y mixolidio resultaba tal vez imposible. En lugar de eso, Penélope entendía que debían producir algo por ellos mismos, una nueva puesta en escena de las artes antiguas para las gentes de Francia. Le consultaría a Eva, se lo contaría a su esposo, y Eva volvería a París en su ayuda, estaba segura, eran como hermanas.

## Electra y Crisótemis, 1912

Y, por supuesto, Eva regresó a París a la llamada de Penélope, la de oscuros ojos. Habría descendido al inframundo con tal de escuchar de nuevo el canto de Penélope. En París se decidió que Penélope sería Electra y Eva su hermana Crisótemis. Representarían juntas el coro de Sófocles, danzarían sus momentos trágicos, entonarían sus armonías antiguas. Eran las hijas de Clitemnestra y Agamenón, sabían bien lo que era actuar. Y también sabían que pertenecer a tal familia era un regalo gravoso.

En 1912 no avisamos a Natalie Barney de que Eva había vuelto a París. En febrero, en una tarde que no era la del viernes, fuimos al Théâtre du Chatelet para ver la nueva *Electra.* Nos sentamos en una fila oscura y contuvimos la respiración al contemplar el resplandor delicado de Penélope. La obra, más que una serie de sucesos, era una sucesión de imágenes, como una película vista fotograma a fotograma. Olvidamos a Clitemnestra y a Agamenón. Olvidamos a Casandra. Contemplábamos solo a Penélope y a Eva de perfil, como un entablamento que aparecía ante nosotras. Semiarrodillada por culpa de la angustia, Penélope imploraba a los dioses que tuvieran piedad, mientras Eva la seguía, vacilante, sin entenderla, tendiéndole los brazos.

## Virginia Woolf, *On Not Knowing Greek*

Electra, escribió Virginia Woolf, se alza ante nosotras atada con tanta fuerza que puede moverse solamente una pulgada hacia un lado, otra pulgada hacia otro. Pero a cada mínimo movimiento nos ha de contar lo más extremo.

Electra debe hablarnos a través de su movimiento porque nadie entiende los verbos que utiliza. Incluso los poetas andan desconcertados: λυπειν, ¿qué clase de sufrimiento es ese, el de herirte a ti misma por culpa de un futuro ya vaticinado? Elevando sus manos de rígidos dedos, Electra pregunta a los dioses qué oscura jaula han hecho de su vida y por qué. Ella no quiere escuchar la razón, dice su hermano. Pero ¿es irracional danzar en la escasa pulgada de espacio que te ha sido concedida cuando sabes ya cómo va a terminar todo?

Eva partió hacia Atenas antes de enseñarnos todos los modos de los verbos griegos. Solo más tarde descubrimos, por ejemplo, que hay dos modos verbales que carecen de futuro. Uno es el imperativo, usado para exigir y ordenar. El otro es el subjuntivo, usado en todo aquello que no sea un hecho razonado. Tal vez Electra sufría en verbos que nadie entendió porque no tenía futuro el modo en el que ella vivía.

## Romaine Brooks, *No Pleasant Memories*

Fue en su primer año de internado cuando Romaine Brooks conoció a la chica griega. Tenía una melena roja y rebelde y era capaz de recitar el diccionario en orden alfabético, dejando asombrada a una Romaine que jamás había memorizado nada, salvo el procedimiento para hacer café en un cacillo de lata. La chica griega dejó una noche las ventanas abiertas para Romaine, que entró como un viento negro y se quedó hasta el amanecer. Cuando las descubrieron juntas, Romaine no encontró una explicación. Tal vez fuera sonámbula, quizás se había equivocado de camino a otro cuarto con los muebles arreglados como en el suyo. Romaine provenía de una familia demasiado rica como para que la castigaran, pero a la chica griega la enviaron de vuelta, avergonzada, a la isla donde sus padres vivían todavía encima de la taberna que regentaban. La chica griega, pensó Romaine, fue una señal de que no había peor destino que el de volver a una isla que tú has abandonado. Una vez que te habías marcado un futuro solamente debías tener la dura raya del horizonte ante ti.

La chica griega fue tema de varios párrafos en las memorias de Romaine Brooks, que jamás se publicaron. Como Romaine dijo turbiamente a Natalie, el único título que su vida merecía era el de *Memorias non gratas.* ¿Y qué editor admitiría que se condenara un libro antes de publicarlo?

# ONCE

## Sarah Bernhardt, *The Romance of an Actress,* 1912

En 1912 teníamos el cine y los biombos lacados y el placer de sentarnos en habitaciones con rincones en penumbra. Incluso las que nos ganábamos modestamente la vida podíamos darnos el gusto de unas veladas con Beaujolais y películas de Sarah Bernhardt. Habíamos perdido, es cierto, a algunas de nuestras compañeras. Después de *Electra,* Eva volvió a Grecia, mientras que Penélope se marchaba a Londres. Luego el marido de Penélope la llevó a un pueblo diminuto donde amontonaron piedras sacadas de las ruinas para construir casas. Durante tres años Penélope estuvo respirando polvo de piedra. Tosía más que cantaba. En la casa de Sykia, Eva tejía largas madejas absurdas, esperando a Penélope.

Pero en 1912 Sarah Bernhardt rodó cuatro películas. Fue la reina Isabel en *Les Amours de la Reine Elisabeth* y estuvo haciendo de Adriana Lecouvreur en *Romance de una actriz.* Inmune a la fatiga, tenía sesenta y ocho años y un cachorro de tigre al que permitía pasear bajo la mesa del comedor. En verano de 1912 rodó una película en la que sencillamente hacía de la Divina Sarah. Era una película sobre su vida en la casa que compartía con Louise Abbéma, en la isla de Belle-Île-en-Mer, en Bretaña. Contemplábamos embelesadas cada escena como si la hubieran rodado para nosotras. Intuíamos que por fin estábamos viendo el verdadero romance de una actriz.

Así que no dedicamos demasiados pensamientos ni a Penélope ni a Eva ni a ningún grito desesperado de fatalidad o profecía. Estábamos mirando a Sarah y a Louise de picnic en los acantilados de su isla.

## Giuseppe Pisanelli, *Ius sanguinis*

El derecho de la sangre fluía bien caliente por las venas del Código Pisanelli. Cualquiera podía tenerse por nacido en suelo italiano, argüía Pisanelli, pero los verdaderos ciudadanos tenían que estar constituidos con sangre de sus familias. Porque, de hecho, afirmaba ante los senadores italianos, el elemento principal de la nacionalidad es la raza. Los senadores asentían cómplices, con sus linajes rubicundos de orgullo.

En nombre de la raza italiana, en el año 1900, la nación comenzó a conquistar otros territorios y a llamarlos colonias. Esto condujo a problemas imprevistos que casi siempre acababan en sangre. Por ejemplo, los varones italianos, tras apoderarse de Eritrea en 1900, tomaron también numerosas mujeres eritreas, de manera que hacia 1905 el gobierno colonial tuvo que enfrentarse a unas cifras sin precedentes de hijos ilegítimos. Los políticos italianos debatieron el dilema de si llamar italianas a esas criaturas por la sangre de sus padres o sujetos coloniales por sus madres conquistadas. En el ínterin ordenaron la construcción de orfanatos en Asmara.

## Oscar Wilde, *Salomé,* 1891

Oscar Wilde había dicho siempre que Sarah Bernhardt era una daga recamada de piedras preciosas en medio de los lerdos ingenios del teatro: la Divina Sarah era la más antigua y astuta de las diosas. Adoraría hasta el dobladillo de sus pieles si ella se lo permitiera. Estaba más que dispuesto a dejar que el par de cachorros de león de Sarah le devoraran hasta los cordones de los botines. En 1891, cuando Sarah hacía de Cleopatra, la imaginaba sepultada en una pirámide con un áspid sobre el pecho. Lo recorrían estremecimientos deliciosos cuando se reclinaba sobre el terciopelo amarillo de su *chaise longue* en la habitación de su hotel en París. Oscar Wilde cerraba los ojos y dejaba que la visión palpitara bajo sus párpados: una obra nueva, temblores amarillos retorciéndose como áspides sobre terciopelo, los ojos enjoyados de una reina asesina del Oriente. Sarah sería Salomé. Aunque, en verdad, recapitulaba Oscar Wilde, Sarah Bernhardt había sido Salomé desde siempre, era una hija de Babilonia.

## Paolo Mantegazza, *Fisiologia della donna,* 1893

El senador italiano Paolo Mantegazza enarbolaba una teoría sobre lo que guardan en su interior las mujeres y los africanos. En primer lugar, había algo oscuro y subdesarrollado.

En segundo lugar, ese algo era inferior a los varones italianos. En tercer lugar, pontificaba Mantegazza, las mujeres de Italia y las gentes de África eran poco más que criaturas infantiles, debido a su fisiología innata; por el bien de la raza italiana debían ser tutelados por quienes mejor los conocían, a saber, los senadores de Italia.

## *Salomé,* 1892

En 1892 Oscar Wilde se dedicó a asegurarse de que Sarah fuera su Salomé. Tenía escrita la pieza en francés, había vestido a su princesa Salomé con el mismo velo dorado que Sarah había llevado como Cleopatra. El escenario debía colmarse de incienso humeante para realzar sus formas sinuosas y afiladas; al salir de esa bruma, la Divina Sarah reluciría como una serpiente, como una espada traicionera, como un río bajo la guadaña de la luz de la luna. Porque en verdad, se decía Oscar Wilde a sí mismo, Sarah era una perfecta serpiente del Nilo antiguo.

Pero cuando leyó el guion de Salomé, Sarah Bernhardt palideció. Había nacido como hija ilegítima de una cortesana judía. Para abrirse su camino en el mundo había aceptado los papeles que deseaba ignorando las observaciones que los acompañaban: que su pelo era demasiado rizado, su cuerpo extrañamente estilizado, sus mejillas rojizas hasta un tono subido; que estaba enferma, era decadente, era engañadora, era suntuosa, era decadente; era la hija de su madre, una hija de Babilonia.

Cuando por fin Sarah Bernhardt fue reconocida como la Divina, exprimió su derecho a ser una actriz en lugar de ser aquello que la habían llamado desde su nacimiento. Sobre todo, se regaló a sí misma vida y más vida: tituló sus memorias *Ma double vie*. Pero la princesa Salomé llama a la muerte. Danza entre velos de flecos dorados por el placer de traicionar, concede su beso criminal en medio de una turbia nube de incienso. Por ello en 1892 Sarah Bernhardt abjuró del papel que le asignaban, porque podía ver a dónde la iba a conducir.

## Paolo Orano, *La Lupa,* 1910

*La Lupa* era un periódico italiano que recibía su nombre de la hembra del lobo. Con la siniestra precisión de una sombra gris, *La Lupa* comenzó a circular en la península en 1910. Paolo Orano, el editor, urgía a su loba a la caza voraz; sus presas eran las decadentes, derrochadoras, engañadoras, melancólicas y afeminadas gentes del oriente y del sur que estaban diluyendo la sangre pura de la raza italiana. *La Lupa* acusaba a los judíos de cargos de socialismo, desviación y complots semíticos. Había imprecaciones contra la indolente gente oscura del sur, poco mejores que los niños astutos, y por supuesto contra las mujeres. En esencia, las mujeres eran seres primitivos, concluía Paolo Orano, sujetos a ataques de histeria emocional y a prejuicios irracionales.

En su piso de Roma, Lina Poletti hizo trizas *La Lupa* y arrojó los pedazos al fuego de la chimenea. Un minuto después las palabras de Paolo Orano eran llamas de la nada. Pero cuando Lina se inclinó para encender un cigarrillo, su mano estaba temblando.

## Casandra, 1912

Íbamos al teatro, íbamos al cine. Nos sentábamos en salas oscuras y observábamos vidas brillantes pasar ante nosotras. Despreocupadas en los rincones en penumbra, adorábamos los romances de las actrices y envidiábamos sus hermosas islas. En aquella época teníamos algo olvidada a Casandra.

Casandra podía ver hacia adelante y hacia atrás al mismo tiempo. Corrió a lo largo de las murallas de Troya mirando como una demente a todos lados mientras los hombres se burlaban de ella. Pero Casandra no sabía hurtarle a su lengua lo que tenía que decir. Levantó su voz hasta un tono similar al del aullido del viento. Derramó de su garganta las cosas más siniestras. Es cierto que los hombres nunca la escucharon. Pero nosotras no olvidaríamos a Casandra y a las que eran como ella, las mujeres que habían vivido ya nuestros futuros.

## *Salomé,* 1897

Cualquier papel rehusado por Sarah Bernhardt era inmediatamente rechazado por Eleonora Duse. ¡La Duse no sería seleccionada como una Salomé de segunda mano! Sí, sí, entendía que el señor Wilde había venido directamente a Nápoles a verla tras su liberación de esa cárcel inglesa. Pero él parecía no encontrarse bien. Tal vez se marcharía lejos durante algún tiempo antes de recomenzar su vida pública, especialmente una vida en el teatro. Una cura de reposo en algún lugar apartado de las leyes inglesas y de los periódicos, señor Wilde; sí, había rutas diarias hasta Capri, la isla no estaba tan retirada como parecía. Y había muchos compatriotas suyos allí que habían buscado... ¿Cómo decirlo? ¿Un refugio? Un idilio. Solo debería tener cuidado en su trato con la población local, se habían dado casos de escándalos con jovencitos solicitados para posar por escultores extranjeros. *Attenzione, signor Wilde,* no confunda a un chico bronceado de las islas con una estatua lista para ponerla en su jardín.

## Isadora Duncan, 1904

La Naturaleza había dotado a Isadora Duncan con la Gracia, explicaba ella misma, y por ello era su deber encarnar la Belleza de la Natura por los escenarios del mundo, para liberar al Arte de la Danza de todo artificio retorcido y restaurar su honorable Legado. Aquí, en San Petersburgo, ¿habían visto los frisos griegos, las pinturas de las vasijas clásicas?, inquiría. Ah, los han visto, muy bien, deberían entender entonces que su danza surgía de la Noble Belleza de los Antiguos, que su gestualidad era tan Pura y Natural como las blancas estatuas de mármol del Museo Británico.

Hemos de salvar la Danza no solo de la frivolidad artificiosa del ballet donde esta ha languidecido, proseguía Isadora Duncan subiendo el tono de su voz, ¡sino también salvarla de las Razas Primitivas y Degeneradas que podían corromperla! Nuestro Arte no debe ser degradado por lo sensual ni manchado por lo decadente: ¡Despreciemos el baile de la falda del *burlesque,* el fox-trot, las chicas *nautch* de la India, la danza del vientre, el *black bottom!* Extendió un brazo suplicante, como el de una estatua de mármol que hubiera perdido su camino. Se aclaró la garganta. Tenía la esperanza de que su estimada audiencia supiera entender lo que ella quería decir.

Ida Rubinstein, que se había sentado en la parte trasera del teatro de San Petersburgo, entendió perfectamente lo que Isadora Duncan quería decir. Ida Rubinstein había nacido como hija de un rico comerciante judío en la Rusia zarista. Había estudiado francés, italiano, alemán, canto, danza y griego. Había llevado a la escena su propia *Antígona* e ignoró las observaciones que acompañaron su *première:* que su pelo era una masa hirviente de serpientes, que su cuerpo estaba extrañamente demacrado, que su riqueza tenía orígenes sospechosos, que sus ideas eran desviadas y ladinas. Se rumoreaba que era una Salomé, una hija de Babilonia. Debía ser expulsada del País por sus Ciudadanos, desterrada más allá de la Zona de Asentamiento.

Pues muy bien, se dijo Ida a sí misma, si ese era el único papel que le ofrecían lo aceptaría. O mejor, lo exprimiría con las dos manos antes de que el personaje la estrangulara a ella.

## Sibilla Aleramo, *L'ora virile,* 1912

En 1912 los políticos italianos andaban alabando dos triunfos parejos de la nación: habían invadido Trípoli y habían limitado el sufragio a los varones. Tan hábilmente habían arreglado el año 1912 los hombres del gobierno que, mientras un número desconocido de personas en Tripolitania y Cirenaica iban a ser o conquistadas o arrastradas a la muerte, toda mujer en Italia quedaría privada de derechos. El imperio se hinchaba al mismo tiempo que se adelgazaba la ciudadanía.

Sobre el tema general de Italia, Sibilla Aleramo era aguadamente lúcida: los hombres la habían creado, habían excluido a las mujeres de ella y ahora estaban matando a gentes en su nombre. Eso era la nación. Una guerra entre un país y otro, entre una raza y otra, escribió Sibilla, una guerra de hierro y llamas: esto no es una creación de mujeres.

Fue en esta guerra cuando por primera vez en la historia del mundo se arrojaron bombas desde aeroplanos. Los torpedos cruzaban rasgando el mar, la población civil era masacrada en el oasis de Mechiya, las islas quedaban ocupadas y los puentes volados. Por supuesto, estábamos de acuerdo con Sibilla en que esta guerra era absolutamente bárbara.

Pero el artículo de Sibilla se titulaba *La hora viril,* y en 1912 ella ya había escuchado lo agresivo de esa hora. Un tono sonoro y seductor en cierto modo le apelaba, aunque nosotras no podíamos escucharlo. Quizá Sibilla estaba cansada de ser objetivo principal de leyes y teorías italianas, quizá se sentía a la deriva en lo tocante a ilusiones e intereses mutuos. En cualquier caso, *L'ora virile* llegaba a esta conclusión: aunque las mujeres italianas no habían aprobado la guerra, Italia era a fin de cuentas el hogar para ambos sexos; por lo tanto el país seguía siendo una unidad de corazones que palpitaba al cálido unísono del carácter nacional y avanzaba en su camino gracias a la sangre jactanciosa de la raza italiana.

## Casandra, 458 a. C.-1913 d. C.

*Itys, itys,* gritaba Casandra. ¿Qué era ese Itys? Un niño, un canto de pájaro, algo sin sentido, un sonido bárbaro. El coro no entendía lo que estaba diciendo. Por lo general, los ciudadanos de los grandes imperios no desean entender a Casandra. Era una extranjera. No paraba de ver serpientes y llamaradas, pájaros y sangre. No paraba de decir que ella ya había visto antes este futuro. Según Casandra, la violencia cometida en el pasado volvía inevitable lo que acontecía después. Itys era un pequeño pájaro con el cuello sajado, decía. Itys era la más sombría de las cosas antiguas cargas que resurgían de nuevo. *Itys,* el ruiseñor cantaba y cantaba, pero no lo escuchaba nadie.

## Ida Rubinstein, *Salomé,* 1908

Oscar Wilde no vivió para ver el estreno de su Salomé. Murió en 1900 en una habitación de hotel en París, sifilítico y sin arrepentimientos. Hasta su final se quedó sin el aprecio de los compatriotas. Ni siquiera en Capri, donde los chicos bronceados se zambullían en el mar azul turquesa, había encontrado Oscar Wilde su personal idilio. En su lugar, se topó en el comedor con las miradas glaciales de la aristocracia terrateniente. Al tercer día, el personal del hotel se vio obligado a echarlo, estaba corrompido según la ley inglesa.

Ida Rubinstein no esperó a que sus compatriotas la echaran de la Zona de Acogida. En 1908 había ya aceptado el papel de Salomé e iba derramando sus siete velos con una voluptuosa lentitud. Solía decirse que Ida Rubinstein no era una bailarina con talento. Pero podía construir una postura exquisita y mantenerla para siempre. Podía esperar hasta que la audiencia llegaba a estar enfebrecida, babeando en sus asientos, antes de dejar que el último velo se deslizara y cayera de su cuerpo. Dicho de otro modo, Ida Rubinstein sabía cómo hacer de sí misma una imagen, un retrato enmarcado por lo que cada cual imaginaba previamente de ella. Podía aceptar el papel que le ofrecían y llevarlo a la danza hasta morir.

## Romaine Brooks, *The Crossing,* 1911

Cuando Romaine Brooks abandonó el teatro, retenía la imagen de Ida Rubinstein tras sus ojos. En cuanto despejó la bruma del incienso, el cascabeleo de las ajorcas y las cuentas, la peluca azul con trenzas doradas retorcidas encima, entonces pudo ver a Ida en su forma genuina, casi descolorida, elegante en su desdén. Ida Rubinstein podía ser tal vez caprichosa y vacua, pero no era Salomé ni Cleopatra ni la traicionera sultana Zobeida. Cuando Romaine observó a Ida vio los largos ángulos blancos de su cuerpo, sus bordes duros como los de una mesa.

Más adelante, al contemplarse Ida a medio pintar en el caballete, preguntó a Romaine cómo lograba una imagen plana y fija cuando en realidad una modelo siempre está en movimiento. Una persona está compuesta de muchos lados, dijo Ida. ¿Era posible acaso pintar a alguien en su plenitud? Romaine estudiaba la cresta de la cadera desnuda de Ida elevándose en punta. Un cuerpo es siempre un riesgo, replicó Romaine lentamente, es difícil trabajar del natural.

## Safo, fragmento 151

Habíamos entrado en un estado de letargo en el jardín de Natalie Barney. Envueltas en el blanco perfume embriagador de los lirios nos tendíamos en la hierba con nuestros libros a medio leer. La hiedra crecía sin parar revistiendo los muros y en el Templo las velas ardían hasta consumirse. Después, como escribe Safo, *sobre los ojos / negro sueño de noche.*

Quizá cerrábamos los ojos con la intención de quedarnos en ese sueño de nuestro idilio. O quizá no deseábamos ver los oscuros relatos que se apostaban en los árboles como búhos aulladores con las garras sepultadas en la corteza de los olmos de Natalie Barney. Éramos todavía jóvenes con posibilidades de soñar. En sordina llegábamos a saber que en otras vidas las más sombrías de las antiguas cargas se habían ya descargado: que a las gentes las arrastraban por los mares como esclavos, expulsadas de sus países, arrojadas a destinos de mudo terror. Los orfanatos de Asmara se llenaban de niños engendrados con violencia. Se masacraba a las mujeres en el oasis de Mechiya, las bombas caían en picado desde aeroplanos que vomitaban sus cargas mortíferas sobre las aldeas. Pero estas historias eran como masas borrosas e impenetrables para nosotras. Las manteníamos a distancia y dirigíamos nuestros ojos a Safo, a Lina Poletti, a la Divina Sarah. Queríamos relatos ambientados entre nosotras que fueran como superficies resplandecientes, que reflejaran y dieran brillo a nuestras esperanzas. ¿Acaso no era por fin nuestro turno de acaecer?

Pero en el jardín parecía que el tiempo estuviera suspendido en el aire como incienso, como una nube quemada. Y esto oscureció nuestras intenciones y los perfiles de nuestros rostros. Apenas si podíamos ver cuando nos dábamos el beso de buenas noches.

## Ovidio, *Metamorfosis,* libro VI, 8 d. C.

Al principio de todo, cuenta Ovidio, Itys no era más que el hijo de la dulce Procne. Pero el búho aullador asistió a su nacimiento: la violencia empolló sus huevos sobre la casa de

Itys, el vástago. El marido de Procne bajó la vista hasta sus propias manos bestiales y calculó qué garganta estrangularía.

El esposo de Procne arrastró furtivamente a la hermana de esta, Filomela, a una casa de piedra en el bosque. Con sus manos bestiales la forzó y la tendió debajo de él. Después, cuando ella no era ya más que desgarraduras y harapos, le cortó la lengua para que no pudiera contar nada. Aun así, con sangre en el sitio en que debería estar su lengua, lo contó todo: tejió un tapiz para que su hermana Procne lo leyera. Y Procne corrió espantada a la casa de piedra y las hermanas corrieron para buscar en Itys la venganza contra el varón que lo había engendrado: Itys el inocente, muerto por culpa de su sangre.

Así fue como Itys se convirtió en un pequeño pájaro con el cuello sajado, justo como lo había vaticinado Casandra. Y Procne se convirtió en un ruiseñor que revolotea desahuciado, condenado a cantar *Itys, Itys.* La muerte de un niño produce un sonido bárbaro.

## Safo, fragmento 154

Esos fueron los relatos que nos legaron. Cuando éramos niñas aprendíamos lo que les sucedía a las niñas en las fábulas: acababan devoradas, casadas o perdidas. Entonces llegaron los episodios de la educación clásica, que nos ilustró sobre los destinos de las mujeres en la literatura antigua: traicionadas, violadas, expulsadas, arrojadas a la locura con un lamento sin lengua. No era algo inusual, descubrimos, que las mujeres fueran arrastradas por los mares como esclavas y luego asesinadas en el umbral. Casandra fue solamente una entre muchas.

¿Qué tenía de extraño que, en lugar de todo eso, leyéramos a Safo? El peor de los desengaños de Safo eran los amaneceres de los celos, el cortante vacío de los brazos cuando una amada ya no duerme entre ellos, un exilio desde una hermosa isla a otra. Safo goza del lujo de envejecer en su propia cama. Su pelo comienza a encanecer sobre la almohada, sus discípulas la escuchan entonar con voz entrecortada los recuerdos de aquellas salvajes noches plateadas: *llena apareció la luna / y cuando ellas en torno al altar ocuparon sus sitios.* Safo vivió muchos años de veladas largas y noches celestiales. A Safo nada le sucedió sino su propia vida.

## Isadora Duncan, 1913

Isadora Duncan tuvo dos hijos. No mencionaba sus nombres en público, tal vez porque eran de muy corta edad o tal vez porque eran ilegítimos. Pero en 1913 un coche se salió de un puente y cayó al Sena, y con él las vidas de los niños y de su niñera.

De inmediato los periódicos se volvieron voraces. La muerte de un niño produce un ruido bárbaro, incluso en el papel. Isadora huyó de las palabras que habían sido los nombres de sus hijos.

Primero huyó Isadora junto a Penélope, al remoto pueblo de ruinas de piedra. Pero Penélope y su hija tosían y tosían polvo de piedra y manchas de sangre. Isadora no podía soportar oír esa vocecita jadeante con el aliento entrecortado. Huyó a la costa de Liguria, a la villa junto al mar en la que Eleonora Duse pasaba la convalecencia.

Eleonora Duse había sido tantas mujeres que podía comprender bien cualquier dolor: una actriz es alguien que arrastra fantasmas durante toda una vida. Incluso cuando está enferma y exhausta, sigue siendo como un prisma de otros yoes. En 1913 Eleonora Duse era todavía Ellida, que se detiene en pie junto a la orilla del mar, serena en su propio vivir, un faro para mujeres de cualquier lugar. Isadora Duncan podía verla desde una gran distancia.

Pero no existe el arte de perder un hijo, dijo Isadora, desolada, a Eleonora. Lo sé, querida, contestó Eleonora, acariciando la cabeza que descansaba en su hombro. Siempre está en la vida el riesgo de que representemos nuestros papeles en una tragedia y no lo sepamos.

## Isadora y Eleonora, 1913

El griego antiguo disponía del singular y del plural, como otras lenguas. Pero también tenía el número dual, que se usa para los pares de cosas que concurren juntas por naturaleza: los hermanos gemelos, una pareja de tórtolas, los pechos, las dos mitades de una nuez bajo una sola cáscara. ¿Lo ves?, inquirió Eleonora a Isadora, mirando la gramática griega que tenían abierta entre las dos. Solo para dos cosas que se abrazan la una a la otra. Como tú cuando duermes en mis brazos, querida.

Isadora enterró el rostro entre las manos y lloró hasta que las lágrimas le escurrieron por los dedos. Eleonora cerró suavemente el libro. Claro, el dual podía usarse también para dos niños que se sientan en el asiento trasero de un coche cuando se precipita desde un puente.

Sin hacer ruido, Eleonora salió de la casa y se metió en el mar. No se lo podía decir abiertamente a Isadora, pero existe siempre ese riesgo, en la vida, el de ver solamente nuestros papeles en las tragedias.

## Sibilla Aleramo, *Il passaggio*

Cuando Sibilla llegó a París en 1913, nos contó historias de todas las mujeres que Eleonora había sido. En realidad solo queríamos escuchar los romances de la actriz: veranos como envueltos en gasa, vasos rotos de champagne, poemas de amor de Lina Poletti. Pero Sibilla tenía la intención de hablarnos de cada mujer que Eleonora había vertido dentro de sí. Hasta Isadora Duncan, tan abandonada al duelo que solo veía sus pálidos fantasmas propios, había entrado en los abrazos de Eleonora Duse.

Supimos que Sibilla estaba escribiendo un libro titulado *El pasaje,* es decir, el camino a través de y más allá de, el viaje a un destino que habíamos soñado desde nuestros más tempranos días. Nos preguntábamos si Sibilla explicaría cómo reunir nuestros hilos, cómo emprender el idilio que nos prometieron a nosotras. ¿No era su mismo nombre una señal de que ella sabría predecir nuestros destinos?

Pero Romaine Brooks, que llegaba muy tarde por la noche con Ida Rubinstein cogida de su brazo, se exasperaba con nuestra charla de sibilas y premoniciones. El Templo era un invernadero de nostalgia, dijo Romaine. Iba a llevarse a Ida a caminar en la nieve. Ida se envolvió en un largo abrigo de armiño, dejándose desnuda la garganta, y se marcharon en un frío silencio blanco. Desde el umbral, Romaine miró hacia atrás y nos dijo en voz baja: es mucho más difícil de lo que se piensa crear del natural.

# DOCE

## Virginia Woolf, *Mr Bennett and Mrs Brown,* 1924

En el vagón de un tren con destino a la estación de Waterloo, Virginia Woolf trataba de dilucidar cuándo había cambiado todo. No fue como si una mañana alguien entrara en un año nuevo y lo descubriera repleto de flores y canciones. No: con el paso del tiempo, las cocineras dejaron de hervir puerros para sopas blancuzcas y aguadas y empezaron a escalfar lustrosamente huevos con perifollo; los tomos de los criminalistas quedaban relegados en estanterías cada vez más polvorientas; gradualmente fue resultando menos escandaloso que una mujer manejara una imprenta manual o leyera a Esquilo en el original griego. Y ahora, una viuda con guantes remendados como Mrs. Brown, sentada en el borde de su butaca de segunda clase, podía llenar una novela entera por sí sola.

Virginia Woolf, cuando escribía en 1924, trataba de recordar cuándo había sucedido todo esto. Fue ciertamente antes de la guerra, pero ¿fue en el año de la muerte de Tolstói? ¿O aquella primavera en la que todo el mundo andaba con faldas globo y broches en el sombrero? Al final dedujo que fue más o menos hacia diciembre de 1910 cuando la mentalidad humana cambió de forma irrevocable y, con ella, los libros y la moda. Pensábamos nosotras que Virginia Woolf tenía razón en todo, podía manejar una imprenta manual en su comedor y al mismo tiempo traducir del griego. También nosotras, al mirar hacia atrás, hallábamos mal enfocados esos años. No podíamos distinguir nada más allá de los límites del año 1914.

## Natalie Barney, *Girls of the Future Society*

En su comienzo, el año 1914 parecía un exuberante y pulcro salto hacia adelante. Teníamos de hecho motivos para la esperanza y el júbilo. Condecoraron a Sarah Bernhardt como Caballero de la República Francesa con una vistosa banda roja. Cuando se despedía de nosotras en la Gare de Lyon, Sibilla Aleramo nos hizo una confidencia: *Il passaggio* iba a ser un peán al amor de Lina Poletti. En nuestro pequeño reino de Odéonia, Gertrude Stein publicó un libro de poemas titulado *Objetos, comida, aposentos;* Natalie, por supuesto, acogió la lectura en su salón, y allí su ama de llaves servía sándwiches de pepino sobre las mesas lacadas. Nuestras vidas parecían reflejarse alegremente en las superficies que nos rodeaban.

Paseábamos cogidas del brazo calle Odéon abajo, gozosas. Poseíamos nuestros propios libros y nuestras películas; para aquel momento nuestras intimidades eran virtualmente no punibles bajo las leyes europeas. Liberadas por fin de los criminólogos, nos enredamos ahora en una polémica con los psicólogos que empezaban a pontificar sobre nuestros pechos, nuestras toses, nuestros padres. Por encima de todo eso, teníamos a Natalie Barney, que nos prometía que las Jóvenes de la Sociedad del Futuro serían una feroz legión. Amazonas rampantes cabalgarían por el Bois de Boulogne, aseguraba Natalie, los templos a la Décima Musa se alzarían por encima de las pequeñas estatuas de bronce de los varones notables en los parques públicos. ¡Ay del hombre que se interpusiera en nuestra travesía a Lesbos!

## Eleonora Duse, *Libreria delle attrici,* 1914

La inauguración de la Biblioteca de las Actrices fue un evento íntimo y acogedor. Eleonora Duse escribió de su puño y letra las invitaciones. Había alquilado una casa modesta en Roma y la convirtió en un santuario en el que cualquier actriz podía encontrar refugio. Todas las paredes eran estanterías, cada sillón se hallaba realzado por un racimo de luces. Amueblada con la colección particular de Eleonora Duse, la Biblioteca ofrecía no solo los guiones de Ibsen y Zola, sino también filosofía, poesía, ensayos políticos y una copia anotada de la *Grammaire grecque* de Ragon. En la primavera de 1914, Eleonora Duse giró la llave en la cerradura con un enérgico chasquido y las puertas de la Biblioteca quedaron abiertas.

Era vital, explicaba Eleonora a sus invitadas cuando desfilaban por el pasillo, que toda mujer que deseara actuar pudiera ser educada más allá de los límites del escenario. Incluso a la mujer más inteligente del teatro la ignorancia podía arrastrarla hacia prejuicios sin fundamento y temores fantasmales, argumentaba Eleonora, había visto cómo sucedía todo eso con sus propios ojos. Pero de ahora en adelante las actrices dispondrían de un espacio libre y bien equipado en el que podrían aprender a pensar por sí mismas: todo eso que los ingleses llamarían *una habitación propia.*

## Congresso Internazionale della Donna, 1914

En aquella misma primavera de 1914, en Roma, numerosas mujeres se reunieron en el Congreso Internacional de las Mujeres que tenía lugar en la colina del Capitolio. Estaban apiñadas en salas calurosas. Estaban deseando cosas por sí mismas. Sus voces se elevaban unidas, las frases revoloteaban como pájaros por la Sala de los Horacios y los Curiacios: emancipación, pacifismo, bibliotecas, derechos de las trabajadoras, ginecología, igualdad jurídica, divorcio. Mujeres de veintitrés países con las banderas ondeantes a su paso y el cántico de ¡Oh, hermanas! Allí estaba Anna Kuliscioff, exhortando a todas a no desesperarse tras el reciente voto del parlamento italiano contra el sufragio femenino. Allí estaba Eleonora Duse, del brazo de la condesa Gabriella Rasponi Spalletti, invitando a todas las jóvenes actrices a su Biblioteca.

No estaba allí Sibilla Aleramo, porque se hallaba acurrucada en una *chaise longe* en el Temple à l'amitié. Según Natalie, no había necesidad de viajar a Roma: el Templo era en sí mismo un congreso internacional de mujeres. Mientras servían el jerez exclamaba con gracia: ¡Oh, hermanas! ¿Acaso no es *congreso* sinónimo de coito, de coyunda y de otras maneras de juntarse?

Mientras tanto, en el umbral de mármol de la Sala estaba Lina Poletti, de pie, poniéndose como visera la sombra de su mano sobre los ojos para cruzar con la mirada el mar de mujeres.

## Safo, fragmento 56

Eugenia Rasponi, hermanastra de la condesa Gabriella, creía en la carpintería sólida y en la acción política radical. A pesar de que su familia descendía de Napoleones varios, Eugenia había rechazado a todos los pretendientes de la nobleza. Lo que ella deseaba, como explicaba a su consternada madre, no era un hombre guapo, sino la emancipación total de las mujeres de esa tiranía de los hombres más conocida bajo el nombre de gobierno italiano. Tal cosa le estaba ocupando a Eugenia más tiempo del que hubiera deseado, ya que la mantenía alejada de sus trabajos con la madera. En suma, diría Eugenia a sus compañeras del Liceo: Bien, cuando haya libertad para las mujeres italianas, entonces dispondremos de nuestro tiempo libre.

El liceo Rasponi Spalletti para la Colaboración Intelectual de las Mujeres era un gran nombre para una pequeña sala en el palacio de la condesa Gabriella. Pero sus ventanas daban directamente al Quirinal, la sede del gobierno italiano, y a Eugenia se la podía encontrar allí muy tarde, a altas horas de la noche, leyendo volúmenes de historia legal o reparando las sillas destartaladas de sus compañeras. En las salas del Quirinal, donde los hombres se sentaban detrás de sus mesas de despacho de madera satinada para decidir el destino de la nación, corrían rumores insistentes sobre el Liceo: decían que era subversivo, incluso sáfico.

¿Y qué si lo fuera?, dijo Eugenia en voz bien alta, quitándose la bufanda mientras avanzaba por una sala cálida tras otra del Congreso en busca de sus compañeras. ¿No es el safismo una costumbre moderna? ¿En la Italia de 1914 vamos a encarcelar todavía a quienes publican libros que describen el amor? ¿Vamos a seguir denegando a las mujeres los derechos sobre sus propios cuerpos? Es como si el nuevo siglo no hubiese cambiado nada. Si pudiéramos reunir nuestras fuerzas, provocaríamos tal cambio en el mundo que las copas de todos los árboles de este país se quedarían temblando a nuestro paso.

En el umbral, Lina Poletti se dio la vuelta para ponerse frente a Eugenia y decirle con su voz grave y ardiente: Ninguna otra mujer *pienso yo / que la luz del sol contemple / tendrá jamás / sabiduría / como esta;* Safo, fragmento 56.

## Virginia Woolf, 1914

Teníamos tantas esperanzas en 1914. Solíamos reunirnos en nuestros círculos: las Jóvenes de la Sociedad Futura, el Liceo, el Temple à l'amitié, el Congresso Internazionale delle Donne, Odéonia. Continuábamos como si juntas pudiéramos romper en breve el mundo que nos rodeaba.

Aun así, en algunos tramos de 1914 oíamos voces que murmuraban como si el año fuera una radio mal sintonizada. Escuchamos disparos, llantos, acuerdos susurrados en torno a las satinadas mesas de madera de los despachos. Escuchamos que se rasgaba algún tejido en pedazos, una bandera o tal vez una falda. Escuchamos a un tipo inglés decir solemnemente: Las luces van a apagarse sobre Europa, no volveremos a verlas encendidas durante nuestras vidas.

Virginia Woolf se preguntó más tarde si no tendríamos quizá que haber preguntado a los hombres de Europa por qué fueron a la guerra. Francamente, no se nos había ocurrido que pudieran formular una respuesta coherente. Habíamos intentado leer las historias: estaba la de la guerra de los ítalo-austro-húngaros en 1866, la de los franco-prusianos en 1870, la violenta lucha para colonizar Etiopía en 1887. Durante treinta y ocho minutos del verano de 1896, la guerra anglo-zanzibariana comenzó, llegó a la furia y terminó. Hacia 1900 sucedió algo así de nuevo, un revoltijo de revueltas, masacres, conquistas e insurrecciones; en 1911, la implacable invasión italiana de Trípoli. Y ahora, en 1914, este enloquecido lanzamiento de cuerpos y proyectiles de unos contra otros hasta que todo fue una bárbara masa desgarrada de barro y heridas de metralla que se convierten velozmente en carne gangrenada. ¿Podíamos pedirles que por una vez se comportaran como seres racionales? ¿Por qué habían apagado las luces por toda Europa justo cuando teníamos por fin la esperanza de convertirnos en Safo?

## Virginia Woolf, *Cassandra,* 1914

En el otoño de 1914 Virginia Woolf abre un día el periódico y queda informada, en la tercera página, de que no había existido ninguna escritora con talento literario de primer orden desde Safo; en la cuarta página le aseguraban que la guerra era completamente necesaria y razonable. Suspiró. Cerró los ojos y se presionó las sienes con las manos. Abrió los ojos, arrojó el periódico tras los morillos de la chimenea y se puso a escribir sobre Casandra.

En aquellos años Virginia Woolf publicó su primera novela, pero también empezó a intentar quitarse la vida. Como nosotras, se desesperaba por encontrar a alguien que pusiera luz en la ruta hacia un futuro en el que pudiéramos ver nuestras vidas abiertas ante nosotras como ventanas. Virginia Woolf sabía que los periódicos no dejarían de insistir en que no existirían más Safos, únicamente más guerras. Inventó una Casandra para el año 1914. Casandra era la única que lo veía todo y que, en lugar de suspirar, gritaba.

## Casandra, 458 a. C.

En las obras de Esquilo, Casandra grita traduciéndo(se). Es una noble troyana recién convertida en esclava por los griegos y la casa a la que la arrastran es un espanto. Está de pie en el umbral y clama el impronunciable futuro: la casa se ilumina de rojo por la sangre, ella lo predice, aúlla ella también por su propia muerte.

En realidad podemos decir que Casandra grita fuera del lenguaje. El grito sirve para rasgar el tejido de la vida normal, para convertirla en andrajos extraños. Después, el grito se abre a la profecía. Después, Casandra vive en su propio futuro.

## Virginia Woolf, *A Society*

Hacia 1914, por lo tanto, Casandra ha venido a ser moderna, perspicaz, inglesa, un poco irónica. Vive en Londres y Virginia Woolf la conoce bien. Junto a seis o siete compañeras, Casandra fundó una Sociedad del Futuro: su investigación se encaminaba a determinar, de una vez por todas, si el empeño que los hombres encarnaban era digno. ¿Habría que dejar de seguir a los hombres de Europa?, se preguntaban. ¿O habían demostrado ser por sí mismos suficientemente útiles y buenos?

Con diligencia comenzó la Sociedad sus consultas entre abogados, capitalistas eruditos, condes, almirantes. Una de las socias leyó todos y cada uno de los libros de la Biblioteca de Londres. Otra recibió una conferencia sobre el valor de mercado del gobierno colonial tan prolija que a ella, por educación, le afectó una tos terrible por la que tuvo que ser puesta en cuarentena. Otra trabajó duro a lo largo de setecientas páginas que versaban sobre la castidad de Safo, puestas por escrito por un erudito varón de Oxford que chocheaba. Obedientemente la Sociedad visitó los lugares exaltados como triunfos de la civilización moderna: prisiones, minas de carbón, el astillero de la Armada Real y hospitales en los que cada año moría un buen porcentaje de mujeres por enfermedades vinculadas al parto. Quedó claro a las socias de la Sociedad que los hombres más poderosos y mejor educados de Europa no habían comprendido en absoluto lo que debía ser una vida humana.

## La señora Ethel Alec-Tweedie, *Women and Soldiers*

Tan pronto como los británicos declararon la guerra, la señora Ethel Alec Tweedie proclamó que cada hombre era un soldado y cada mujer era un hombre. De hecho, cada hombre reclutado para el frente podía encontrarse, al viajar a través de Gran Bretaña, con un escuadrón de mujeres que le suavizaba el camino con jovial eficiencia. Le validaban el ticket en el tranvía. Le hacían llegar al andén correcto y lo saludaban en el tren. Cuando uno partía para el frente, ellas quedaban en la retaguardia y recorrían el país con las manos preparadas. La señora Ethel Alec-Tweedie podía sentir cómo estas noticias desasosegaban a muchos varones británicos que estaban acostumbrados a conducir los camiones y a manufacturar municiones ellos mismos. Bien podían acabar pensando: ¡Por todos los dioses, las mujeres nos han aniquilado! Pronto acabaremos tan extinguidos como el dodo.

En una animada reunión de la Sociedad del Futuro, Casandra y sus compañeras debatieron sobre si todo eso podía ser una consecuencia deseable, aunque discreta. Se formularon algunas objeciones a la comparación entre hombres y dodos, ya que el pacífico dodo no había tenido la culpa de su propia extinción; eran los hombres quienes lo habían exterminado.

## La Sociedad del Futuro, 1914

Las reuniones de la Sociedad del Futuro eran, por turnos, desalentadoras, grandilocuentes, desconcertantes o utópicas. A partir de Casandra y sus compañeras concluimos que, aunque podrían acumularse todavía más pruebas, la cuestión de los hombres era retórica, en el mejor de los casos. Era inútil esperar más tiempo. Finalmente llegaba nuestra hora de zarpar, de izar nuestras velas, de sortear los bajíos y pilotar en el mar abierto, confiando en que más allá del abismo azul nos esperaba nuestra isla. Nosotras, hijas de hombres bien educados, éramos devotas y estábamos bien aprovisionadas. Así fue como las jóvenes de la sociedad futura comenzaron a preparar el viaje a Lesbos.

## Gladys de Havilland, *Manual del motor para la mujer*

Corrió la noticia de que muy recientemente avalanchas de jóvenes amazonas se estaban dedicando al automovilismo. Las *Girton Girls* de años anteriores, con sus medias de ciclista y sus bolsas de libros, habían adoptado ahora la rueda del auto. Veloz y moderno, el automóvil nos permitía subir de dos en dos a los asientos juntos y partir hacia destinos casi invisibles en el horizonte. Teníamos tapicerías de color kaki y provisiones de emergencia. Es verdad que nuestros coches a menudo se averiaban inesperadamente; llevábamos a mano un buen paquete de libros y así, cuando se paraban en el arcén, podíamos leer a Renée Vivien. De hecho aprendimos a conducir leyendo manuales. No era algo como el tribadismo o el clitorismo: si estudiabas con atención los esquemas, por lo general podías controlar las maniobras cuando te ponías en ruta.

## Artículo 14

Desde 1882 las leyes de comercio en Italia estipulaban que una mujer casada que trabajara como comerciante no era de hecho una comerciante. Podía dirigir una tienda, administrar un hostal, manufacturar artículos de vestir, emprender todo tipo de negocio: aun así, en el mejor de los casos quedaba clasificada como *uxor mercatrix,* la esposa del comerciante. El artículo 14 era muy claro en este punto. En 1911 quedó recogido en el censo que una cifra sorprendente de mujeres viudas o en colaboración con sus hijas se habían convertido en comerciantes a todos los efectos excepto en el del nombre. ¿Cómo podría llamarse a Zaira Marchi, única propietaria de un negocio de artículos de plata en el centro de Bolonia? ¿Qué taxonomía era válida para la lavandera Rosa Grandi, que legó mediante escritura su negocio de lavandería a las mujeres que lo continuaron después de ella? Con reluctancia los políticos italianos tuvieron que reconocer la aparición de la *foemina mercatrix,* como si fuera una nueva especie de escarabajo.

## Natalie Barney, *Pensées d'une amazone*

Con retraso descubrimos que los hombres de Europa habían decidido ya en 1907 cómo sus países debían declararse la guerra unos a otros. Llamaron a este acuerdo Conferencia de Paz. Nos llevamos las manos a la cabeza. Era como si nosotras hubiésemos llamado nuestro congreso internacional feminista «Asamblea para el Mantenimiento de la Opresión Internacional de las Mujeres». Y ellos, ahora, estaban ya teniendo su Gran Guerra: qué absurda ficción masculina, exclamó Virginia Woolf desalentada; qué gran título hueco para los cuerpos mutilados y el gas mostaza. ¿No sentían respeto alguno por la verdad o por la lógica? Francamente, no veíamos cómo poder avanzar, a menos que dejáramos a los hombres definitivamente de lado. En el Temple à l'amitié

Natalie Barney exclamaba: ¡Marchemos al amor como los hombres marchan a la guerra!

Observábamos cómo los hombres vestían sus uniformes y se encaminaban hacia el frente. ¿A dónde marcharíamos nosotras para amar? Si fuera necesario, conduciríamos nuestros coches lejos de la guerra, disponíamos de atlas y de manuales. Pero Natalie Barney nos conminó a no abandonar nuestro propio reino: ¡Odéonia y Mitilene, amazonas y páginas sin guillotinar aún! Siempre estábamos preguntándonos sobre cómo encontrar nuestra ruta a cierta isla que aún no habíamos avistado, pero ¿por qué no establecer aquí y ahora nuestro idilio sáfico, por nuestra cuenta?

Sentíamos incluso que Lina Poletti nos invitaría a aventurarnos hacia adelante y hacia afuera, a luchar en público por lo que deseábamos. La Divina Sarah no se enclaustraría en un jardín de hiedra interminable. Incluso Natalie había soñado con la Sociedad del Futuro, no solo con un templo del pasado. Era 1914: el safismo era una práctica moderna. ¿Podíamos, en fin, dejar acaso de rogar por los derechos sobre nuestras propias vidas? Además, habíamos prometido buscar el pasaje a un futuro en que las niñas como nosotras, incluso desde sus días más tempranos, pudieran ser libres. Necesitábamos solo una sibila, una señal que nos orientara. Para consternación nuestra, *Il passaggio* era todavía un manuscrito sin acabar. Y Sibilla Aleramo se había marchado a Capri.

# TRECE

## Safo, fragmento 42

Y así nos reuníamos las futuras chicas de la Sociedad del Futuro para adivinar el rumbo de nuestro propio avance. En un bar cercano a la Gare du Nord hablábamos todas a la vez: las que pensábamos que debíamos buscar por separado el pasaje a nuestra propia isla sombreada de olivares y llevar allí a la práctica nuestro idilio; las que creíamos que era perentorio ocupar las sedes del gobierno para cambiarlo todo mientras los hombres estaban ocupados en su guerra. Unas pocas sostenían que debíamos regresar a nuestras ciudades de origen para sembrar a Safo en todos los lugares posibles. Tan fervorosas y apasionadas eran nuestras voces alzándose todas unidas entre los vasos que tintineaban sobre las mesas, contando a Colette, que llegó tarde golpeando la puerta y silbando para pedir otra botella, que no escuchamos la explosión de la primera bomba.

Pero sí que escuchamos la segunda, y luego la tercera. Hubo una especie de grito desgarrador en la calle. Así cayó la guerra sobre nosotras. Hasta esa noche habíamos creído que elegiríamos nosotras mismas cómo iba a continuar nuestra historia. Teníamos todos los hilos en nuestras manos, solo restaba decidir en común de qué hilo íbamos a tirar. Siempre habíamos admirado a esas mujeres que sabían lo que era actuar. Pero resulta que fue Eleonora Duse la que, después de todo, dijo que tal vez tuviéramos papeles asignados en una tragedia y no lo sabíamos. ¿Había tal vez querido advertirnos del riesgo de ver en la vida solamente a nuestros propios personajes? Entre los escombros, apenas si podíamos señalar los límites de nuestras vidas entre todo lo demás.

¿Eran esas las voces del coro que escuchamos, revoloteando, en torno a nuestras cabezas como pájaros encerrados en un cuarto? ¿Eran esas nuestras voces haciéndose eco en el bar en el momento que siguió a la explosión de la bomba? Hacían un ruido desgarrado, el más triste fragmento de Safo: *a ellas se les quedó el corazón frío / y dejaron sus alas desplomarse.*

## Radclyffe Hall, 1914

En nuestros corazones caía una nevada de plumas. Sentíamos escalofríos y alzábamos llenas de temor nuestras miradas al cielo. Habíamos desdeñado la belicosa imbecilidad de los hombres e intentamos permanecer a distancia de la guerra. Y ahora, sin invitarla, se nos había echado encima. Volaba sobre nuestros hogares como un búho aullador: silbando primero y luego con el espeluznante silencio que precede al estallido. La tercera bomba había matado a una anciana en el *quartier*.

El mundo moderno, a la vista está, va a perecer bajo una inundación de fealdad, dijo con vehemencia Natalie Barney a Radclyffe Hall. Paseaban por el Jardín de Luxemburgo en medio de un vendaval que rascaba a los castaños de Indias sus últimas hojas. La guerra es un peligro inmenso, replicó Radclyffe. Pero algunas de nosotras habíamos visto ya el mundo moderno como un mar destinado a ahogarnos.

## Safo, fragmento 168 B

Tras la explosión de las primeras bombas, la guerra entró reptando en nuestras casas como humo. Bajo la puerta se deslizaban cartas solemnes de familiares lejanos para informarnos de las muertes de hermanos y sobrinos. El lamento fúnebre de los aeroplanos nos sacaba del sueño en nuestras camas. Escuchamos en la radio que la Armada Real Helénica había ocupado Lesbos. ¿Había alguna región que resistiera fuera del tiempo, lánguida y arcádica como siempre?

Por entonces los oráculos de nuestros primeros días eran inalcanzables. Renée Vivien estaba sepultada bajo nieve y violetas marchitas, Sibilla Aleramo se había marchado a Capri. Virginia Woolf era clarividente como ninguna, pero cada día que pasaba era ahora un asunto delicado para ella, frágil como un vaso de vidrio con granos de veronal esparcidos en él. No nos atrevíamos a preguntar.

La guerra había llegado a unos treinta kilómetros de París. Nos tendíamos despiertas toda la noche en nuestros dormitorios, preguntándonos qué nos iluminaría el camino de ahora en adelante. La ciudad, asediada, era la única muralla alrededor de Odéonia. *La luna ya se ha puesto,* escribe

Safo, *y las Pléyades: media / noche, la hora está pasando / pero yo duermo sola.* Nuestras noches eran como los duros biombos lacados de Eileen Gray, salvo en que todas las estrellas habían quedado rayadas.

## Eileen Gray, 1914

Eileen Gray no esperó a que la guerra se le viniera encima. Salió a encontrarse con la guerra allí donde llameaba. De esas llamas salían tambaleándose figuras mutiladas, apenas humanas, con una necesidad imperiosa de torniquetes, yodo, morfina. Cualquiera de ellos podía haber sido su hermano o uno de sus dos sobrinos. Con inmenso cuidado les lavaba la ceniza de los ojos y los cargaba en su ambulancia. Los llevaba de vuelta atravesando la noche. Nos mandó a París el mensaje de que había una necesidad urgente de mujeres con manos firmes; cualquiera que supiera hacer un nudo o conducir un coche podía tener su papel en la historia. Si alguna vez hubo un tiempo para las Amazonas, escribió Eileen Gray a Natalie Barney, ese fue el año 1914.

## Romaine Brooks, *La France Croisée,* 1914

Romaine Brooks había regresado a París cuando estalló la guerra y trajo a Ida Rubinstein con ella. Ida trazaba una línea dura en el aire dondequiera que iba; Romaine mantenía afilados sus lápices de carboncillo para trazar el tajo que provocaba Ida en la confusa luz gris de París. Ida era como un halcón, como el ala de un avión aullando en el cielo. Podría sumergirse a través de una nube de llamas sin quemarse. Así que en 1914 Romaine e Ida fueron al frente como conductoras de ambulancias.

En Ypres se había liberado por primera vez cloro gaseoso en las trincheras. Los soldados franceses observaron maravillados cómo una nube amarillenta se levantaba de la línea enemiga y reptaba hacia ellos en la brisa de la tarde. Y entonces ya estaban muertos, o agonizando terriblemente.

Después de esa visión, Romaine e Ida dejaron de conducir su ambulancia. En su lugar, Romaine comenzó a pintar a Ida, con sus ojos hundidos vueltos hacia el horizonte, de pie ante las humeantes ruinas de Ypres con la cruz roja marcada en su hombro. ¿Qué ve ella a lo lejos?, le preguntamos a Romaine. Ceniza sobre ceniza, dijo Romaine, y ningún camino de vuelta.

## Eleonora Duse, *Libreria delle attrici,* 1915

Cuando la guerra llegó a Italia, una de las primeras víctimas fue la Libreria delle Attrici. Se empaquetaron los libros, se apagaron las lámparas. Eleonora Duse se sentó en un taburete solitario con su vieja *Grammaire grecque* en el regazo, desmenuzado ya su lomo de cuero verde. ¿Qué sería de las actrices ahora que la Biblioteca no era más que una casa cualquiera de Roma? ¿Había algún faro que todavía luciera entre esta conjunción de miedos violentos, entre este rebaño de gentes arrastradas a un mismo odio? Eleonora Duse no podía ver lo que iba a venir. Se sentía vacilante, perdida e insegura como el rollo de película que llega hasta el final de su carrete.

Se acercaba la noche, las golondrinas se zambullían y caían en picado sobre los árboles. La Biblioteca quedó hueca y oscura. La cadena enrollada en los tiradores de la puerta principal se oxidaría antes de que alguien la desatara. A pesar de las muchas invitaciones de Eleonora Duse, Isadora Duncan no se alojó en las habitaciones de la Biblioteca de las Actrices; ahora ya nunca podría hacerlo.

## Virginia Woolf, *Effie,* 1915

Effie iba a ser una novela, pero no sobrevivió a la guerra. Ente las sirenas que anunciaban ataques aéreos y las ráfagas de disparos, Virginia Woolf no podía construirle un refugio. Había trapos negros en todas las ventanas de Londres; la gente pasaba media vida en las bodegas. Effie creía en la posibilidad de guardar una distancia desapasionada de la guerra, pero la guerra la presionó, gimiéndole en la cara, atormentando sus noches, reclutándola para sus propios propósitos. Effie se volvió imposible de imaginar y aún más imposible de escribir, y Virginia Woolf cayó violentamente enferma.

En 1915 el mundo era como el dormitorio infantil. Virginia se tendía en la cama mientras la luz de la chimenea se abría en dedos infernales. Había sombras en la pared que se hacían añicos en un estallido, un sonido aullador entraba por las ventanas. En un sueño febril vio la impenetrable masa negra de un tejo, una silueta que acechaba al final de un jardín y fuera de este explotaba un repentino chirrido de grajos convirtiendo el cielo de la noche en fragmentos negros que astillaban el aire y se introducían en todos los rincones.

## Lina Poletti y Eugenia Rasponi, 1916

En el desayuno junto a Eugenia, Lina tiró el periódico y exclamó: ¿Sabes lo que los soldados alemanes y austríacos les están haciendo a nuestras hermanas del Véneto? Y la violación ni siquiera es un crimen según las leyes de la guerra. Debemos luchar en todos los frentes, no hay duda, dile a tu hermana Gabriella: ¡el Liceo debe levantarse en su defensa!

Pero en 1916 el hijo de la condesa Gabriella Rasponi Spalletti fue gravemente herido en la batalla, y ella se retiró del mundo. La habitación de su *palazzo* donde floreció el Liceo se requisó para el lecho del enfermo, las cortinas permanecieron ya siempre corridas.

## Lina Poletti, *Il poema della guerra*

*Trucidatori di donne / sono,* así comenzaba Lina Poletti su estrofa: son asesinos de mujeres. En el patio de la prisión, continuaba, yace la enfermera Edith Cavell, contra la que apuntaron las armas doce hombres. Le dispararon en la sien, a ella que solo había buscado curarlos. *Per voi, per voi tutte, cadutte,* juró Lina apretando amargamente su pluma sobre la página: Para ti, para todas vosotras, mujeres arrancadas de nuestras vidas que yacéis ahora ensangrentadas y acalladas, vamos a vengarte y diremos: no pasarán por encima de ti, vamos a detenerlos ante esta muerte, ante este cuerpo, ante esta mujer abandonada como un desecho sobre el barro del patio de la cárcel: no habrá ninguna más.

A lo largo de toda la guerra Lina escribía su poema, había tantas mujeres masacradas y ningún tiempo para desesperarse. Eugenia a veces suspiraba por las noches. Lina ardía y ardía, su mente se incendiaba con las bengalas y los bombardeos, con los gritos: los escuchaba entre sueños, antes de que amaneciera se levantaba de la cama en que dormía con Eugenia y escribía una nueva estrofa. Eugenia la llamaba al despertar: ¿Lina? Lina le decía en voz baja y urgente: ¿Sabes lo que han hecho en el saqueo de la ciudad de Ypres? Y Eugenia replicaba, Lina, amor mío, sé que después de arder y arder no queda otra cosa que la ceniza.

## Lina Poletti, *Comitato Femminile,* 1916

Lina Poletti dijo que lideraría ella misma el Comité de Mujeres. Con sus ojos derretidores, urgía a sus compañeras: ¡Levantémonos y resistamos, luchemos por la justicia! De aquí a cien años, decía Lina con su voz grave y ardiente, nuestras hermanas nos recordarán. Ningún monumento señalará nuestra batalla, pero nuestra canción hallará eco en sus bocas, las calles del futuro resonarán con nuestras palabras, *Siamo il grido, altissimo e feroce, di tutte quelle donne che più non hanno voce:* Somos el fiero grito desgarrador de todas las mujeres que ya no tienen voz. No nos pueden sepultar bajo las piedras, no nos van a enterrar en la desesperación, vivirán nuestras voces más allá de nuestras muertes. Nuestro coro no va ser nunca silenciado.

Lina era así, tenía sus propios modos de escaparse del siglo. Desde sus más tempranos años le atraían los tramos extremos de cualquier espacio que sentía que la llamaba. Se diría que podía atisbar ahora un futuro después del nuestro como si estuviéramos en el mar, en un gran remolino de tiempo, y Lina, solo Lina, hubiera nadado sobre la cresta de la ola para divisar la tierra.

## Casandra, 1918

El último encuentro de la Sociedad del Futuro tuvo lugar en el otoño de 1918, cuando las últimas hojas colgaban frágiles de las ramas. La noche repiqueteaba en el exterior de las ventanas con una enérgica corriente de coches a motor y vendedores de periódicos. La compañera que había padecido tanto por culpa de la monografía sobre la castidad de Safo fue la última en hablar. Estalló así: ¡Oh, Casandra!, ¿por qué me atormentas?

Entonces lo entendimos: Casandra nos torturaba porque ella ya conocía la respuesta. Más terrible aún: Casandra nos dice que también nosotras la conocemos ya. Incluso antes de la guerra, sentíamos que no podríamos darle la vuelta sencillamente a cada historia sobre nosotras. Era cierto que Eva y Natalie habían sacado a Faón del centro de las *Heroidas,* con tal ímpetu que pudimos danzar allí, gozosas y descalzas en nuestra venganza por amor a Safo. Podíamos recuperar de Ovidio las lenguas de las mujeres.

Pero con el mundo moderno la cosa era mucho más difícil. Las historias eran ahora madejas enredadas que parecían no tener centro ni heroína. Los hilos se desenredaban en nuestras manos. Por ejemplo, en París, en 1917, las *midinettes* fueron a la huelga. Eran trabajadoras en fábricas que deseaban un buen salario y condiciones de seguridad laboral. Las apoyamos, por supuesto. Pero trabajaban justo en las fábricas que producían uniformes para los soldados. Vestidos con los uniformes que confeccionaban las *midinettes,* los soldados salían a matar personas y, más tarde, otros soldados con otros uniformes tomaban represalias; así que no solo murieron hermanos y sobrinos, también ancianas en el *quartier.* Y a las niñas las violaban en el Véneto. Y por esto a la enfermera Edith Cavell la ejecutaron en el patio de la prisión. ¿Cómo podías conducir una ambulancia en una guerra como esta?, preguntábamos a Eileen Gray y a Romaine Brooks, y por supuesto nos respondían: ¿Cómo podrías no hacerlo?

*Itys, itys,* gritaba Casandra. ¿Qué significa?, preguntamos. Tú que has vivido ya nuestros futuros, Casandra, ¡dínoslo! De repente el aire tembló, las hojas del árbol frente a la ventana se estremecían, había una luz demasiado brillante para una tarde de otoño, unas voces vinieron a volar alrededor como pájaros en una habitación. Romaine Brooks decía: Es más difícil de lo que piensas trabajar del natural. Eleonora Duse decía: Existe siempre el riesgo, en la vida, de que interpretemos nuestros papeles dentro de una tragedia sin saberlo.

Casandra dijo luego: No es verdad que a Safo no le sucediera otra cosa que su propia vida. ¿Habéis olvidado que una poeta se acuesta a la sombra del futuro? Nos está llamando, está a la espera. Nuestras vidas son los versos que faltan en los fragmentos. Existe la esperanza de llegar a ser en todas nuestras formas y en todos nuestros géneros. El futuro de Safo seremos nosotras.

# CATORCE

## Casandra, 1919

Cuando acabó la guerra nos quedaba ceniza en los ojos y en las bocas. Emprendimos la tarea de despejar nuestra visión de escombros y de polvo; éramos libres para comprar mantequilla y petróleo, podíamos pasear sin miedo por las calles. Casi todas nos quedamos, menos Eileen Gray, que nos dejó cuando su sobrino cayó muerto en la batalla de Ypres. Desde Londres se nos informó de que Virginia Woolf estaba escribiendo piezas breves sobre la vida ahora.

Durante tanto tiempo nos dijimos que nosotras íbamos a ser Safo que las palabras de Casandra resultaban extrañas en nuestras lenguas. Las pronunciamos como una letanía entrecortada, como si estuviéramos recitando conjugaciones de tiempos de verbos extranjeros:

> Nosotras, las que habíamos llegado después de Safo, caminaríamos ahora hacia adelante.

De sus fragmentos emergerían nuestras nuevas formas modernas.

Habría un futuro para nuestra manera de vivir.

No continuaríamos con el estilo melancólico y optativo.

Ahora Safo iba a convertirse en nosotras.

Nosotras íbamos a acontecerle a Safo,

y nunca Safo sería ya la misma.

Nos deshicimos de nuestras gramáticas griegas, de nuestros drapeados de seda con hiedra, de los volúmenes de Renée Vivien. De ahora en adelante, le dijimos a Natalie Barney, Safo vestiría nuestras ropas con sus botones y cuellos. Safo conduciría nuestros vehículos a motor y escribiría nuestras novelas.

Imaginábamos a Safo observándonos, expectante o incluso impaciente, esperando a que su futuro llegara en forma de nosotras. Pensábamos en Virginia Woolf: piezas breves de la vida ahora. Sí, dijo Romaine Brooks. Basta ya de poesía lírica. No más vida lánguida con flores. Más retratos de todas nosotras.

## Vita, *Julian,* 1918

Julian caminaba por las ventosas calles de París con su esposa Violet del brazo. En medio de la multitud de soldados que solo podían desplazarse con muletas por los bulevares, él exhibía una silueta jovial, sana y elegante. Era raro ver a alguien con tanta suerte, con las piernas completamente intactas y con una encantadora y joven esposa como Violet. De hecho, Julian estaba escribiendo la historia de su propia vida extraordinaria. Si iba a ser una novela o unas memorias todavía no estaba claro. La vida de Julian constaba de episodios que ponían en tensión a la imaginación más heroica. Incluso el propio Julian, al garabatear el primer borrador, se quedaba pasmado ante los azares que le sobrevenían en cada capítulo.

¡Julian!, gritó con alegría Natalie cuando se acercó hasta la puerta. Y Violet, qué grata sorpresa. Hay sándwiches de pepino, *faites comme chez vous!* Romaine Brooks le dedicó a Julian una mirada excéntrica, peculiar, y dijo: ¿No nos hemos visto en otra ocasión? Pero antes de que Julian pudiera dar explicaciones, Natalie le cortó con una seca sonrisa. Querida, permite que te presente a Julian David Mytia Victoria Mary Orlando Vita Sackville-West Nicolson de Knole. Bien, dijo Romaine. ¿Y podría hacerle un retrato?

## Vita Sackville-West, *Portrait of a Marriage, circa* 1920

Un matrimonio puede existir con el propósito de crear un jardín de disposición geométrica. Puede ser útil tenerlo en cenas y fiestas para explicar a los diplomáticos extranjeros qué estás haciendo en ellas. Si necesitas transportar un objeto pesado a cuatro manos de una habitación a otra, qué bueno es el matrimonio. También lo es en caso de que navegues en una embarcación pequeña si el viento es fuerte. La mejor clase de matrimonio es el solidario y el que implica un gusto compartido por las novelas y por el mobiliario. En casos extremos, como el de Lina Poletti, un matrimonio podía ser manejado como una pistola con silenciador.

No necesitamos leer *Retrato de un matrimonio* con el fin de entender el matrimonio de Julian y Violet. En cuanto cruzaron la puerta de la casa de Natalie, ya pudimos advertir que si una de ellas ponía la mano en la caña del timón, la otra permanecería de pie lista para aparejar el velamen. Querríamos haber visionado una película entera de Julian y Violet haciendo picnic en los acantilados de una isla de Bretaña.

A la vez y en una clave diferente, veíamos por qué Vita Sackville-West se había casado con sir Nicolson. El jardín delantero del castillo en el que vivían Vita y su marido estaba pulcramente diseñado con inmaculados setos encuadrando las rosas que se sonrosaban al sol. Era inglés y señorial hasta que girabas hacia la zona trasera, con su cenador asilvestrado por los emparrados de moras y un cobertizo que cobijaba las citas de los gatos salvajes. Vita y sir Nicolson, nos dijo Natalie confidencialmente, habían acordado proteger, por razón de su matrimonio, ciertos idilios discretos y estrafalarios.

Lo que sí aprendimos con la lectura de *Retrato de un matrimonio* fue que sir Nicolson, mientras estuvo casado con Vita, lo estaba también con un hombre llamado Raymond. Al parecer, ellos compartían los mismos gustos en cuanto a novelas y muebles.

## Élisabeth y Natalie, 1918

Para consternación de su madre, una princesa de Francia, los gustos de Élisabeth de Gramont no se encaminaban tanto hacia el clarete como hacia el comunismo, el feminismo y el safismo. Tierna con sus amantes, cortés con sus amigos, implacablemente utópica en sus ideas políticas, Élisabeth se casó con Natalie Barney en 1918. Ambas eran escritoras y Élisabeth era la persona más deliciosa que jamás conoció Natalie. Redactaron sus propios votos de matrimonio e intercambiaron cariñosas riadas de cartas de amor; cuando pasaban el verano en el campo, Élisabeth enviaba una cálida invitación a Romaine Brooks importunándola con el plan de que se uniera a ellas: sería tan adorable, Romaine podría disponer de la habitación que prefiriese para pintar en perfecta soledad la mañana entera. A su manera, dedujimos cordialmente, Élisabeth y Natalie estuvieron juntas durante casi cuarenta años.

## Jack, 1919

Cuando Eileen Gray regresó a París después de la guerra, Jack había desaparecido de las habitaciones que antaño compartieron. Su chaqueta colgaba todavía en el armario, su pitillera brillaba todavía en el escritorio, pero Jack se había marchado.

¿No se había enterado Eileen, se extrañó Natalie, de que Jessie Gavin se había casado con un rico industrial francés durante la guerra? Realmente no había razón para casarse, ninguno estaba enamorado ni necesitaba dinero. Pero Jessie Gavin había sido siempre un ser extraño, galanteando por París, disfrazándose, frecuentando locales inaccesibles a las mujeres jóvenes: Jessie era tan indolente que bien podría haberse casado con un tipo solo para tomarle prestado un par de pantalones.

De hecho, le contó Natalie a Eileen, la eternamente excéntrica Jessie rechazó el día de su boda el asumir el apellido del novio. En vez de eso, sembrando el desconcierto en la ceremonia de la boda, cambió su nombre por el de Jackie. De este modo, explicó Jessie al levantar su copa de *eau de vie,* los viejos amigos podían seguir llamándola Jack.

## Eileen Gray, *Siren Chair,* 1919

Damia había pasado la guerra cantando para los soldados en el frente francés; volvió a París con una muy honda nota de cansancio en su voz rica y bronca. Era conocida entonces como una *tragedienne lyrique,* como si fuera una actriz o una sibila. Eileen observó las cuencas que rodeaban los ojos de Damia y decidió que tenía que reposar.

Así que en 1919 Eileen estuvo haciendo bocetos, tallando y tapizando hasta que su idea tomó forma. Era un elegante y sensual sillón con las patas lacadas en negro y un cojín de terciopelo en un naranja tostado. El respaldo tenía la forma de una sirena dorada que acariciaba su propia cola; sobre ella Damia acomodaría sus bellos hombros, Y ahora que he fabricado para ti esta Silla de Sirena, dijo Eileen a Damia, espero que no me arrojes contra las rocas.

## Eileen Gray, *Jean Désert,* 1922

En 1922 Eileen Gray abrió una galería por su cuenta. Esto significaba que podría mostrar todas sus ideas sobre la luz, la superficie y el auto-enclaustramiento. Lacó las puertas principales en un negro reluciente y tendió paneles de vidrio azul en el suelo para que se transparentara su taller de trabajo. En el interior de la galería los objetos resultaban a la vez duros y suaves, cada uno en solitario. Un escritorio de ébano estaba suavemente perfilado en plata, una alfombra era como musgo sobre una piedra.

Al principio solo la visitaban mujeres, y solo porque las enviaba Natalie Barney. Pero gradualmente Eileen Gray fue volviéndose conocida fuera del círculo del Temple à l'amitié, y algunos hombres entraron y adquirieron sillones. Después de un tiempo, podía encontrarse a ricos industriales franceses espiando el taller a través de los paneles de vidrio azul. Uno de ellos preguntó a Eileen Gray con curiosidad: ¿Por qué la galería se llamaba Jean Désert? ¿Quién era? ¿Tal vez un maestro artesano? No, replicó Eileen, es un nombre que he buscado para mí misma en parte por la soledad del desierto y en parte porque Jean es el nombre de varón más común en Francia, lo mismo que en inglés tenemos un John, como sabe, o un Jack.

## Virginia Yardley, 1922

A Virginia Yardley le venían diciendo desde su nacimiento que era una hija de la Revolución estadounidense y que descendía de un teniente de pedigrí genuino. Pero Virginia pretendía ser una chica moderna, fue al Bryn Mawr College, trasnochaba, pintaba de modo estrafalario. Se enamoró de Eva Palmer. Asistió a una escuela de arte en Nueva York, se las arreglaba solo con café y pedazos de carbón. Como Eileen Gray, marchó a París a la Académie Julian, donde las clases de dibujo del natural para mujeres estaban segregadas según las preferencias: con modelo desnuda, con modelo vestida o en las escaleras traseras, evitando cualquier sala en la que la vida se desvistiera y quedara desnuda en su gélida gloria. Virginia Yardley se volvió pronto adepta a las modelos desnudas. Su familia dejó de enviarle dinero y consideró que había arruinado su pedigrí. Pero Eileen la iba a invitar ahora a un trago y luego a otro en el Chat Blanc. ¿Y qué quiere hacer ahora, preguntó Eileen, una chica moderna como tú? Quedarme toda la noche pintando brutalmente hasta que me vuelva modernista.

## Romaine Brooks, *Renata Borgatti au piano,* 1920

Al hacer descender los dedos hasta las teclas, Renata Borgatti hizo un rápido movimiento con la cabeza, un casi involuntario gesto de arranque. La primera partitura se expandió, traslúcida, tras sus cerrados párpados y las primeras notas quedaban recogidas casi en silencio, en el aire ahuecado bajo las palmas de sus manos. Ese era el instante de Renata Borgatti.

Tras ese momento Renata abría los ojos y presionaba las teclas con las puntas de los dedos, surgían las primeras notas de sus manos y resonaban en la sala; un balanceo leve se adueñó de sus hombros, se mordió el interior de las mejillas e hizo una mueca. No, la interrumpió Romaine, se trata solo del primer instante, antes de que comiences.

Por ello Romaine Brooks no pintó un retrato de Renata tocando el piano. Que Renata apareciera ante su público severa y apasionada en los conciertos era solo la imagen que una audiencia le pagaba por tocar. Los deseos de esta audiencia que se refractaban a su alrededor eran ruidosos en color, memoria, acordes estridentes, opiniones. Tampoco pintó Romaine a Renata lánguida en un lecho con una hebra de luz solar sobre su corto cabello negro: esta era la imagen que Romaine se guardó para sí misma del verano que compartieron en Capri. Así que en 1920 Romaine pintó el momento que le pertenecía solamente a Renata y a nadie más, antes de que el sonido tomase forma: Renata tal como ve su propia música, Renata plena de sí misma.

## Virginia Woolf, *Night and Day,* 1919

En 1919 Virginia Woolf soñó con que la noche tal vez no llegara a ahogarse enteramente en el día. A falta de otro término mejor, lo llamó novela. Podía haber dicho que era un retrato de una noche. Podía igualmente haberlo considerado como un capítulo de un cuadro o un método para contemplar el canto de los pájaros: aún no existía una palabra para las formas que soñaba en su interior.

Era una noche de junio, escribió Virginia Woolf, cuando lo inacabado, lo incompleto, lo no escrito, lo no regresado llegaron juntos a su manera fantasmal y se revistieron con el semblante de lo completo. Alguien había encendido las luces de la casa. Cada ventana derramaba fuera su luz, unas llenas y doradas y otras tenues, oblicuas, enclaustradas por las cortinas. Estaba contemplando la casa a su manera, como un instante sin desgarrar.

Era todavía el año 1919, aún había pájaros corrientes cantando, aún cantaban cruzando el jardín y descendían al río donde ella aguardaba de pie, portando en sus voces la vacilante luz. ¡Qué amables eran los pájaros, que le llevaban a la orilla del río, al filo de la noche este sonido ondulante y aflautado de la luz que se derrama de una ventana invitadora! Eran ruiseñores, ahora los veía, y era Casandra la que había encendido las luces de la casa. Casandra sí sabía el verbo que ella andaba buscando. Tenía que haber un verbo en algún idioma que significara «dejar las luces encendidas para alguien que no ha llegado todavía».

## Radclyffe Hall, *The Unlit Lamp,* 1924

Esperar a que una lámpara se encendiera para ti francamente era, desde el punto de vista de Radclyffe Hall, como invitar a desesperarse. Tal vez se había tratado de un interludio, durante la guerra, en el que las mujeres pudieron finalmente convertirse en caballeros ingleses, como la señora Ethel Alec-Tweedie había propuesto. Hubo, concedía Radclyffe, conductoras de ambulancias, sí, sabía lo de Gertrude y Alice renqueando con su Ford por toda Francia, ahora todo el mundo conocía esa historia.

Pero las demás, en tiempos tan banales, ¿en qué podíamos sostener la esperanza? Podíamos cortarnos audazmente el pelo con una navaja y negarnos a tejer. Pero no era lo mismo que un futuro en el que cada ventana ardía de amor. Como mucho era una imagen fugaz de una criatura como tú, roma y rapada, rota y llena de tristeza, en la que podías encontrar una simpatía solidaria. Radclyffe se sintió compelida a consignar que si esa esperanza arrojaba alguna luz, sería como el insignificante parpadeo de una mecha endurecida, macerada durante siglos en aceite frío, a la que acercaste una cerilla que te quemó los dedos.

## Romaine Brooks, *Peter (A Young English Girl),* 1923

A pesar de todo, por las noches nos deteníamos ante nuestras ventanas, esperando. El crepúsculo volvía el vidrio plateado y plano, el interior oscuro dilataba el centro de nuestras pupilas. A través del débil reflejo de nuestros propios rostros mirábamos el apresurarse de los cuerpos por las calles, las hojas de las puertas al abrirse y cerrarse. Desde nuestra posición ventajosa, el mundo sucedía bajo forma de fragmentos y sombras, una silueta, un gesto, una figura subiendo desde el fondo. Las superficies externas parecían moteadas, quebradizas, provisionales. Juntar los fragmentos en retratos: era por esto por lo que en 1923 tantas de nosotras aspirábamos a ser pintoras y novelistas.

Por esa época Romaine Brooks había puesto los ojos sobre Peter, una joven chica inglesa. Peter insistía en tener únicamente un nombre, sin encabezamientos ni más explicaciones. Con un cuello almidonado y una chaqueta negra a medio abrochar, Peter se sentó erguido y enganchó el pulgar en su cinturón negro. De perfil, Peter se mostraba pensativo y resuelto: un ligero frunce de la ceja, ojos oscuros fijados en algún objeto distante. Peter era la clase de persona que se ponía una sencilla chaqueta y se lanzaba dentro de la noche, insensible a la luz de la lámpara.

Veíamos en los retratos de Romaine cómo la superficie de una imagen, la página o el lienzo, permanecía plana en sí misma: este es Peter, esta es Renata. El instante recogido era una rápida y oblicua lámina que cruzaba el espesor del tiempo. Como un polvo de destellos, la iluminación era breve y total: tocaba todas las superficies de una vez y listo. Era una forma moderna de ver a una persona.

## Élisabeth de Gramont, *Les Lacques d'Eileen Gray,* 1922

Madame Eileen Gray aspiraba a crear una habitación como un todo, observó admirablemente Élisabeth de Gramont en *Feuillets d'art*. Mme. Gray desea crear interiores de acuerdo con nuestras vidas. Por aquella época, la forma de nuestras vidas remitía a un compartimento interior puntuado con tantas ventanas como fuera posible.

A menudo habitábamos solitarias en nuestros interiores, al modo en que una orquídea o un pulpo suelen proteger sus partes blandas en la grieta de una roca. Esa era la habitación como un todo, forjada enteramente en torno a nosotras. Había escritorios lacados para escribir, alfombras en las que nos sumergíamos, divanes como las vainas de las semillas en los frutos exóticos. Una vez dentro podíamos bloquear la puerta y reflexionar días enteros de un tirón. Comenzamos a considerar si una imagen plana podía ser meramente la parte frontal de un interior de habitación. Una novela o un cuadro venían a ser como un paquete rectangular de ideas. Pero sin una habitación para albergar los tiernos y vacilantes inicios ¿cómo podía un retrato avanzar hacia su forma definitiva? Pensábamos en los paneles azules de vidrio con que Jean Désert dividió el lugar en galería y taller: un suelo para representar la escena de un salón, apuntalado desde abajo por el espacio de creación. Tal vez Eileen Gray estaba amueblando nuestras salas con la posibilidad de que reflexionáramos más allá de las superficies que producíamos.

Tan pocos poetas, dijo Natalie Barney suspirando a Élisabeth de Gramont, y ninguno toca ya la lira. Élisabeth sonrió con indulgencia y acomodó su cabeza entre los pechos de

Natalie. Estaban tendidas sobre una alfombra más tierna que los berros a la orilla de un río, en una habitación que Eileen Gray había forjado alrededor de ellas. Echas de menos a Safo, dijo Élisabeth, pero esta es una época de capítulos y retratos, *ma très chère Amazone.* Incluso los retratos se quedan ahora fijos en sus marcos y no ruedan sobre el contorno de las vasijas. ¿Ves por qué Eileen desea crear interiores modernos para todas nosotras? Es como Virginia en Londres, que está creando piezas breves de la vida ahora.

## Romaine Brooks, *Élisabeth de Gramont, Duchesse de Clermont Tonnere, circa* 1924

Al principio, cada retrato le parecía a Romaine solitario en su marco. Una imagen de Ida Rubinstein solamente tenía que ver con halcones, ceniza y viento. Renata Borgatti con su capa informe quedaba lejos de Peter, para el que todos los dobladillos se cortaban afilados, ajustados a los ángulos de su hombro y su mandíbula. Pero gradualmente los retratos se convirtieron en una serie de ventanas en la noche que mostraban, cada una, una silueta diferente pespunteada por la luz de la lámpara. Así, Peter el sin-prefijos iba seguido de Élisabeth de Gramont en equilibrio al pie de la escalera con una bufanda de seda blanca. En su estudio, Romaine los dispuso en fila como si fueran un linaje o un horizonte. En el centro estaba la Amazona, Natalie Barney en gris ante una ventana, invernal, envuelta en un abrigo de pieles, flanqueada por una estatuilla en jade de un caballo. Romaine nos dijo que, con el tiempo, habría retratos suficientes como para llenar una sala.

## Romaine Brooks, *Una, Lady Troubridge,* 1924

Una, Lady Troubridge, fue la primera en devolver la mirada que caía sobre ella. Nunca vimos esto antes: un retrato que te devolvía la mirada. Una parecía estar observándonos a nosotras y a todos los cuadros de la sala al mismo tiempo. No necesitaba que un retrato la reflejara, le dijo a Romaine. Una conocía ya bastante bien el aspecto que tenía. Solía entornar los ojos; una ceja se le arqueaba a causa de la curiosidad; su boca delgada giraba en su borde extremo. En lugar de esto, Una quería un retrato que registrara cómo miraba ella.

El modo en que Una miraba a cualquiera tenía el poder de construir un nido, un nombre, un escándalo, una moda. De hecho, cada mirada de Una llevaba en sí un fragmento de su amado John, como un pájaro que transportara en su pico las incontables ramitas que levantarían su hogar. En la firmeza de la adorable mirada de Una, John dejó perder su antiguo nombre. Así que todo el mundo, salvo Natalie, que insistió al principio en que había conocido a Radclyffe hacía demasiado tiempo como para cambiarlo ahora, comenzó a llamarlos John y Una o Una y John. De este modo «Radclyffe Hall» se redujo a ser el par de palabras que aparecían en la cubierta de libros que no tardaban en ser prohibidos, mientras que John era reclamado diariamente para cenar. Solo para John se preparaban los baños y estaban dispuestas las zapatillas. Abordado tiernamente por Una a la hora de dormir, John adquiría una confortable consistencia habitualmente reservada a los patriarcas en su edad madura.

Para que la pintara Romaine Brooks, Una se puso un monóculo. Su ojo derecho aparecía extrañamente inflado de orgullo y de escepticismo. Con su mano derecha asía el collar de un pequeño perro obeso que la veneraba con ojos temblones. Una sabía que el perro preferiría estar trotando por el parque con John. Pero Romaine Brooks había convencido a Una prometiéndole que bajo el título *Una, Lady Troubridge* enseñaría al mundo cómo mirar a John.

## Romaine Brook, *Autorretrato,* 1923

A la mitad del verano el aire de París era agobiante y bochornoso. Romaine se había marchado al campo con Natalie y Élisabeth. Las que nos habíamos quedado en la ciudad serpenteábamos por los canales con las medias bajadas. Éramos las únicas sin casas de veraneo. Andábamos sueltas, un poco solitarias. Romaine nos había ofrecido su terraza ajardinada. Seríamos bienvenidas, nos dijo, siempre que regáramos el peral y no cayéramos borrachas hasta fenecer. Así que una húmeda noche trotamos escaleras arriba como gorriones desaliñados cruzando a través de las habitaciones en penumbra. Fue Colette la que nos ordenó ir al estudio a reunir algunas viejas sábanas, quería tenderse sobre la hierba. Cuando retiramos la sábana del lienzo, apareció Romaine mirándonos con fijeza bajo el ala de su sombrero de copa. Llevaba unos guantes grises y su expresión era fría y distante. Desde el nítido arco del cuello de Romaine hasta el pliegue de su codo, todos los bordes eran duros y netos. Por fin Romaine había encontrado su instante, su manera de estar en una habitación. En medio de la creación de retratos ajenos, realizó su obra del natural. Al final había asumido el riesgo de su propio cuerpo.

# QUINCE

## Noel Pemberton Billing, *The Black Book,* 1918

Había un gran peligro para nuestros cuerpos, y por lo tanto para nuestros retratos y novelas, en el hecho de que alguien como Noel Pemberton Billing tratara de leerlos. El objetivo principal de la existencia de Noel Pemberton Billing era sorprender a las esposas de los miembros del Parlamento enredadas en un éxtasis lesbiano. No es que pudiera él reconocer un éxtasis lesbiano ni aunque le mordiera en el mismísimo pie; era un hombre que cuando leyó a Safo la imaginó como la directora de un colegio que pulía los modales de las señoritas de la Antigüedad. Sin embargo, andaba rondando por museos y librerías, husmeando lleno de sospechas ante ciertos cuadros y hurgando en los lomos de las novelas modernas.

Noel Pemberton Billing era un lector tan deplorable que solo podía entender los libros que él mismo se inventaba. Tales libros, aunque no existieran, estaban presuntamente llenos de descripciones de Sodoma y Lesbia y escritos en la más deleznable de las prosas. En 1918 inventó *El Libro Negro,* que nunca se molestó en escribir y que supuestamente contenía el nombre de cada una de las lesbianas de Gran Bretaña. Lo imaginábamos indagando con avidez sobre cada página ficticia. Si no hubiera sido un lector tan espantosamente malo, quizá podría haber sencillamente examinado *La Corruption fin-de-siècle* de Léo Taxil, de 1894, una obra en la que podría haberse informado de que las lesbianas, por ley, no existían.

## Maud Allan, *Salomé,* 1918

Oscar Wilde llevaba muerto dieciocho años cuando la bailarina Maud Allan tomó el papel de Salomé. Escuchamos que ofrecía representaciones privadas en Londres cuando Noel Pemberton Billing se enteró. Al olor del éxtasis lesbiano se entusiasmó hasta la histeria; inmediatamente la denunció en los periódicos como alta sacerdotisa del Culto del Clítoris.

¿Qué es un clítoris?, deseaban averiguar los periódicos. ¿Una carencia de firmeza en las manos? ¿Un temblor en la boca? ¿Es un órgano excesivamente excitado o hipertrofiado? A cierto Lord se le oyó comentar con un socio de su club: ¡Nunca he oído nada de Clítoris, ese tipo griego del que tanto se habla hoy en día!

Así que Noel Pemberton Billing emprendió la tarea de ilustrar a toda Inglaterra sobre qué cosa era un clítoris. Un clítoris es un tipo de lesbiana, sostenía. Es decir, Salomé de Sodoma y de Lesbia, que eran las regiones orientales de Germania, había penetrado indecentemente en nuestro noble país y de esta manera había hecho de la señorita Maud Allan una lesbianista; podía dar fe de que su nombre aparecía registrado en *El Libro Negro* bajo el epígrafe de sadismo o safismo, o tal vez bajo los dos. Evidentemente se trataba de un caso de clítoris.

## *Rex v. Pemberton Billing,* 1918

Maud Allan, indignada, presentó cargos por libelo difamatorio. En privado creíamos que, en un país en el que un hombre elegido para la Cámara de los Comunes era incapaz de encontrar un clítoris en la historia de la literatura, Maud Allan tenía una pequeña posibilidad de encontrar justicia. Pero seguíamos muy de cerca los comunicados desde Londres. Los periódicos informaron de que a Maud Allan la sometieron a un interrogatorio sobre velos, anatomía, alemán, vicios lascivos, danza, decadencia, Oscar Wilde, filosofías orientales del amor, sadismo o safismo, judíos, arte y dónde estaban Sodoma y Lesbia en un mapa. Noel Pemberton Billing testificó que había leído *El Libro Negro* y que el nombre de Maud Allan estaba incluido en varios pasajes. El jurado apenas deliberó antes de pronunciar su veredicto: Maud Allan sabía lo que era un clítoris. Por lo tanto, nada peor podía decirse de ella. Y ella perdió el caso.

## Virginia Woolf, *These Are the Plans,* 1919

Nos temíamos que Noel Pemberton Billing y la gente de su calaña hubieran destruido medio siglo de nuestra cuidadosa transformación. No habíamos previsto que una masa histérica pudiera arrastrarnos de nuevo a los años en que X fue encerrada en un asilo y en los que condenaron a casarse a Rina Faccio bajo el Artículo 554. Estábamos hundidas de nuevo en una historia a la que habíamos podido apenas sobrevivir por vez primera.

Se produjo en Inglaterra una fría y cautelosa retirada de la vida pública. Julian y Violet se marcharon al extranjero: Virginia Woolf comenzó a pasar semanas enteras en su casa de Rodmell, escribiendo. En París estábamos mordazmente angustiadas: Colette se apresuró a perpetrar una cruel viñeta sobre esos sapos venenosos del parlamento, como solía llamarlos, triturados bajo las atronadoras pezuñas de cien amazonas que cabalgaban entregadas a la caza. Incluso Élisabeth de Gramont prometió venganza por cuasi-estrangulamiento con su bufanda de seda blanca. Pero Natalie Barney, siempre pacifista, nos reprendió. Nunca habíamos ganado nuestras propias vidas a través de las leyes; solamente a través de la literatura. Si ya no íbamos a seguir leyendo a Safo, ¿de quién serían los versos que habríamos de seguir?

## Lina Poletti, *Il cipresso della rocca a Santarcangelo di Romagna,* 1919

La última de nuestras poetas era Lina Poletti. Después de la guerra, nos enteramos de que se había marchado a vivir al campo con Eugenia, cerca de Santarcangelo di Romagna, donde los periódicos provinciales publicaban crónicas de las cosechas y no de las batallas. En 1919, justo después de la trilla, Lina escribió su último poema, una oda a un antiguo ciprés que crecía en un saliente de roca. Nudoso por su edad de siglos, el árbol se erguía en calma con los pájaros asentados en sus ramas. A Lina le parecía que levantaba sus extremidades para recibirlos.

¿No ves, preguntaba Lina a Eugenia cuando se sentaron sobre sus raíces, cómo este ciprés nos da la espalda, como si hubiera visto demasiado tiempo a la humanidad? Los árboles poseen un arte en sí mismos, el problema es que somos demasiado ignorantes para entender sus poemas.

## Lina Poletti, *Ancora un cero che si spegne,* 1921

Tal vez Lina se alejó de la poesía porque había visto demasiado, incluso durante el año previo a la marcha de los fascistas sobre Roma; tal vez lo preveía, tal vez escuchaba a los árboles en lugar de a los políticos. En 1921 los fascistas comenzaron a incendiar las oficinas de los periódicos y de los sindicatos; por toda Italia el ominoso rumor de los hombres armados podía escucharse en las plazas. Y sin embargo se hablaba mucho de pacificación y de la necesidad de restaurar el orden; Giolitti aseguraba a la nación que los fascistas eran hombres razonables. ¿No veíamos el valor de su compromiso?

Lina no lo veía. En 1921 redactó un manifiesto contundente en su desesperación y despiadado en su profecía. Cuando los escuadrones fascistas comenzaron a levantar sus manos brutales y a gritar: Esta es la hora de la gloria viril, cogidas en el puño y golpeadas hasta medio morir, ¡saludemos la era del *impadronirsi!,* entonces supimos que Lina les escupiría a la cara y se alejaría dando zancadas con sus abotonadas botas altas. Seguiría siempre hacia adelante y siempre impulsada por la lejana faz de la ola. Lina fue quien nos prometió que el coro no sería nunca silenciado. Pero ella siempre nadaba inexplicablemente lejos de la orilla, solo para llegar a una isla de su propia invención.

El manifiesto de Lina Poletti se tituló *Otra vela se ha apagado*. Casi al mismo tiempo en que se publicaba, los fascistas marchaban sobre Roma.

## Enmienda a la Enmienda Labouchère, 1921

En ese mismo año, la Cámara de los Comunes propuso criminalizar la homosexualidad femenina. Era un asunto repulsivo, acordaron los parlamentarios, que lamentaban vivamente el levantar el más grosero espectro de la más grosera indecencia, pero después del *affaire* Maud Allan no dejaba de hablarse sobre el clítoris. Por otra parte, las mujeres honradas andaban preguntando sobre él. Las esposas sentían curiosidad. Se dispararon los pedidos de novelas francesas y otros materiales sediciosos. Ya era hora de que en Inglaterra se frenara esta creciente marea de lesbianas.

La Cámara de los Lores estaba de acuerdo en el asunto, pero objetaba que las crecientes filas de lesbianas engordaban con la sola mención de sus escandalosas prácticas. Mejor sería amortiguar completamente la polémica, argüía la Cámara de los Lores, en vez de incitar en demasía a cualquier mujer inocente a experimentar con ello como si se tratase (era una manera de hablar) de *algo*. Por ello, la Enmienda a la Enmienda Labouchère jamás se ratificó en el Parlamento.

Y en consecuencia las lesbianas no fueron ilegalizadas en Inglaterra: el propio vocablo se congeló ya manido en la boca de un Lord.

Radclyffe Hall no tenía paciencia con la Cámara de los Comunes, pero pensaba que ella podría hacer entrar en razón a la Cámara de los Lores: una lesbiana era un caballero de primer rango. Ella misma era ejemplo de las más refinadas cualidades de un varón inglés: decente, razonable y excelente tiradora. Su esposa, Lady Una Troubridge, era una dama de la aristocracia que cuidaba perritos. En otras palabras, no había diferencias entre Radclyffe Hall y los más honestos ciudadanos del Imperio Británico. Ella era tan buena como socio como cualquier otro John.

## John, 1921

Desde su mansión en la campiña, John emprendió una campaña para convencer a los parlamentarios de los muchos méritos de las lesbianas como ella. Vestía sensatas faldas de tweed, practicaba la caridad, sus modales eran excelentes, pagaba sus impuestos y cazaba con sus sabuesos. ¿Necesitaban más evidencias? Muchas de su clase habían marchado al frente heroicamente para conducir ambulancias y curar a los heridos, caballerosas invertidas habían salvado vidas de soldados ingleses de la metralla y de la ceniza. ¿No habían leído sus historias? John pudo comprobar que no las habían leído. Por lo cual Radclyffe Hall se puso a escribir instructivas parábolas destinadas a los lectores más deplorables, los hombres que no podían distinguir a Safo de un paragüero.

## Colette, *Mitsou ou Comment l'esprit vient aux filles,* 1912

Colette puso objeciones a las reclamaciones de John en muchos puntos. ¿De qué servía una vida con faldas decorosas de lana que pinchaba y con asado a la cazuela todos los domingos? Pero ante todo, Colette sostenía que había ya demasiadas autoras entre nosotras. Ella misma había escrito una veintena de novelas y el prefecto de la policía la había expulsado del escenario de un *music hall* a cuenta del guion de una obra particularmente picante. Lo que ahora necesitamos, declaró Colette, son lectores. ¡Sois testigos de los estragos causados por esos idiotas que no saben diferenciar a Safo de Salomé!

Los lectores, según Colette, eran como amantes. Los mejores eran atentos, inteligentes, exigentes y promiscuos. Urgía leer abundantemente y bien, buscar precisamente las novelas que nos prohibían y tumbarnos durante horas en la cama con ellas. Deberíamos leer hasta atiborrarnos y saciarnos, nos aconsejó Colette; después de un buen libro hay que chuparse los dedos. Deberíamos sobre todo leer vidas de mujeres; ella, por ejemplo, acababa de publicar la vida de Mitsou, cuyo título alternativo era *Cómo las niñas aprenden cosas.*

## Ada Beatrice Queen Victoria Louise Virginia Smith, *circa* 1922

Nacida en Virginia-del-Oeste-por-la-gracia-de-Dios, como ella la llamaba, a Ada Smith la había nombrado en su barrio todo el que deseaba meter baza. Su madre regentaba una residencia en Chicago por la que pasaba todo el mundo, inmigrantes, chicas trabajadoras y familias que se dirigían al oeste. Calle abajo había un teatro donde Ada, cuando era niña, aprendió cosas.

Así que a los dieciséis años Ada era una princesa menor del circuito de vodevil que llevaba compañías negras a ciudades sobre todo blancas. Sabía bailar un poco, cantaba un poco, sabía cosas. Tenía un pelo castaño bruñido y un vestido blanco con volantes hasta los codos. Hacia 1922 ya había actuado en sitios tan alejados como un club nocturno en Harlem. Dos años después se embarcaría rumbo a París a bordo de un buque de la naviera Cunard llamado *América*.

## Ada Bricktop Smith, 1924

Ada, como Colette, sabía cuándo abrir con un estallido una botella de champán para todo el mundo en el bar y cuándo sonreír apretando los dientes y marcharse después. Como Colette, vivió en París, comprendió los más íntimos mecanismos del funcionamiento de los espectáculos de variedades y, ocasionalmente, escribió sobre su propia vida. Pero Ada Bricktop Smith también había aprendido cosas que nosotras nunca supimos: lo que era pintarse de negro la cara siendo una chica blanca con el fin de ganarte la vida cantando *minstrel* para la gente blanca del sur.

En París, Ada trabajaba hasta muy tarde y daba lecciones de baile hasta que se hizo empresaria y montó su propio negocio, un club nocturno en Montmartre. Allí dirigía la contabilidad con su puro y una copa de champán cantando lo que le apetecía y bailando un poco. Acogió a otras chicas cuando llegaban de América con sus maletas de cartón y sus tristes canciones de amor. La invitamos a tomar los sándwiches de pepino de Natalie Barney, pero ella sonrió apretando los dientes y dijo que estaba demasiado atareada. Lo cierto es que uno de los nombres de Ada Bricktop Smith era el de Queen.

## Bricky y Josie, 1925

Josie era una de las chicas que Ada Bricktop Smith había acogido generosamente en La Caja de Música. Era una cantora de Missouri, pero Josie también sabía de recitales de *minstrel* y de espectáculos de piernas, y de cómo mantener impecables sus rizos pegados en la frente durante toda la noche. Pero apenas había recibido una educación formal; Bricky lo descubrió y ahora que todo el mundo deliraba por un autógrafo de la señorita Josephine Baker era una vergüenza que Josie no supiera ni firmar con su nombre. Bricky se sirvió un vaso de whisky y le dijo a Josie lo que había que hacer. El tema es, dijo Bricky, que a nadie la importa Josie realmente, solo desean una pequeña porción de ella, una muestra. Así que Bricky ayudó a Josie a conseguir un sello de goma con su firma y, cuando la entrada del escenario enloquecía con los fans de la *Danse Sauvage,* Josie podía estamparla en decenas de fotografías suyas y escabullirse indemne. Bricky tenía razón, te desgarrarían en pedazos si les dejaras.

## Vita Sackville-West, *Knole and the Sackvilles,* 1922

Cuando parecía que unas turbas histéricas de hombres amenazaban con arrastrarnos del pelo de nuevo al siglo pasado, Vita Sackville-West cayó en la tentación de correr a enterrarse en la galería de retratos que se alineaban en los muros de Knole. Cada rostro estirado y pálido daba paso al siguiente con el decoroso ritmo de la pintura al óleo, cada marco dorado contenía la solemne confirmación de una sucesión bien ordenada. Esos vulgares delirios de los hombres del parlamento nunca se entrometerían en la gran mansión. En Knole nunca se encontraba el momento adecuado para los exaltados sucesos del siglo veinte.

Pero una no podía permanecer para siempre en una galería que repetía tu propio rostro refractado hasta el infinito. Vita se puso enérgicamente los pantalones. Silbó para pedir sus baúles, que quedaron empaquetados con el tiempo justo para que Julian pudiera encontrarse con Violet en el muelle; esa misma tarde embarcarían rumbo a Francia. ¡Julian, querido, exclamó Violet, estás...! Pero un viento vivo aventó lejos sus palabras azotando el agua con pequeñas olas. ¿Qué era Julian según Violet? O mejor, ¿quién era Julian cuando Violet lo avistó en el espejo? Vita se preguntaba ociosamente si sería posible escribir biografías de todas las personas que había sido. Y si alguien las pudiera escribir ¿quién las leería?

## Radclyffe Hall, *The Forge,* 1924

Dejando atrás las comodidades de su mansión campestre, la pareja lesbiana ficticia de Radclyffe Hall viajó hasta París.

Eran la variedad más fina de invertidas inglesas: Hilary era novelista y Susan era una esposa. En realidad apenas se podía percibir que Hilary fuera una mujer, porque tenía un sentido muy afinado de la virtud moral. Un tipo decente donde los hubiera. Hilary se encontró incómodo en París, con todos esos artistas excéntricos y esos clubs de baile enfebrecidos en los que los cuerpos se frotaban unos con otros a todas horas. París ofertaba latas de cocaína, mejillas maquilladas de rojo, trastiendas tapizadas con papel que imitaba brocado en las paredes, la *Danse Sauvage*. Hilary se llevó rápidamente a Susan de vuelta a Inglaterra. Ellas no eran, dijo Radclyffe Hall, *esa* clase de gente.

Colette, que había gastado la mejor parte de un mes de 1923 en llevar a John y a Una al Bal Bullier, preguntó a Natalie sobre *La forja:* ¿era agradable? ¿Tenía encanto? ¿Querrías acostarte en tu cama con él y leerlo durante horas? ¿Aceptaría Natalie traducirle los mejores pasajes al francés? Natalie Barney suspiró. John miraba siempre el mundo moderno como un mar destinado a ahogarnos, dijo. Por desgracia, *La forja* era solo otra triste bahía.

## Virginia Woolf, *Indiscretions in Literature,* 1925

Sobre el tema de John, Virginia Woolf intentaba decir lo menos posible. Claro que Virginia Woolf defendería hasta la muerte el derecho de Radclyffe Hall a componer severos cuentos morales sobre sexología. Virginia Woolf le cruzaría la cara metafóricamente a cualquier crítico que censurara la escritura de una mujer. Pero era un secreto a voces que Virginia prefería, como dijo en *Indiscreciones en literatura,* a esas poetas que habitaban en los tramos superiores en los que el tiempo es un jardín y el amor fluye elegantemente a través de él: Safo, por ejemplo.

No habíamos escuchado a Virginia Woolf mencionar a Safo desde la guerra. Pequeñas llamas de esperanza rozaron con su fulgor nuestros corazones. En italiano, el amor entre chicas se llama *fiamma,* ese fervoroso parpadeo del anhelo. No lo habíamos sentido durante muchos años, pero todas recordábamos la prometedora incertidumbre de nuestros jardines traseros. Es cierto que Virginia Woolf acercó una cerilla a nuestras mentes y nos dejó en un estado de llama azul. Muy desde el principio fuimos lectoras incorregibles; nuestras venas estaban llenas de casia y de mirra. No podíamos evitar la esperanza de que Virginia Woolf fuese la pionera que escribiese sobre cómo Safo devenía en nosotras.

# DIECISÉIS

## Virginia Woolf, *Modern Fiction,* 1919

La ficción moderna se estaba entendiendo de un modo atrozmente erróneo. O, mejor dicho, un cierto número de hombres, cuando escribía sus copiosas novelas, la había adaptado a martillazos a un molde tan equivocado a lo largo de millares de páginas que ahora la literatura inglesa quedaba reducida a una masa plana y sin brillo. Ningún personaje se alzaba con relieve contra las convenciones que marcaban su vida, no había zonas vertiginosas del pensamiento o del sentimiento que se examinaran. Los botones estaban bien abotonados. Las bodas se celebraban en los fines de semana de junio, con el buen tiempo. Por aquí o por allá fallecía alguna tía solterona que dejaba una herencia sustanciosa al joven héroe. Todo avanzaba según lo esperado.

Pero la vida misma estaba en cambio constante, protestó Virginia Woolf, y una novela debe correr al lado de la vida, lo mismo que la sombra de un vagón de tren viaja sobre el paisaje. A veces se eleva fugazmente junto a un muro bajo, a veces se proyecta dentro del lecho de un río acarreando un perfil desigual sobre la hierba o sobre la grava: eso era una novela, eso era el espíritu de la vida avanzando sobre una página. ¿No es acaso tarea del novelista, preguntaba Virginia Woolf, el transmitir este espíritu cambiante, incógnito e incircunscrito, sea cual sea la aberración o la complejidad que pueda mostrar?

En nuestras habitaciones leíamos en voz alta todas esas hermosas palabras: cambiante, incógnito, incircunscrito, aberración, complejidad. Incluso aunque tuviéramos que darles la vuelta a nuestras formas, le dijimos a Natalie Barney, este era el camino que íbamos a seguir. Una vida podía desplegarse a través de interioridades irregulares; un rostro podía ser la superficie de varios pensamientos a la vez. Cada capítulo correría junto a sus personajes como la sombra de un tren arrojada una fracción de segundo, un disparo disperso en contraste dramático con el paisaje. Nada avanzaría según lo esperado.

## Sarah Bernhardt, *Daniel,* 1920

Nos reconocimos inmediatamente en Daniel, un joven impresionable que no quería tenderse en su lecho de enfermo. Se rebullía bajo la colcha con la frente febril y los ojos circundados de sombras azul oscuro. A pesar de los estragos de la morfina, el doctor encontraba a Daniel animado y locuaz. Rechazaba toda medicina, excepto el brandy. No quiero saber nada de ampollas y cataplasmas, exclamaba Daniel irguiéndose hacia adelante. ¡Dadme mi abrigo, dejad que me levante de este lecho de muerte, quiero mi vida, más vida!

*Daniel* fue la única película que Sarah Bernhardt terminó tras la guerra. Tenía setenta y siete años y seguía inasequible a la fatiga. Le habían amputado una pierna por encima de la rodilla. Todavía seguía siendo la Divina Sarah. Maquillaba su rostro con un tono blanco, esmaltado y fantasmal y asomaba su mirada a la cámara bajo unos párpados lastrados de medicamentos. Es increíble, exclamaba el director asomándose a ella a través de la cámara. ¡Madame Sarah, por encima de todo usted es Daniel! Ella lo negó con la cabeza. No, tengo muchas vidas, pero *quand-même,* yo no soy él: es Daniel el que se convierte en la Divina Sarah.

## Vita, 1922

¿Julian?, preguntaba el anfitrión cuando ella entraba. Vita en realidad, aclaraba Vita Sackville-West, soy Vita toda la semana, muy amable por su parte preguntarlo. Era el invierno de 1922 en Londres, una noche de velas y ave asada. Alrededor de la mesa se sucedían rostros parpadeantes en la penumbra; unos miraban a Vita con curiosidad, otros discurseaban con gran énfasis sobre el surgimiento de una narrativa fracturada o sobre la decadencia de la pintura al aire libre y otros le concedían una leve y caritativa inclinación de la cabeza, como si ella no mereciera mayor interés.

Vita Sackville-West no estaba acostumbrada a que no la consideraran de gran interés. Acercándose a la luz de las velas, irrumpió en la conversación: ¡Qué placer verte por fin, Virginia! He de confesar que te admiro sinceramente con todas mis fuerzas, creo que eres la Safo de nuestra época. Virginia Woolf le lanzó una mirada cortante. ¿Nos hemos visto antes?, preguntó, con la mirada fija en el rostro de Vita. Oh, lo dudo, replicó Vita con una risa despreocupada. He vivido muchas vidas, y aun así recuerdo la mayoría de ellas.

## Colette, *En pays connu,* 1923

En 1923 Sarah Bernhardt comenzó a rodar otra película. Estaba demasiado débil para viajar, el director lo organizó todo discretamente para rodar en su salón. Desdeñando las muletas y la lástima, Sarah hacía que la llevaran escaleras abajo con un gran estilo para cada una de las escenas. Iba a encarnar a *La voyante:* la vidente, la sibila, la que predice lo que va a ocurrir.

Un día, entre el rodaje de las escenas, invitaron a cenar a Colette, que había llegado a desmayarse como una escolar con el *Hamlet* de Sarah. Al final de una larga sala en la que colgaban retratos y rosas secas estaba la Divina Sarah: imperial, eterna, sirviendo ella misma el café. Las manos de Sarah Bernhardt eran como flores marchitas, dijo Colette, pero sus ojos eran tan penetrantes e insolentes como siempre. Parecía un joven muchacho sensible que al levantarse haría entrechocar las copas. A sus pies se enroscaban dos cachorros de lobo con sus atentas orejas grises. La Divina Sarah alimentaba a los lobeznos con nata de su jarrita y le dedicaba a Colette una sonrisa que mostraba todos sus dientes: una sonrisa irreductible, nos contó Colette, incluso a sus ochenta Sarah Bernhardt marchaba erguida hacia las puertas de la muerte y reclamaba su vida, más vida.

## Sarah Bernhardt, *La Voyante,* 1923

Lo que Sarah presagió como *La vidente* no llegó a saberse nunca. Colette sospechaba que Sarah vio una salvaje colección de fieras girando alrededor de ella y sonrió con esa indesmayable sonrisa suya. El director intuyó que estaba recordando su propio Hamlet, su Pelléas, su Duc d'Aiglon; en el escenario, Madame Sarah había sido un príncipe entre los caballeros, dijo el director con admiración. Pero Sarah movió la cabeza fatigosamente sobre la almohada de su lecho de enferma. Margarita y Juana de Arco habían sido tan suyas como Hamlet. Es más, las actrices no se rebajaban a considerar el sexo de sus papeles.

Imaginamos, por supuesto, que Sarah se veía a sí misma ascendiendo sobre las multitudes de París en un globo aerostático, sin dignarse a bajar hasta llegar al picnic sobre los acantilados de su isla. Teníamos la esperanza de que Sarah imaginaría todas sus vidas a la vez, una plétora de personajes clamando por llegar a ser, con sus ajuares y su revólver marcados fielmente con su lema: *Quand-mème,* ¡A pesar de todo!, exclamamos todas unidas alzando nuestras copas por la gloria de la Divina Sarah.

## Vita Sackville-West, *Challenge,* 1923

Blandir, provocar, asaltar, eran verbos idóneos para la escritura de Vita. Conforme Julian vagaba por una isla griega imbuido de espíritu revolucionario y ronco de amor, iba aferrando los verbos con mano firme; con la otra empuñaba una pistola de un cierto modelo que Vita investigaría más tarde. Ahora montando a pelo un corcel pálido, luego cojeando heroicamente, Julian atravesaba los capítulos de *Desafío* con un encanto viril que Vita comenzó a envidiar. ¿Qué era la vida de un hombre sino el inalienable derecho a los verbos de acción? ¿En qué podría haberse convertido Vita si se le hubiera concedido el verbo transitivo y un par de botas resistentes? Con el ceño fruncido se espabiló, se levantó de su escritorio y blandió un candelabro junto a su reflejo en la ventana oscurecida. En una quincena, la novela les llegaría a los impresores y a partir de ahí marcharía directamente al asalto de las librerías.

## Virginia, 1923

Yo quiero hacer la vida más y más plena, escribió Virginia Woolf. Estaba escribiendo cuatro obras nuevas a la vez, se citaba con Vita siempre que podía, había decidido que su próximo libro sobrepasaría definitivamente la categoría de «novela» e iba a exigir una descripción todavía no conceptualizada en la literatura inglesa.

En su mente se abrían paréntesis que encerraban una posibilidad de expansión que hasta ahora había eludido ser registrada. Cierto espíritu inaudito circulaba sin ataduras, sin lazos matrimoniales, sin intimidaciones. Virginia casi podía dibujar su silueta. ¿Existiría un personaje que, despreciando la muerte cronológica, hubiera vivido alegremente en otro siglo entregado al disfrute de su buena fortuna? ¿Existiría una elipsis, un desliz en el tiempo, un jardín trasero en el que una inexplicable forma de vida hubiera echado raíces y estuviera todavía en el presente enlazando sus deliciosas ramas en el aire?

(Quiero empezar a describir mi propio sexo), escribió Virginia Woolf una noche, muy tarde, en Londres. Y por esto se marchaba a París.

## Lina Poletti, 1923

En cuanto Eugenia acabó de montar las estanterías de su nueva casa de Roma, Lina las llenó de libros sobre epigrafía. Brillaba una luz en su estudio encendida hasta muy tarde: estaba descifrando inscripciones dorias y eteocretenses. A partir de diagramas aprendió cómo cepillar el polvo de las vasijas con un cepillo para caballos; por un joven arqueólogo se enteró de que la excavación de la ciudad cretense de Gortina había proporcionado un código de leyes civiles que, según se rumoreaba, garantizaba a las mujeres derechos insólitos. Y por esto Lina empaquetó los libros imprescindibles y se embarcó rumbo a la isla de Creta.

## Rachel Footman, 1924

Nadie en Oxford le había explicado a Rachel Footman cómo evaporar el sulfato a partir del éter. Quería ser química, estaba cursando su primer año de laboratorio. Había preparado cuidadosamente un baño de agua y abrió su cuaderno de notas sobre la mesa. Pero ningún tutor le había explicado el tiempo diabólicamente largo que conlleva un baño de agua; a este ritmo ella se perdería sus clases de tenis y muy posiblemente, incluso la cena. Como era una estudiante con inventiva, aplicó bajo el baño un mechero Bunsen. Se produjo un sonido extraño, como de aire colapsando, un repentino olor a cosas quemadas: su pelo, su bata de trabajo, su cuaderno de notas.

Rachel se despertó en el hospital; por las paredes blancas y el olor a morfina dedujo que había muerto. No, querida, le aseguraron las enfermeras, su precioso pelo le volvería a crecer para el próximo curso. Su tutor le recomendó abiertamente que a partir de ahora se dedicara a la historia del arte o a la matemática abstracta. Pero Rachel Footman había ido a Oxford a estudiar química, y a la altura del día de la graduación de 1926 ella era ya experta en evaporar sulfatos a partir de lo que fuera.

## Eileen Gray, casa en Samois-sur-Seine, 1923

Con una mirada desapasionada, Eileen Gray llegó a la casa del Sena. Las ventanas daban sobre los sauces que bordeaban el río, pero los balcones rechonchos y el hueco de la escalera eran una ruina. Había solamente un estudio, como si el arquitecto no hubiese alcanzado a concebir que dos artistas pudieran trabajar en habitaciones individuales bajo un mismo techo. Pero Eileen pensaba que con el tiempo cualquier casa podía pasar de ser una dependencia doméstica ordinaria a un espacio en el que sentirse viva. Abrió un tragaluz en el hueco de la escalera y desbarató los balcones.

Hacia 1923 la casa de Samois-sur-Seine era acogedora, personalizada, fresca y luminosa. En su interior se desplegaba una serie de espacios para pensar y para trabajar. Eileen dispuso alfombras de nudos de lana sin teñir cerca de la gran chimenea y sillones tallados junto a las librerías. Cada habitación de invitados destilaba un color propio. Damia, que había sido huésped habitual en la cama de Eileen, encontró la casa tan fascinante que la llamó Sirena-sobre-el Sena. Una tarde, cuando la luz del río se deslizaba por las ventanas, Natalie Barney llegó con un ramo de lirios para felicitar a Eileen por haber dado la vuelta a las formas íntimas en toda la casa.

## Virginia Woolf, *La señora D.,* 1923

¿Quién era la señora D.? Una cuestión de tal hondura podía absorber una novela entera. Pero casi de inmediato el interior de esta pregunta se desplegaba y otras preguntas salían a la luz: ¿quién podría haber sido la señora D.? Si no hubiera sido tan ligera cuando era una niña, por ejemplo, tan fácilmente influenciable por la insistencia de los hombres jóvenes que inevitablemente se presentaron ante ella como «prometedores». Si se hubiera reído de sus promesas. Si hubiera apartado la vista de sus caras insistentes para mirar la nube que navegaba en dirección al mar. Si hubiera navegado lejos de las playas familiares, sin mástil y sin tripulación. ¿Podría de alguna manera haber no sido la señora D.? ¿Podría por el contrario haberse convertido en una figura venerable, sin sombrero, con serios ojos oscuros, interesada en la política igual que un hombre? ¿Quién era realmente Clarissa, antes de que le colgaran un tratamiento a su nombre como una cadena de joyería?

Virginia Woolf paseaba por la orilla del Sena, cada paso suponía una palabra más en la pregunta: ¿quién era la señora D.? ¿Quién pudo haber sido? ¿Quién era de verdad? Un cigarrillo se consumió colgando entre sus dedos. Cruzó el Pont

Marie, cruzó el Pont Saint-Louis. Un hombre que pregonaba periódicos en el puente estaba voceando los titulares, distorsionados por el viento. En una calle de la Île de la Cité un vendedor de flores arreglaba iris sobre una base de helechos e hinojo silvestre. Envueltas en periódicos, las flores se empaparían a través de las palabras.

# DIECISIETE

## Vita Sackville-West, *Seducers in Ecuador,* 1924

*Seductores en Ecuador* no es más que un divertimento, le dijo Vita a Virginia con modestia, pero, aun así, resultó ser un objeto bastante seductor una vez impreso y cosido. Era una *novella,* un regalo de cumpleaños y, todo al mismo tiempo, también un experimento de alquimia. Vita lo había escrito para Virginia sacándolo de la nada y Virginia lo transfiguró después, letra por letra, en plomo; al final su lomo se mostraba cosido con pulcritud en la edición que ahora descansaba en los escritorios de ambas.

En público, la señora Woolf declaró que Hogarth Press se sentía muy complacida por haber traído al mundo la *novella* más reciente de la señora Sackville-West. En privado, Virginia comentó, con una sonrisa irónica, que Vita era una seductora, cierto, pero que difícilmente se marcharía a lugares tan remotos como Ecuador para ocultarlo.

## Eileen Gray, *Lacque bleu de minuit*

En la historia del arte del lacado japonés existieron los más llamativos matices del ébano, de la perla y de la cornalina, pero no hubo un azul de medianoche hasta que lo inventó Eileen Gray. Lo logró manteniéndose en vela toda la noche para observar cómo las estrellas alumbraban en torno a sí un cerco sutilísimo del cielo. En su propio firmamento, la plata de cada estrella vertía una gota de luz en el interior de su oscuridad; así, el negro se convertía casi imperceptiblemente en un azul profundo. Y así, la luz estelar que no alcanzó a llegar a los ojos de Eileen Gray en sus años de vida le concedió un regalo infinitamente lejano: *bleu de minuit.*

En la novela *Seductores en Ecuador* el personaje principal es un varón que se embarca en un viaje del que nunca regresa. Zarpa de los muelles domésticos de Inglaterra y navega por mares extraños para arribar al fin a una tierra en la que entrecerrar los ojos era como ponerse unas lentes tintadas de azul. Sus ojos ya no vuelven a percibir las costumbres comunes ni los objetos mundanos. Abandona la órbita del color rutinario. Como Eileen Gray, Vita veló hasta bien entrada la noche para alcanzar el estado que propiciara esta alquimia. También trituró valvas nacaradas de ostras con polvo de lapislázuli y lámina de plata. Al final, Vita escribió para Virginia la historia del proceso de mirar cómo el mundo cambia de color para siempre, que es una manera de decir que estás enamorada.

## Virginia y Vita, 1925

Si tú me vas a inventar, yo te inventaré a ti, escribió Virginia a Vita una mañana. En el correo de la tarde, Vita contestó:

*man camelo tuti,* como decimos en romaní; no puedo vivir sin ti.

Poco a poco fueron desplegándose sus vidas como si fueran bandas de tejido de diversos colores sobre una mesa. Por aquí se veía el rostro de Vita en la galería de óleos de Knole, ancestral y ligeramente sombrío. Por allí andaba Rosina Pepita, danzando tan gozosamente que no parecía ser la abuela de nadie. Por allá estaba Julian, blandiendo su pistola en una isla griega; por acá, Vita, llorando al pie del magno roble que jamás quedaría escriturado a su nombre porque ella no era un lord.

Y luego estaba Virginia como una niña melancólica arrebujada en una silla junto a la ventana con un cabo de vela entre las manos. Si soplaba en la llama se apagaba un recuerdo, explicaba Virginia, al menos por la noche. Así se dormía. Sus sueños eran pájaros de otro mundo. Levantaban el vuelo desde un tejo enano del jardín de su infancia y circundaban el tejado de la casa, graznando, años y años con sus gritos roncos y sus alas negras. Para Virginia Woolf esto era también una vida, la vida de los pájaros sin nido de su mente.

## Virginia Woolf, *Agamemnon,* 1925

En su origen, *Agamenón* fue un relato sobre Casandra, pero a ella la historia de la literatura la había desterrado de ahí. La convirtieron en extranjera dentro de su propio relato. Aguarda, un siglo tras otro, en la frontera, mientras los demás personajes regresan todos a sus hogares.

Todos, incluido Agamenón, no paraban de decirle a Casandra que no hablara de este asunto. Su boca rebosaba de locura y de pájaros, el coro se quedaba consternado ante toda esa sangre y esos huesos menudos.

En 1925, Virginia Woolf había reescrito a mano la historia de Agamenón. Los márgenes suponían ahora la mitad de lo que estaba sucediendo. Puede que Casandra no volviera nunca a casa, pero el cuaderno de Virginia le ofreció muchas más páginas para que se quedara a vivir en ellas. Casandra llenó el nuevo espacio con sus palabras: su locura, sus pájaros. Cuando el coro le dijo que sonaba como un ruiseñor, Casandra protestó: Si fuera un ruiseñor, ¿podría estar acaso escribiendo yo esto? El coro no sabía qué pensar sobre ella. Y ni siquiera Vita, que estaba enamorada de Virginia, entendía la locura ni los pájaros, ni tampoco las zonas sin nido de su mente.

## Virginia Woolf, *Hogarth Press*

A la imprenta manual se destinaban las tardes, para distraerse de las mañanas sobrecargadas de pensamientos. Era sólida, sucia y ocupaba casi todo el comedor. Al principio la propia Virginia Woolf encajaba cada tipo en su lugar; añadía las florituras de los títulos y frontispicios; soplaba con su propio aliento para secar la tinta. Del primer libro cosió incluso su lomo con hilo rojo, de manera que cuando las páginas quedaban abiertas era como un día resplandeciente del invierno: los márgenes blancos como nieve, las negras patitas de los pájaros saltando hacia las bayas rojas del serbal.

Abríamos aquellos libros con manos llenas de reverencia. Desconocíamos qué clases de pájaros podían salir volando de ellos.

## Lina Poletti, 1925

En las ruinas de Gortina había urracas y enigmas. Lina cepillaba el polvo de cada rasguño de la piedra, descubriendo lentamente cada línea del código civil. Allí estaban codificados, en dialecto dórico y en jónico, los antiguos derechos de las mujeres a la propiedad personal, a divorciarse del marido y a heredar de sus madres. De hecho, señaló Lina, la violación se castigaba en la Creta del siglo V a. C. con mayor severidad que en la Italia en que Sibilla había vivido su juventud.

Esa noche, en su carta a Eugenia, Lina describió el único misterio que se le resistía entre las ruinas de Gortina. Era capaz de descifrar las inscripciones y por supuesto de comprender por qué los derechos de las mujeres debían ser fundamentales en cualquier sociedad civilizada. Pero Creta había sido una encrucijada desde los minoicos, la habitaron bizantinos, árabes, griegos, romanos, otomanos, venecianos, todos superpuestos y entremezclados. ¿Por qué esta insistencia de los arqueólogos italianos en afirmar que Gortina representaba únicamente la grandeza de la Grecia clásica? Era como si los arqueólogos fantasearan con una especie de linaje puro traspasado de padre a padre desde Zeus. Pero lo cierto, concluía Lina, es que Creta es una isla tan de Asia o de África como de Europa. Y si no somos capaces de ver esto, no somos mejores que los fascistas.

## Eugenia Rasponi, 1925

Lina, amor mío, le respondía Eugenia en su carta, la policía ha venido a hacernos una nueva visita. ¿Recuerdas que la última vez se interesaron mucho por tus cuadernos de arqueología? Bien, en esta ocasión han tomado prestados algunos de tus libros sobre filosofía oriental. Querían ver también tus poemas, pero por alguna razón no he podido encontrar ninguna copia. A propósito, aquel poeta estadounidense que andaba escribiendo sus *Cantos,* ¿recuerdas?, se ha vuelto muy popular aquí. A la policía y al gobierno les gusta mucho. En serio: tú no deberías escribir ni una carta más sobre cómo entender las islas.

## Nancy Cunard, *Parallax,* 1925

En 1924 la imprenta manual se mudó con Virginia de Richmond a Londres, gimoteando cuando la bajaban por la escalera. En un sótano de Bloomsbury reanudó sus mugrientas y gratificantes tareas. Virginia se miraba las manchas de tinta de las palmas y las yemas amarillentas de los dedos. ¿Qué diría Freud? Todo tenía un significado para él, la manera en que sostenías un cigarrillo, las formas tenues de los sueños que llegaban de la infancia. Siempre había algo que susurraba detrás del telón de los pensamientos diurnos de cualquiera, admitía Virginia, ese algo era con más frecuencia un paralaje que un falo.

El paralaje es un fenómeno de visionado de un mismo objeto desde ángulos diferentes. Desde la perspectiva de un hombre al que conciernen la civilización y sus desasosiegos, una mujer que, por ejemplo, no correspondiera a las atenciones sexuales de los varones sería una fuente de misterio colosal. El telón susurra: ese tal hombre se ve a sí mismo detrás, furtivo e importante. Y así brotan de él volúmenes enteros de poesía y de análisis. Desde la perspectiva de las mujeres en cuestión, el asunto resulta fatigoso. ¿Por qué hemos de hablar siempre de los sueños de los grandes hombres?

En 1925 la Hogarth Press publicó un poema extenso titulado *Paralaje,* de Nancy Cunard. Cuando varios críticos severos afirmaron que el poema de Nancy Cunard era una mera imitación de la obra de un gran hombre, ella se encogió de hombros. El paralaje puede usarse para medir la distancia entre dos perspectivas, especialmente cuando la distancia entre ellas es muy vasta.

## Nancy Cunard, *The Hours Press*

Una imprenta manual es una especie de emperatriz quejosa metida en tu propia casa, le advirtió Virginia Woolf a Nancy Cunard. ¡Cuando le plazca a Milady convocarte tienes que renunciar a tu tarde de ocio! Hay un trabajo penoso día tras día y luego están las eternas manchas de tinta en tus manos.

Sin embargo, Nancy Cunard adquirió su propia imprenta manual. Tenía casi doscientos años y había que restregarse con petróleo para limpiar la tinta. Pero ¡sentir el click de las palabras bajo tus dedos! Además, Nancy sabía por la Hogarth lo que significaba ver que tu poema encontraba su pequeño nido. Con una imprenta propia la literatura ya no es solamente la tierra baldía de los críticos, es también un instante que fluye como un pigmento rojo o negro sobre una página.

Nancy consagraba dieciséis horas diarias a la emperatriz de los libros. Su idea era imprimir solo manuscritos de otros y alentar sobre todo los vuelos poéticos de alto riesgo. Si había una elegía demasiado excéntrica, algún proyecto demasiado raro para que lo publicaran en cualquier sitio, en Las Horas podía encontrar un hogar. Pero Nancy Cunard no ignoró del todo las advertencias de Virginia Woolf y ubicó la imprenta en sus establos.

## Gertrude Stein, *The Making of Americans,* 1925

Podías imaginar a los americanos hechos de cuatro partes de agua por una de fanfarronería. Hervidos y diluidos a cuarenta grados, se quedaban en poco más de media taza. Las delicadas operaciones de batido eran desconocidas para ellos. Pero ¡por Dios, si subían a un automóvil se disparaban! Las nubes se volatilizaban ante la velocidad de los americanos.

Desde 1902, Gertrude Stein comenzó a fabricar americanos todos los días y a eso lo llamaba novela. En 1911 estaba listo el primer lote, pero, como americanos que eran, continuaron en las horas extra. Finalmente en 1925 salieron en una ruidosa fanfarria de novecientas veinticinco páginas con una cubierta que rezaba *The Making of Americans.* Su editor de la ciudad de Nueva York desesperó de venderlos incluso en navidades. Qué pastelón de carne dentro de una nevera resultaron ser esos norteamericanos.

## Natalie Barney, *Amants féminins ou la troisième,* 1926

El libro sobre el triángulo de amantes de Natalie Barney nunca encontró acogida. Quedó en la oscuridad, sin publicarse en 1926, y ahí permaneció. Era una novela autobiográfica titulada *Amantes femeninas o La tercera mujer:* una elegía demasiado excéntrica, una pretensión demasiado rara para cualquier imprenta de Francia. Salían demasiadas mujeres en el libro. Además, esas mujeres estaban todas juntas en la cama, al menos hasta que la última amante de Natalie salía corriendo con su viejo amor, L. de P., en el capítulo quince. ¡Con cuánta vivacidad recordaba N. el *idylle saphique* de L. de P. del año 1899! ¡Los lirios! ¡El cancán! Natalie Barney acabó con ternura el manuscrito y lo echó en un cajón, donde permanecería hasta su muerte.

## Radclyffe Hall, *Miss Ogilvy Finds Herself,* 1926

Buscándose a sí misma, la señorita Ogilvy, conductora de ambulancias durante la guerra, encontró a muchas otras de su clase. La señorita Ogilvy llevaba el pelo corto y no tenía ni idea de cómo ser una chica ni de por qué lo era. Y era drásticamente literal; a sus hermanos les gritaba: ¡Ojalá hubiera nacido hombre! Resumiendo: la señorita Ogilvy había sido siempre una rara clase de persona, decía Radclyffe Hall con toda la intención.

*La señorita Ogilvy* se escribió en 1926, pero permaneció sin publicar muchos años. Cuando estaba cerrando el manuscrito, John sopesó dónde aislarla: ¿en un cajón, en una guerra, en un pozo, en una cueva? Al final, Radclyffe Hall insistió en un tono lamentoso: ella ha de emprender un camino solitario a través de las dificultades de su naturaleza.

Por frases como esta era por lo que evitábamos los libros de Radclyffe Hall. Todas deseábamos que la señorita Ogilvy se encontrara a sí misma y a otras muchas de su clase, pero leerla era como si te martillearan con cada palabra dentro de un orden simbólico que sonaba oxidado. Nuestros oídos sufrían. En secreto no lamentábamos en absoluto que la señorita Ogilvy se retirara a una cueva en la que permanecería hasta su muerte.

## Eileen Gray, E-1027, 1926

Eileen Gray diría únicamente, de modo críptico, que una casa era como un cuerpo. Al final pensó en construir la suya propia, arrancando desde el mismísimo fundamento de la roca. Cada viga debía mostrar una ligadura sutil; cada pared escondería una habitación. Hizo dibujos de alcobas, de librerías, de entradas sumergidas. A quienes le recriminaban que nunca se había formado como dibujante, Eileen Gray les replicaba que había leído todos los libros y que no había nada más técnico que ajustar un torniquete en un cuerpo. Además, añadía Eileen, el mobiliario *es* arquitectura. Es el conjunto de pequeños huesos que articulan una habitación.

Sobre una banda rocosa de playa entre Roquebrune y Cap-Martin donde solo un sendero pedestre llevaba a la carretera, Eileen Gray comenzó la villa que llamaría E-1027. Tenía frescos muros blancos y, por encima de todo, como escribió Eileen más tarde, se detuvo en considerar el problema de las ventanas. Una ventana sin postigos, Eileen lo veía así, era como un ojo sin párpados. Nadie debería verse obligado a vivir en un mondo espacio desnudo pero, especialmente, ni las mujeres ni los artistas. Debía haber siempre un acceso para retirarse a la cámara más íntima, lo mismo que tendría que darse la opción de abrir completamente las ventanas para divisar una ancha franja del mundo frente a ti. Vestida con sus postigos, la casa de Eileen Gray mostraba la forma de un interior a la vez público y protegido. Era una casa con los huecos de un cuerpo construidos en su interior.

## Gertrude Stein, *Composition as Explanation,* 1928

La composición es la cosa vista por cada viviente en el vivir que está haciendo, explicaba Gertrude Stein a los miembros del Club Literario de Cambridge. A esto siguieron algunos labios que se crispaban y algunos ojos vidriándose, pero Gertrude Stein prosiguió: Esto hace la cosa que estamos mirando muy diferente y esto hace lo que hacen de ello quienes lo describen, ello produce una composición, confunde, muestra, es, parece, le gusta cómo es y hace lo que se ve tal y como se ve.

Gertrude Stein tomó aliento y examinó las caras de su audiencia. Las bocas eran pura desorientación, las cejas mostraban recelo. Se había comprometido a dar una serie de conferencias explicando *The Making of Americans,* pero dudaba de que el Club Literario de Cambridge hubiera comprendido el libro mejor que su editor americano. ¿Tal vez los intimidaba su millar de páginas? ¿Quizá todavía pensaban que los retratos tenían que ser cuadros y no libros, casas o vidas en sí mismas?

Tres días después lo intentó de nuevo en Oxford. Pretendía encontrarlos donde estuvieran, en sus extrañas aulas de piedra apenas alcanzadas por el pensamiento moderno. Durante los cuatro siglos anteriores al año 1920 ninguna mujer había sido admitida para graduarse en la universidad. El año 1926 parecía haberse quemado antes de que se iluminaran sus plomados ventanales. Aun así, Gertrude Stein no dejó de hablarles del presente continuo, de escribir la vida en todos sus antes y sus después. Es *eso* lo que hace vivir la cosa que están haciendo, concluyó Gertrude Stein. Tras una larga pausa, la Sociedad Literaria de Oxford dio una escasa y vacilante muestra de aplauso. Gertrude Stein dejó el aula de piedra y ya no volvió a intentar explicar sus ideas a los lectores ingleses hasta que *La composición como explicación* quedó a salvo, publicada por la Hogarth Press.

## Natalie Barney, *Le Making of Americans par Gertrude Stein,* 1927

*The Making of Americans* comenzó su segunda vida cuando Natalie Barney, americana de nacimiento, tradujo trozos del libro al francés. Natalie encontró *Le Making,* como solía llamarlo, refrescantemente lúcido. Era un retrato de su época, si su época pudiera captar cómo las mujeres se componían a sí mismas. Realmente, explicaba Natalie en su prefacio a la traducción, Gertrude Stein no era una escritora en ninguno de los sentidos de la palabra tal como se entendía en el momento presente.

¿Quién era todavía un americano? ¿Era un traductor el fabricante de los americanos extranjeros? ¿Qué es un escritor, en cualquier sentido? Teníamos páginas y páginas de preguntas sobre estas palabras según las entendíamos en el momento presente. De hecho, podríamos haber escrito un libro compuesto en su totalidad por aquello que todavía desconocíamos sobre cómo escribir un retrato en presente continuo.

## Virginia Woolf, *How Should One Read a Book?*, 1926

Había sesenta chicas atentas y sentadas en el suelo del aula de dibujo cuando llegó Virginia Woolf. Era una tarde invernal de 1926 y las escuelas de niñas eran perpetuamente gélidas. Vestía un suéter azul y parecía remotamente divertida. Su charla se titulaba *¿Cómo se debería leer un libro?,* una frase en la que lo esencial era el signo de interrogación, dijo. Porque, de hecho, era una pregunta abierta: ¿cómo vamos nosotras a poner orden en este caos multitudinario y así conseguir el más profundo y el más amplio placer a partir de lo que leemos?

Primero, Virginia Woolf aconsejó a las chicas de la Escuela Pública de Hayes Court que intentaran escribir un capítulo o dos por sí mismas. No hay que alarmarse si una escena se rompe en astillas entre tus manos o si tus personajes aciertan solamente a graznar lugares comunes. La mitad de la escritura de una novela consiste en mirar por la ventana con una blanda desesperanza y con ociosidad. La otra mitad es arrastrar al interior desde el mundo metros y metros de sus cosas más refinadas, grandes ovillos y madejas de escenas y de historias; poco a poco desplegarías las vidas de tus personajes sobre tu escritorio. Si vas paso a paso, lentamente al principio, te encontrarás o bien con que has escrito tu capítulo o bien con que en absoluto te has convertido en escritora, pero sí en una lectora maravillosa.

Pero ¿qué libros deberíamos leer?, preguntó una chica con toda seriedad, haciendo girar las puntas de sus trenzas. Virginia Woolf replicó: si una novela te aburre, déjala. Intenta otra cosa. La poesía es demasiado afín a la ficción para ser una opción buena. Pero la biografía es algo muy diferente. Ve a la librería y toma la vida de cualquiera.

# DIECIOCHO

## Berthe Cleyrergue, nacida en 1904

Berthe Cleyrergue no era una persona insignificante. Se solía decir que la vida de Berthe empezó en 1927, cuando conoció a Natalie Barney. Pero Berthe había nacido en 1904. Al principio la llamaron Philiberthe, un nombre duro de acarrear como una vagoneta. Poco después ella lo cambió por Bébert, el menudo y ágil marimacho de las campiñas de Borgoña. A los diez, ella administraba la granja, a los catorce se marchó a París. Todavía no era el año 1927 y tenía ya vividas varias vidas. Pero Berthe Cleyrergue siempre fue alguien que hizo cosas por sí misma.

## Berthe Cleyrergue, *Carnet de bal,* *Palais D'Orsay,* 1923

Berthe quería bailar, Berthe quería viajar. Amaba, como su padre, una buena copa de Gamay y amaba las canciones que cantaban los jóvenes. Cuando, de niña, Philiberthe cayó enferma, la mantuvieron con vida a fuerza de cucharadas de vino, diluido con agua, sí, pero potente todavía como sangre de toro. En 1923, Berthe acudía a bailar al Palacio de Orsay todos los fines de semana. Su *carnet de bal* era un verdadero objeto de culto. Por aquellos días, una tarjeta de baile era un archivo de miradas lisonjeras y de manos de fuertes nudillos apretándote la espalda. En 1923 trabajó toda la semana para lograr lo que quería: vestidos para bailar y bailar y bailar.

## Berthe Cleyrergue, *Djuna Barnes,* 1925

Djuna Barnes vivía en el distrito quince y hacía sus compras en el dieciséis. Allí fue donde conoció a Berthe Cleyrergue, que venía con los brazos cargados de esas latas de cacao en polvo que no podían encontrarse en ningún otro establecimiento de París. Djuna era una chica inteligente, dijo Berthe, pero llevaba las manos descuidadas: era americana, claro. No mucho tiempo después, Djuna le dejaba un agujero quemado en su alfombra y Berthe tuvo que ir a calmar al casero. Después de esto, Djuna prometió a Berthe que serían amigas para siempre.

## Berthe Cleyrergue, *La señorita Barney,* 1927

Resultaba que Djuna conocía a un sorprendente número de mujeres como ella: americanas, escritoras, mujeres así. Casi ninguna de ellas sabía cocinar. Unas pocas sabían hablar francés. Djuna, que en rigor no sabía hablar francés, ganaba un sueldo precario y cocinaba para sí misma; la señorita Natalie Barney, una heredera que hablaba francés como el mismísimo Luis XIV, jamás había pisado la cocina de su casa. Berthe deseaba trabajar la semana completa y la señorita Natalie Barney iba a pagarle cuatrocientos cincuenta francos, además de cederle un pequeño cuarto en el entresuelo. Así que en 1927 Berthe se mudó a vivir con la señorita Barney al número 20 de la calle Jacob. Sabía cocinar, sabía coser, tenía unos inteligentes ojos verdes que lo observaban todo.

## Berthe Cleyrergue, *Romaine Brooks,* 1927

Berthe conoció a Romaine Brooks en un bullicio de cientos de personas y de sándwiches en el salón de la señorita Barney. Romaine odiaba los bullicios y los sándwiches, amaba la soledad y los pasteles mitad chocolate mitad vainilla. Romaine llevaba ropas negras que hacían más fría cualquier habitación y también más elegante. En casa llevaba prendas negras por las habitaciones negras y pintaba todo el día sin comer. Era cavilosa como un cuervo, Romaine Brooks era así, pero amó a la señorita Barney hasta el final de su vida.

## Berthe Cleyrergue, *Villa Trait d'Union,* 1928

Romaine disponía del ala izquierda de la casa para ella sola. La señorita Barney, en el ala derecha, saturó sus estancias con lámparas de bronce, con alfombras de piel de oso y con vivaces ramilletes de margaritas silvestres. O, para ser exactas, fue Berthe quien colmó las habitaciones de la señorita Barney con espléndidas comodidades y vistosos objetos; en cuanto compraron y bautizaron la villa enviaron a Berthe para que la limpiara y amueblara. Después de dos meses de tareas, Berthe la consideró una obra maestra. La señorita Barney y Romaine se reunieron por fin en el comedor que unía las dos alas independientes de *Trait d'union* y alzaron un brindis por el Guion indeleble que enlazaba sus vidas. Berthe había preparado un pastel mitad chocolate mitad vainilla.

## Berthe Cleyrergue, *La Duchesse, Élisabeth de Gramont,* 1928

La estancia de Élisabeth de Gramont en la villa *Trait d'union* fue deliciosa, como todo aquello en lo que se implicaba la duquesa. Hizo reír a la señorita Barney, dulcificó a Romaine y todas se acercaron a nadar al mar y Colette llegó luego de Saint-Tropez para la cena. La duquesa era como un *coquelicot,* una amapola grana, ella era tan noble por su sangre como la que más, pero resistente como una flor silvestre y, por si fuera poco, comunista. Solía hablar en la radio sobre la revolución con gran elocuencia. El primer día de mayo se celebraba, todos los años, el aniversario de la señorita Barney y de la duquesa: consistía en un almuerzo con vino blanco y seis huevos de avefría cada una.

## Berthe Cleyrergue, *Alice y Gertrude,* 1927

Alice era una de las pocas americanas que sabía cocinar y hablar francés. En una ocasión en la que Berthe trajo de Borgoña una perdiz, Alice se encargó de desplumarla ella sola. Gertrude, por su parte, estaba siempre escribiendo, brusca e impacientemente, ante cualquier interrupción. Gertrude congeniaba con los artistas varones y con los perros, siempre tenía a sus pies un caniche. En 1927 no tenían instalado el teléfono en casa de la señorita Barney, así que era Berthe la que corría calle abajo para entregarles o una invitación o bien un paquete de libros a Alice y a Gertrude.

## Berthe Cleyrergue, *Aventures de l'esprit par miss Barney,* 1927

Entre todos los libros escritos por la señorita Barney, Berthe consideraba que el mejor era *Aventures de l'esprit.* En 1927, la señorita Barney acababa de ponerse a escribirlo y andaba nerviosa, excitada; si llamaba para pedir algo, cuando Berthe subía las escaleras ya había olvidado de qué se trataba. Se mudaba de trajes cuatro veces al día. *Aventuras del espíritu* iba a ser un libro de retratos, le contó a Berthe la señorita Barney; cada poeta tendría su pedestal particular.

La señorita Barney estaba pensando en Renée Vivien, y Berthe se dio cuenta. Una vez, hacía ya mucho tiempo, la señorita Barney y Renée Vivien habían viajado a una isla donde creyeron que todas las poetas recibirían los honores que merecían. Una isla de Grecia, antiquísima, en la que soñaron con construirse una villa llamada *Sapho* y organizar en ella esplendorosas recepciones. Aquel fue el mismo año en que nació Berthe.

## Berthe Cleyrergue, *Colette,* 1927

Pero a todos los demás, Berthe prefería los libros de Colette. También provenía de Borgoña, tenía buen corazón y un carácter vivaz y hacía trinos con sus erres. Colette era dueña de una masa de rizos ingobernables que reventaba en todas direcciones bajo la lluvia de París. Calzaba sencillas sandalias con suelas de cuerda. No era ella uno de esos escritores que ladraban altivos, como Gertrude Stein, a los que no se les podía molestar por nada que no fuera el mismísimo Arte. De niña, Colette había trabajado en *music halls,* sabía bien lo que era sentarse frívolamente en el regazo del poder y sonreír. Hasta su personal de servicio era *sympathique:* desde la villa *Trait d'union* se organizó una breve travesía en barco hasta Saint-Tropez, y allí Berthe conoció al ama de llaves de Colette, y con ella estuvo bailando hasta las cinco de la mañana.

## Berthe Cleyrergue, *La Académie des Femmes,* 1927

Por aquellas fechas, ni una sola mujer había sido admitida en la Academia Francesa. A la señorita Barney esto le parecía, con razón, ridículo. Bastaba con echar una mirada alrededor de su salón para encontrar una docena de mujeres que merecían ese honor mucho más que Paul Valèry. ¡La verdad es que Berthe no daba abasto a hornear suficientes éclairs para alimentar a tantas escritoras de mérito! Así fue como se fundó la Academia de las Mujeres en el número 20 de la calle Jacob. A lo largo de una tanda de viernes de 1927, Berthe sirvió té y crema, y después, con un ceremonial maliciosamente pomposo, una mujer artista quedaba incorporada a la *Académie des Femmes.* El día del ingreso de Colette, la señorita Barney proclamó que su obra era tan supremamente superior a la de los novelistas masculinos que ella debería caminar con sus sandalias de cuerda con mucho cuidado para no pisarles sus cabezas.

## Berthe, 1928

En 1927, Colette nos contó que Natalie Barney, por fin, había encontrado a alguien estable. Habían sido muchos los años de ese deambular de sirvientas, cocineras y chóferes entrando y saliendo del número 20 de la calle Jacob. Bastantes de ellas se escandalizaban demasiado como para quedarse, con esas homosexuales en cada piso de la casa; otras encontraban en la señorita Barney una patrona demasiado irritable. Cuando vimos a Berthe por primera vez con su sobria blusa blanca y los labios apretados pensamos que podría durar tal vez una semana. En su primera recepción, se aferró a las cortinas como un gato espantado.

En 1928 ya sabíamos que Berthe estaba sencillamente captándolo todo con sus verdes ojos inteligentes. Ella sabía bien que Djuna, demasiado pobre para comprar las prendas extravagantes que le apetecían, se envolvía en las capas que otras damas desechaban. Contempló a Romaine en sus estados anímicos como de ceniza quemada, vio nerviosa a Natalie al estrenar un vestido con mangas de globo. Berthe no solo tuvo para sí todas sus vidas; pudo atravesar con su mirada una docena más de vidas en directo. En resumen, Berthe Cleyrergue fue quien nos enseñó que, en cuanto a las amas de llaves, nos habíamos equivocado totalmente.

## Berthe Cleyrergue, *Berthe, ou Un demi-siècle auprès de l'Amazone,* 1980

Cuando casi todas se habían ido ya, Berthe Cleyrergue rememoraba. Había escrito algunas cosas y otras simplemente aguardaban colgadas en su mente como trapos de cocina en sus ganchos. Recordó cuán polvorienta estaba la casa del número 20 de la calle Jacob, y cómo había que salir al jardín para sacudir las alfombras. Recordó su primera recepción de un viernes, la montañosa cantidad de sándwiches, a todas hablando de libros de los que nunca había escuchado hablar. Allí estaba Colette, había al menos otra de Borgoña, riéndose, cuando le regaló la primera novela sobre Claudine, ¿tal vez *Claudine en París?* Allí estaba Berthe, recién llegada a París, con su *carnet de bal* todo garabateado con solicitudes galantes; un instante después, Berthe estaba sirviendo copas flauta de kir para la señorita Barney y para Romaine, que se relajaba, con la piel salada bajo los árboles, después de nadar. Cuando todas murieron, Berthe escribió un retrato de todas las que recordaba, y lo tituló con su propio nombre: *Berthe. Medio siglo de vida junto a la Amazona.* Esa fue la señorita Barney, a quien le gustaba su *pan au raisin* tostado con mantequilla y canela.

# DIECINUEVE

## Colette, *La Naissance du jour,* 1928

Tras leer las cartas de su madre, fallecida en 1912, Colette tomó la decisión de escribir una autobiografía. Pintó en ella el mar dolorosamente azul de Saint-Tropez, varios *affaires* románticos, una visión bucólica de Borgoña con la niebla empañando los canales como el aliento en un espejo. Iba a ser un poema, nos decía Colette un día de 1927. Al día siguiente decía que no, que era una antología de los papeles privados de su madre. Un día más tarde ya era el diario íntimo de un verano, tan sazonado que punzaba en la lengua. ¿Pero de quién era el verano, de quién el diario? Colette, su madre y su hija remitían las tres a los mismos nombres, así que era difícil saber algo.

En 1928 *El nacimiento del día* se publicaba con este epígrafe: ¿Imaginas cuando me lees que estoy pintando mi propio retrato? Pues se trata solo de mi modelo. ¿Qué género, preguntábamos en tono lastimero a Colette, qué género era este? Sonriendo con picardía, Colette contestaba que su *gé-*

*nero* era el femenino: *la naissance, la vie, la morte; voilà!* Colette podía ser insufrible cuando se las daba de ingeniosa; su hija, que tenía entonces quince años, era igual de exasperante. Intentar cargarle una autobiografía a Colette era tan inviable como separar una vida de otra.

## Sibilla Aleramo, *Amo dunque sono,* 1927

¿Has llegado a percibir en esta novela que la novela no existe?, inquirió Colette a un aturdido crítico que se ocupaba de *La Naissance du Jour.* Era un tiempo de paradojas en la autobiografía. Sibilla Aleramo, tras un prolongado silencio, había publicado un libro titulado *Amo, luego existo;* ya desde el título dedujimos que Sibilla nunca se había recuperado de su estancia en Capri en 1918. Incluso a su regreso a Roma, la isla la retenía atrapada en sus estrechos: este era el peligro de los idilios. En años subsiguientes, Sibilla Aleramo permaneció en ese interludio, amoroso e impreciso, flotando con su larga bata. Tomaba amantes y se deshacía lánguidamente de ellos; escribía poemas sobre los vuelos de su propia alma alada.

Entretanto, los fascistas habían llenado Roma como una plaga. En 1922 se declararon patriarcas y patrones de la nación; en 1925, dueños del imperio. Ese invierno atacaron el cortejo fúnebre de Anna Kuliscioff escuadrones de hombres con camisas negras. Pisotearon con sus duras botas las flores de sus coronas funerarias. Anna Kuliscioff no vivió el tiempo suficiente para ver el día en que las mujeres pudieran votar en Italia, vivió solo lo bastante para morir bajo el peso de la dictadura.

Después del funeral, la policía sometió a Lina Poletti a un interrogatorio en su estudio, mientras Eugenia escondía, amontonados, los manifiestos que les quedaban en los dobles fondos de cada silla en la cocina. Los homosexuales fueron recluidos en las marginadas zonas sulfurosas del país. Inmediatamente se proclamó que no existía ni un solo homosexual en toda Italia, no lo permitiría la raza italiana. Había solamente varones italianos en esta hora viril y en posición supina, boca arriba y, bajo sus pies, mujeres italianas cuyo destino era amarlos: *amo dunque sono.*

## Lina Poletti, *circa* 1927

Nunca supimos con exactitud cuándo desapareció Lina Poletti. Todas nosotras habíamos escuchado que la nación italiana no iba ya a permitir ciertas cosas. La policía era cada vez más atosigante en sus interrogatorios. Los fondos de las sillas cayeron desventrados, el sólido suelo de ciudades como Roma vacilaba bajo los pies de sus ciudadanos. Parecía que la raza italiana se estaba coagulando en las venas y expelía todos los cuerpos extraños. Los antiguos monumentos se agrietaban y desmoronaban en un polvo marmóreo que iba saturando el cielo. El coro empezó a toser sin control. Se produjo un levantamiento urgente de pájaros, negros como rendijas en el cielo. Temíamos mucho por la vida de Lina Poletti.

## Eva Palmer Sikelianós, *Festival de Delfos,* 1927

Por fin se hallaba Eva arrodillada sobre el ardiente polvo blanco del gran teatro de Delfos. Había conseguido reunir finalmente todos los hilos en sus propias manos, los préstamos de dinero y los trajes ya tejidos, los cantores y los canteros: a todos los llevó al centro de los círculos de gradas de piedra caliza excavadas en la ladera de la colina. Eva, era obvio, había estado siempre en Delfos, con el templo de Apolo alzándose a su espalda.

En 1927 Eva Palmer Sikelianós celebraba el primer Festival de Delfos desde los tiempos de Esquilo. Ante un tropel de miles de personas, Eva dirigía la danza del coro. En un anillo doble se movían hacia la tragedia; en los versos solemnes se inclinaban ante el destino.

Una actriz, a diferencia de una sibila, no puede perderse a sí misma en el vapor de la locura profética. Es capaz de ver las puras piedras agrietarse ante ella y las fauces despiadadas del mundo entreabriéndose; aun así, recita sus versos, canta su papel. Ha practicado toda su vida el genitivo de memoria. Así continuará eternamente, como si todavía fuera el siglo cuarto anterior a los nuevos dioses, con motas de polvo en su largo cabello gris.

## Casandra, 1927

Biografías sin natalicios, elegías sin fallecimientos: ya casi no narrábamos apenas lo que acotaba una vida. Además, en francés, *genre* designa a la vez el género y la forma de un libro. Algunas autobiografías acababan desintegrándose en el solipsismo, mientras que otras volvían sus partes más cálidas hacia afuera y abrían en su centro una constelación vertiginosa de partes movibles. Lina Poletti desapareció sin revelarnos la orientación de nuestros futuros. Recordamos a Casandra diciéndonos que habríamos de invertir el orden de las cosas: el tiempo giraría de dentro afuera en torno a nosotras, como un retrato que devorara su propio marco.

Pensamos en el hogar de Eileen Gray, una casa que miraba desde debajo de sus párpados. Una bisagra oscilante marcaba la diferencia entre ver y ser escudriñada. Una alcoba era un secreto curvado en torno a las formas de leer o de abrazar. En el interior de la villa E-1027 podría estar retirada una de nosotras, o una multitud, o todas las que alguna vez habíamos estado allí. Reflexionábamos sobre cómo escribir una vida con todas sus habitaciones.

## Natalie Barney, *Le Temple de l'Amitié et ses familiers,* 1928

El dibujo que Natalie Barney hizo de nosotras en 1928 era un mapa configurado como una casa. Atravesaba sus habitaciones un río llamado la Amazona; en el centro, se servía té en un salón. Fuera estaba el jardín de las muertas, con sus espíritus flotando en el reposo del Elíseo alrededor del Temple à l'amitié. El más elevado de los espíritus era por supuesto Renée Vivien, que coronaba las columnas dóricas con la hebra de su nombre. Pero incluso las vivas eran leves garabatos. A fin de abarcar tantas intimidades en una cartografía de por sí plana, Natalie había escrito solo nuestros nombres. Así se nos podría ver desde arriba, como desde un aeroplano, pero reducidas cada una de nosotras a una o dos palabras. Al mirar el mapa tenías que imaginar por ti misma todos los cuerpos y todos los verbos, quién estaba sirviendo el té y quién estaba leyendo su libro en voz alta. Y como era Berthe la que más menudo servía el té, nos preguntábamos si podríamos ser las últimas que veríamos estas habitaciones animadas por cuerpos, las últimas en conocer el interior de una vida como la de Natalie Barney.

## Djuna Barnes, *Ladies Almanack,* 1928

*Almanaque de señoras* era un libro que cerraba todos los postigos y se reía de sí mismo. Si no estabas ya dentro de la novela, era inútil intentar descifrar lo que estaba ocurriendo debajo de su cubierta: solo alcanzabas a escuchar ese divertimento burlón, menádico y privado. Djuna Barnes había cambiado los nombres, pero lo demás era todo descaradamente auténtico. En un capítulo, Lady Buck-and-Balk de los labios finos, con monóculo y acompañada de sus dos pequeños perros gordos y su esposa, la novelista denodadamente inglesa Tilly Tweed-in-Blood, visitaban un amistoso templo que pertenecía a cierta valerosa amazona. Mientras la pareja se queja sin descanso de las leyes parlamentarias que prohíben las más encumbradas variedades de las pasiones, la Amazona sonríe y asiente con la cabeza. Y se ríe para sí misma.

*Almanaque de señoras* se escribió solo para aquellas de nosotras que habíamos visto ya los retratos, aclaró Djuna. Ni siquiera pondría ella su propio nombre en la portada. Pero en rigor, *Almanaque de señoras* fue escrito únicamente para Natalie Barney; era una broma heroicamente privada que se publicó en el año 1928.

## Virginia Woolf, *To The Lighthouse,* primera edición, 1927

Virginia escribió gozosamente en la hoja de guarda de la primera edición destinada a Vita: ¡En mi opinión, la mejor novela que he escrito nunca! Era justo el día de su publicación: un radiante y florido día de mayo, que venía anunciado por sombreros con cintas y cestillos de fresas. Virginia envió el libro de muy buen humor y llamó a Nellie para que sirviera el té afuera, en el jardín.

Dos días después no había ni una mínima respuesta de Vita. Las nubes se desplomaban del cielo. Cada gorrión que se abalanzaba en picado era como una flecha atravesándole el corazón, las fresas se estropearon hasta pudrirse en sus cestillos. Quizás Vita no lo entendía, no lo había entendido nunca. Virginia contenía la respiración.

Por fin llegó una nota de Vita. Por supuesto que Vita había captado la broma, se había reído como un grajo al abrir la copia ficticia de *Al faro,* con cada página en blanco, ¡la mejor novela que nadie pudo escribir! ¡Ojalá Virginia hubiera enviado una ronda de estas copias a cada crítico en Inglaterra!

Y luego Vita ya leyó la novela con todas sus palabras intactas, y se zambulló en sus prodigiosas honduras conteniendo el aliento durante dos días. Leer ese libro era como estar en los brazos de tu amante; la única diferencia estribaba en que las sábanas eran o de seda o de papel.

## Virginia Woolf, *Poetry, Fiction and the Future,* 1927

Con gestos de expectación, los estudiantes de Oxford esperaban sentados en el suelo, ya que justo esa tarde se les iba a transmitir el secreto de la ficción. La señora Virginia Woolf, la notable escritora, lo revelaría.

Virginia Woolf llegó en automóvil con una apariencia ligeramente incómoda. Se situó ante los estudiantes y explicó, durante casi una hora, los secretos de la poesía y de la ficción; y el futuro. Pero los estudiantes apenas escucharon ni una palabra. Estaban completamente paralizados por una presencia cercana de la puerta. Sus caras permanecieron obedientemente atentas a la notable escritora mientras hablaba, pero todo el rato estuvieron girando los ojos hacia los lados, estirando el cuello, insaciables, porque al fondo de la sala se encontraba Vita Sackville-West, la famosa autora de *Desafío* y safista de muy dudosa reputación.

## Virginia Woolf, *Slater's Pins Have No Points,* 1927

Al final del relato Julia besó a Fanny. O Fanny deseó tanto, con un ansia que la dejaba sin aliento, que Julia la besara, que en realidad aquello tuvo que haber ocurrido allí, justo en el salón. O podría no haber sucedido, ya que siendo la señorita Julia Craye una persona tan razonable era bastante inverosímil que tal mujer (algo enigmática, sí) estallara en besos apasionados con su alumna de piano, y sin embargo Fanny lo logró por su pura fuerza. Ella lo inventó todo, su vida, su Julia, la imagen de su propio rostro resplandeciente y aturdido con ese beso. Ella inventó la historia que Virginia Woolf tituló *Los alfileres de Slater no tienen punta*.

Acabo de recibir de América sesenta libras por mi pequeña historia sáfica, ¡una historia a la que el editor no le ha encontrado sentido!, trinaba Virginia en una carta a Vita. Ese modo en que los americanos estaban fabricados comportaba, en el año 1927, que por lo general no les afectaran las insinuaciones de lesbianismo. El relato se publicó en 1928 en Nueva York y fue calificado de ensoñación.

Quizás el único sentido de los aburridos alfileres de Slater, era, para Virginia Woolf, el de sujetar un retal de imaginación a una tarde que de otro modo sería vulgar. O quizá esos alfileres mantenían nuestra esperanza en su sitio, como el clavel que florecía en la solapa de Lina Poletti, la esperanza de que las mujeres pudieran algún día besarse abiertamente en la literatura.

## Isadora Duncan, *My Life,* 1927

Isadora Duncan publicó su autobiografía en 1927, que fue también el año en que falleció. Isadora la tituló *Mi vida,* como si la vida fuera un dominio solo suyo, su patrimonio. Las páginas palpitaban con sus triunfos en el Arte y sus tragedias en el Amor; rememoraba cómo había desdeñado a los ciudadanos corrientes de Atenas en su obsesión por bailar a la luz de la luna sobre la colina de su propiedad. Daba a entender que otras mujeres artistas con costumbres más disolutas podrían acariciarse en las habitaciones de los hoteles de Berlín, pero jamás Isadora Duncan.

En sus últimos años, Isadora sufría temblores causados por la bebida; extendía los brazos como una cariátide desfalleciente, pronunciaba gangosamente algunos aforismos sobre el Arte y el Amor y la Nobleza de la Forma Pura. La historia de su muerte era su propio melodrama. Apareció en todos los periódicos, adoptando una forma trágica, y nosotras no deseábamos repetirla.

## Natalie Barney, *Aventures de l'esprit*

Más allá de Isadora, muchas otras mujeres que conocimos tomarían en sus propias manos el género autobiográfico, desde la doble vida de Sarah Bernhardt a las memorias de Berthe Cleyrergue. Estaban también Colette, que escribía la autobiografía de su madre o tal vez de su hija, y Natalie Barney, que acababa de iniciar el primero de los tres volúmenes de su vida, ampliamente volcados en las cartas y en los retratos de la Académie des Femmes. De hecho, Natalie exclamaría en su salón: ¡Autobiografía *epistolar!,* y rompería a reír.

Ese volumen iba a titularse *Aventuras del espíritu,* nos contó Natalie. El espíritu que sentíamos flotando sobre nosotras era, en el año 1927, mucho más que una gracia privada, rebasaba ampliamente el ámbito de la Académie des Femmes. Anhelábamos no solo que las mujeres se pudieran besar abiertamente en la literatura, sino que la literatura misma se abriera a las mujeres como nunca lo había hecho antes. Íbamos lentamente ganando los volúmenes de nuestras vidas; Ada Bricktop Smith había empezado a apuntar notas para su *Bricktop por Bricktop.*

Rodeadas de todas estas aventuras del espíritu, no contábamos, sin embargo, con una autobiografía de Lina Poletti. Y quizás nunca llegáramos a tenerla.

## Virginia Woolf, *The New Biography,* 1927

En las vidas antiguas, alguien nacía niño, crecía veloz alcanzando las proporciones de un hombre y se preparaba para conquistar su cuota de hazañas memorables. En los capítulos intermedios solía componer un ensayo o anunciar el descubrimiento de la filosofía moderna. Cuando ya había logrado ser una figura aceptablemente eminente, fallecía.

Todas habíamos leído esas viejas vidas, tan tediosas y plúmbeas como los platos de peltre para el té. Eran los imprescindibles en los veintiséis volúmenes del *Diccionario Nacional de Biografía* de Leslie Stephen. Además, esas vidas eran inmutables en su forma, la de un arco tensado desde el nacimiento portentoso hasta el tono elegíaco empleado en los funerales de todo gran hombre. Todos ellos eran grandes hombres, faltaría más: esta era la única forma de vida que había en las viejas vidas.

Por ello, en su ensayo *La nueva biografía,* Virginia Woolf expresó nuestro deseo de otras vidas. Estas nuevas vidas habrían ser más plenas, más libres, a ratos más libertinas y a ratos más tiernas, y adoptarían o bien la forma de las raíces que horadaban a ciegas el suelo del pensamiento consciente, o bien la forma de las olas que venían a romper sobre sí mismas en una orilla llena de cantos rodados, con la espuma retenida en su resaca, con zonas más claras de un verde casi translúcido y zonas oscuras llenas del sobrecogedor estruendo de los guijarros al ser arrastrados hacia los salados abismos, piedras que arañan a otras piedras.

En estas nuevas vidas, escribió Virginia Woolf, existiría esa rara amalgama de sueño y realidad que tan íntimamente conocíamos: se trataba de la alquimia de nuestra propia existencia. Estas biografías aportarían momentos de devenir que durarían siglos; habría más de una vida desplegándose en cada vida. Las líneas no se cortarían en la página justo cuando encontrábamos el amor, y en cada capítulo Safo podría convertirse en una de nosotras, cada vez en una diferente.

# VEINTE

## Virginia Woolf, *The Jessamy Brides,* 1927

*Lucubrare* es un verbo que significa pensar a la luz de una lámpara. En 1927, una noche a altas horas, alumbrada por una lámpara de latón con mecha de baja intensidad, Virginia Woolf concibió un libro nuevo: una fantasía absoluta, anotó en su cuaderno, que se llamaría *Las novias Jessamy.* A la luz de esa lámpara emergieron las siluetas de dos mujeres solas en el ático de una casa. Hizo un boceto de ellas: piernas, sueños, edades.

El safismo ha de quedar sugerido, se dijo Virginia Woolf a sí misma, y también el desenfreno.

Las dos mujeres se acercan juntas a la ventana, su mirada se posa en los árboles que oscilan con el viento nocturno, en el centelleo del mar lejano, en los astros que circulan en sus arcanas órbitas. Desde su atalaya podrían estar vislumbrando Mitilene o Constantinopla. Su futuro era tan nítido y tan sin trabas como una ventana silenciosamente abierta a la medianoche del año 1927. Alrededor de sus cuerpos todo era pura incandescencia.

## Vita Sackville-West, *A Note of Explanation,* 1922

Antes de que una historia pueda ser narrada, escribió Vita Sackville-West, ha de explicarse lo que ha sucedido en la casa. ¿Por qué están encendidas las luces, por qué golpetean las ventanas abiertas, por qué están deshechas y revueltas las camas? ¿Qué inquilino inquieto o qué espíritu errante ha alterado el orden de las habitaciones?

Una posible respuesta podría estar en las dos mujeres del ático. Dos mujeres juntas pueden ser eternamente usadas para desplegar insinuaciones en torno al safismo y desenfreno. Pero la respuesta que proponía Vita Sackville-West era otra, no esa: la de la sombra de una mujer que había vivido varios siglos y había venido a trastornar la casa. Así que *Una nota explicativa* vaticinaba un futuro para alguien cuya vida no cabía ni entre paredes ni entre décadas convencionales. Tras recorrer libremente varias épocas, la protagonista quedaba desconcertada ante la vida moderna. Con gesto quejumbroso chasqueaba los interruptores de las luces eléctricas apagándolas y encendiéndolas, exploró los baños hasta que los grifos sonaron con el agua. Por ello la casa y el ritmo habitual de la vida que la acompaña presentaban un completo desorden a la mañana siguiente.

## Virginia Woolf, *Suggestions for Short Pieces: A Poem,* 1927

Algo acerca de una isla, aventuró Virginia: eso es un poema. Era un paisaje, era un sueño. En esa isla existía el arte de no ahogarse, probablemente había manuales para construir barcos de maderas muy livianas. Habría árboles.

Deseábamos preguntar a Virginia dónde podría ser descubierto el poema, en qué atlas o en qué biografía: ¿cómo podríamos arribar a las playas de ese sueño? ¿Fue yendo a esa isla como desapareció Lina? Quizá Lina esquivó las preguntas y reparó en una isla que únicamente ella podía vislumbrar; quizá en ese mismo instante estaba ella escribiendo para nosotras un manifiesto en forma autobiográfica.

Pero las notas de Virginia a *Un poema* resultaban confusas. Era un paisaje, era un sueño, era una mínima ficha sobre una vida bosquejada en dos o tres líneas no emborronadas por el agua. Manteníamos en nuestros corazones una esperanza de Lina: al menos habría árboles. Entretanto, Virginia había regresado a la segunda posibilidad de sus sugerencias para obras breves: *Una biografía.*

## Virginia Woolf, *Suggestions for Short Pieces: A Biography,* 1927

Una biografía consiste en contar la vida de una persona, explicaba Virginia. Un género que cuenta a las personas como si fueran historias y también cuenta a otras personas cómo leer esas historias. Es un libro que avanza astutamente por esos dos caminos. Una biografía que se centra en su propio sujeto también está volviendo, con una leve reverencia, su rostro hacia sus lectores, como si fuera el baile de la *quadrille,* pero en forma narrativa.

Estas eran las notas de Virginia Woolf cuando empezaba a concebir una nueva clase de biografía. Entendíamos la franqueza de sus orientaciones; ciertamente todas habíamos sentido que había algo de danza en los libros que amábamos. Pero luego, anotándolo con hermosa tinta púrpura en el reverso de la página en la que más tarde iría el título, Virginia Woolf imaginó una vida que todavía no habíamos previsto:

> Sugerencias para obras breves.
>
> *Una biografía.*
>
> Es decir, contar la vida de una persona desde el año 1500 hasta 1928.
>
> Cambiar su sexo.
>
> Tomar diferentes aspectos del personaje en diferentes siglos. La tesis es que un personaje pasa por la clandestinidad antes de nuestro nacimiento y deja también algo como epílogo.

Epílogo: ¿era esto lo que Casandra había profetizado para nosotras? Estábamos abiertas a las sugerencias para obras breves, admirábamos cualquier cambio radical en el género y en la forma. Pensábamos en Lina, que tuvo sus propios métodos para escapar del siglo.

Hacía tanto tiempo desde que arrancamos con nuestros poemas-según-Safo, cuidadosamente adaptados al estilo de los fragmentos, con nuestros cuadros y rubores hechos todos a su semejanza. Tal vez finalmente el futuro de Safo se nos entregaría en las manos bajo forma de paquete de libros anudado con una cuerda. Podíamos abrir, por ejemplo, una biografía de apariencia convencional con sus capítulos netamente divididos y hallar que estaba entretejida con los más extraordinarios filamentos de una vida. Una vida, después de todo, no sucede por sí sola en unidades separadas. Por eso esta biografía había de estar unida con todas nuestras existencias entrelazadas desde el prólogo hasta el índice: rizada, vivaz, lozana. Al final llegaríamos a ser las lectoras de nuestros propios epílogos.

## Virginia y Vita, 1927

Me asaltó la idea de buscar cómo podría yo revolucionar la biografía en una noche, escribió Virginia a Vita, y todo lo que se necesita eres tú. ¿Te importaría? Vita replicó, rendida, que Virginia podía contar con cada cavidad suya, con cada sombra, con cada hilo de nacarado pensamiento y con sus mismísimos tendones si quisiera trenzarlos.

En ese caso, dijo Virginia a Vita, empezaría el libro inmediatamente. Pero estaba muy claro que la biografía había comenzado hacía meses, hacía años, quizá incluso siglos atrás. La tesis era que un personaje se mueve en la clandestinidad antes de que nazcamos, como la sinuosa masa de raíces que se tejen atravesando el subsuelo para anclar un roble a este planeta que gira enloquecido.

## Radclyffe Hall, *Stephen,* 1927

Mientras tanto, en una mansión señorial inglesa que no era Knole, en una habitación con muebles finos y recargados, un niño llamado Stephen estaba recibiendo una excelente educación. Este era el primer borrador. Sin embargo, quedaba ya claro desde la frase inicial, incluso antes de que Stephen hubiera sido concebido, que sería esta una existencia infeliz. El boato del imperio y de la caballería eran caros a Stephen, quien inevitablemente cazaría con perros y cortejaría a las sirvientas como Sir Phillip y los padres de los padres antes que él. En resumen, Stephen Gordon no era simplemente un tipo raro de persona sino también un *gentleman,* dijo Radclyffe Hall a Natalie Barney, que se guardó un suspiro dentro de su taza de té.

## *Regio Decreto,* 1927

En 1927 se declaró en Italia el reclutamiento para la batalla, para una nueva batalla, se apelaba a todos los ardientes corazones de las mujeres y todas las viriles manos de los hombres en nombre de la nación. A pesar de que el gobierno se había apresurado a añadir que nadie debía ser ajusticiado bajo el Regio Decreto de 1927, había un aire solemne y marcial en la empresa. La batalla iba a ser demográfica. De una parte, explicó el gobierno, estaba la *brava gente,* la buena gente de Italia que ahora debía apretarse el cinturón, y de otra parte estaban todos los pueblos inferiores de las tierras extranjeras. El gobierno exhortaba a todos los italianos, salvo a los sacerdotes, a que se consideraran a sí mismos bayonetas en esta batalla, porque habrían de empujar y cortar con gran vigor. Solo de esta manera la raza italiana podría expandirse a fin de colmar su imperio.

Según el Real Decreto se condecorarían con medallas y cintas a las mujeres italianas que parieran más hijos, y quienes permanecieran en una obstinada soltería pagarían una tasa por ello. Los poetas recibirían premios por escribir largos himnos a las familias numerosas. A propósito, Sibilla Aleramo había solicitado recientemente un estipendio del gobierno, ya que estaba escribiendo un artículo llamado *La mujer italiana* que era, como ella misma indicó, una oda de gratitud a los fascistas que habían despertado en las masas femeninas la llamada a su sagrada misión específica de reproductoras de la especie.

Escuchamos en estas palabras cómo se imponía el grave peaje de la hora viril. Nos golpeó como una bayoneta. Nos destrozó el corazón. En cuanto Sibilla recibió su estipendio, se incorporó a la Associazione Nazionale Fascista Donne Artiste e Laureate. A partir de entonces Sibilla Aleramo fue oficialmente una mujer artista afiliada a una nación de fascistas.

El año 1927 fue tan inquietante como las entrañas crudas de los pájaros que deletrean el destino; ansiábamos que Lina Poletti publicara un nuevo manifiesto. Pero Eugenia no tenía noticia de ella, solo que la policía había arrasado la casa del estudio a la cocina. Le habían confiscado sus cuadernos, aunque no habrían podido distinguir un antiguo dialecto dorio de los arañazos de las urracas sobre la piedra. Por todo ello, en lugar de leer la oda de gratitud a los fascistas de Sibilla Aleramo, retomamos aquel manifiesto de Lina de 1921, que se titulaba *Otra vela que se apaga.*

## Virginia Woolf, *Phases in Fiction,* 1927

En 1927, Virginia Woolf se comprometió a escribir aplicadamente un libro sobre las etapas de la ficción. Había una fase en la que todo era romance; luego, un inquietante vuelco hacia el interior que te llevaba a leer todo libro como si una misma lo hubiera escrito; y, por último, la fase de desaliento autorial, porque ¿qué podría decirse a día de hoy sobre las novelas, salvo que el mundo estaba hecho un guiñapo y Virginia andaba enamorada de Vita?

En esa fase de eclipse de la ficción, Virginia vislumbró la silueta de una nueva forma emergente: no era una novela, tampoco era una sombra. Se trataba de la tonalidad de una o dos mujeres pensativas a la luz de una lámpara en el ático de una casa. Antes de que la incandescencia se disipase, Virginia redactó una nota explicativa: una biografía llamada *Orlando: Vita;* solo con un cambio de un sexo a otro.

## Virginia Woolf, *Orlando como chico,* 1927

Orlando arrancaba con un golpe brutal a la parafernalia del imperio y de la caballería. Aún no había cumplido diecisiete años y por eso dejaba que lo meciera de este lado y de aquel otro el viento que entraba por los ventanales abiertos del ático de la gran mansión. Pero cuando vio surgir su propia cara en la fila de pálidos y lúgubres rostros, la de los retratos de todos los padres que le habían precedido, sintió escalofríos y dio un paso atrás. Sus cruzadas y sus colonias, las gentes que habían masacrado o remolcado a través de los mares como esclavos: Orlando no habría de vivir en esa hora viril, decidió Virginia Woolf. Podría ser, sí, un petulante, un ingenuo, un malcriado, un romántico y un arrogante; muchas de nosotras lo éramos. Pero incluso en sus más lamentables estados de ánimo no tendría las manos brutales de sus antepasados. Y por eso, al acabar el primer capítulo, Orlando cerró la puerta de su habitación y se puso a escribir.

## Radclyffe Hall, *True Realism in Fiction,* 1927

La mitad de lo que se consideraba literatura en nuestros días no era verdad, objetó Radclyffe Hall. Daba una conferencia a unos estudiantes de una universidad de Londres que cabeceaban ante la vaga esperanza de una recepción con pastel de ron. El *verdadero* realismo en la ficción, según Radclyffe Hall, era una muy firme devoción por desvelar lo desnudo, lo literal y lo trágico. Un escritor inglés debía atenerse a la forma y dejarse de fantasiosos vuelos de gansos salvajes. Había unas proporciones que respetar, un esquema que seguir. La ficción era un arte tan exacto como cambiar francos a libras esterlinas; solamente de este modo podría un tratado sobre sexología acabar correctamente convertido en una novela.

## Vita y Virginia, 1927

*Jour de ma vie!* era el lema de los Sackville. Significa literalmente «día de mi vida», pero se usaba habitualmente como expresión de cariño. Se podía apostrofar a un ser amado comparándolo con la aurora del día en la vida de unos Sackville o de otros cuando se despertaban desnudos en un lecho de la mansión de Knole sembrado de almohadones con borlas, explicó Vita a Virginia. Vita añadía con descaro, deslizando su mano en el bolsillo de Virginia: o puede ser que ella hubiera estado despierta toda la noche.

Habían viajado en coche hasta Yorkshire las dos juntas para ver el eclipse de sol. ¿Querrías traducirme al francés?, preguntó Virginia a Vita en el silencio insólito que siguió al paso de las sombras. ¿Querrías cederme tu talante? ¿Puedo tomar prestados tu poema, tu abuela y esa chaqueta de terciopelo con la que te exhibes divinamente adorable y despeinada? *Jour de ma vie!,* respondió Vita, puedes disponer de todas mis vidas como si fueran juguetes tuyos.

## Virginia Woolf, *Orlando a su regreso a Inglaterra,* 1928

El año 1928 comenzó con un capítulo nuevo de Orlando. Justo en la víspera, cuando se apagaron los fuegos artificiales y tras ciertas escandalosas habladurías, todo el mundo decía, al irse a la cama, que 1927 había sido un año digno de ser recordado. Virginia Woolf finalmente consiguió su automóvil y contemplaron un eclipse de sol en Inglaterra por primera vez en dos siglos.

Orlando, mientras tanto, había crecido hasta alcanzar una juventud espléndida, con sus bien proporcionadas piernas y el hábito de escribir bazofia. En jardines traseros leía y se ruborizaba; con media sábana drapeada se envolvía los brazos para declamar fragmentos de poesía sáfica. Había cortejado a una aristócrata pueril que hablaba el más perfecto francés; tuvo relaciones con actrices y escribió demasiadas cartas. Después de los imprescindibles desgarros del corazón que hacen avanzar la literatura, se marchó a Constantinopla. En Navidad se escuchaba decir que Orlando se había casado con Rosina Pepita, su propia abuela. Y en las más desoladoras jornadas del invierno de 1927 se propagó el rumor de que Orlando había muerto.

Pero Orlando solo iba por el cuarto capítulo y era bastante vivaz. En la víspera del capítulo cinco, cuando se apagaron los fuegos artificiales y tras ciertas escandalosas habladurías, todos en Constantinopla, al irse a la cama, comentaban lo muy divinamente hermoso y despeinado que lucía Orlando con su chaqueta de terciopelo. *Jour de ma vie!,* murmuraba Orlando, recostándose en un lecho sembrado de almohadones con borlas. Cuando ella despertó, tenía muchas más vidas. Era el año 1928 y aún andábamos por el siglo diecisiete.

## Stephen Gordon, *The Furrow*

*Zut alors!,* clamó Natalie Barney cuando leía el borrador de Stephen al tiempo que el agua de su baño se le iba enfriando. Francamente, Radclyffe Hall había llegado en esta ocasión demasiado lejos. Empapada y llena de irritación, Natalie ordenó a Berthe que le trajera inmediatamente el recado de escribir con su papel azul pálido. Mi querido John, garabateó Natalie, ¿de verdad necesitabas que tu heroína sáfica escribiera una novela llamada *EL SURCO?* Todos los idiotas del Parlamento la leerán y nos va a durar demasiado el fastidio de escucharlos. Cuídate un poco del resto de nosotras.

## Representation of the People Act, 1928

Por fin, en 1928, el Parlamento concedió a las mujeres de Inglaterra, Gales y Escocia el derecho a votar a quienes habrían de gobernar sobre ellas. Es decir, que después de varias decenas de miles de años habitando este territorio los hombres acababan de reconocer que la mitad del Pueblo éramos nosotras. En Italia, en Francia, en Grecia, en Suiza, esta idea no había calado aún. Los hombres de varios gobiernos europeos se resistían a aceptar un futuro de mujeres indóciles con derecho al voto por diversos motivos: que éramos demasiado frívolas, demasiado simplonas, demasiado angelicales, demasiado ignorantes, demasiado astutas, demasiado histéricas, demasiado impuras, demasiado modernas, demasiado atadas al hogar, que no teníamos suficientes propiedades, que no estábamos suficientemente casadas ni éramos suficientemente maduras ni suficientemente educadas ni podía confiarse en que optáramos por votar a los mismos hombres que habían estado votando en contra de nosotras la mayor parte de nuestras vidas. A pesar de todo lo cual, en 1928 nos sentimos muy felices con la idea de que de ahora en adelante Virginia Woolf iba a poder votar.

## Virginia Woolf, *Orlando en la actualidad,* 1928

(Aquí se incorporó otro yo), escribió Virginia Woolf. Era la primavera de 1928. Los personajes que habían estado en la clandestinidad emergían de la tierra perforando el suelo con las puntas verdes de sus dedos. Al otro lado de las grandes masas de agua escuchábamos ese leve sonido. La tarde caía oblicua entre las ramas mientras, tumbadas, mirábamos la verdosa luz moteada de las hojas contra el cielo. En el capítulo sexto también Orlando yacía tendido a la sombra del futuro y dormitaba entre sus raíces. Su caso era el genitivo de memoria, hasta ahora.

*Orlando en la actualidad* era una lámina ilustrada de Vita con una chaqueta de terciopelo, enmarcada por ramas que colgaban de los árboles y maleza silvestre. El libro llegaba casi a su final cuando Orlando comenzó a metamorfosearse en todo al mismo tiempo. Pudimos sentirlo cuando el primer borrador de Orlando quedó concluido, porque el mismísimo aire sonaba con el temblor de las hojas. Lina Poletti nos hubiera podido decir que *aithussomenon* era el clima de los epílogos.

## Radclyffe Hall, *Stephen Gordon,* 1928

A lo largo del año 1928, Radclyffe Hall se entregó con tenacidad a la composición de su novela. La trama general seguía a Stephen Gordon en su proceso de escritura de *El surco,* donde examinaba su cuerpo en el espejo, lloraba y perdía a todos los seres que amaba. Desafortunadamente, en los capítulos centrales Stephen Gordon se marchaba a París, y allí conocía a una carismática amazona que ofrecía poesía sáfica y sándwiches de pepino a las almas descarriladas; una anfitriona tan serena y segura de sí misma, como Radclyffe Hall no paraba de asegurar, que lograba que todo el mundo se sintiera muy normal y valiente solo con reunirse a su alrededor.

A lo largo de varias cenas interminables, se nos quedó bien grabado que John creía en el Imperio británico, en las teorías sexológicas de Krafft-Ebing y en la santidad del matrimonio. Por ello Stephen Gordon rezaba a Dios para que ella pudiera establecerse con una chica llamada Mary en una mansión rural mayormente decorada con cabezas de jabalí disecado.

Pero nosotras, por nuestro lado, no veíamos por qué la estrella polar de una vida debería ser el sentirse muy normal. Además, aunque podríamos admitir que éramos petulantes, ingenuas, malcriadas, románticas y arrogantes, no éramos en absoluto almas perdidas. Llevábamos luchando décadas, a menudo a la desesperada, por los derechos sobre nuestras propias vidas. Nos habíamos arriesgado, habíamos renunciado; estaban las que fueron castigadas por cometer la audacia de ganarse la vida poniéndose los pantalones de sus hermanos y estaban aquellas que a duras penas sobrevivieron a las teorías de los criminólogos. Lina Poletti nos había abierto los ojos, Anna Kuliscioff nos había dejado para continuar con su revolución. ¿Quién de entre nosotras iba a desear ahora la bendición de los hombres o el reclutamiento en sus ejércitos? Creíamos en la Divina Sarah: ¡vida, más vida! Era el año 1928, y le insistíamos a Natalie que había llegado la hora de esos libros en los que podíamos ser poéticamente todos los seres a la vez. Muy a pesar del diagnóstico de Radclyffe Hall, una invertida es alguien que cree que eso sí es posible.

## Radclyffe Hall, *The Well of Loneliness,* 1928

Fue en pleno verano cuando se publicó la novela de Radclyffe Hall. Las que poseían una villa estaban ya tumbadas con las piernas desnudas en sus terrazas, arrulladas por el zumbar ardiente de las cigarras en el pinar. En el césped marchito del jardín de la azotea de Romaine nos sentamos melancólicas a leer en voz alta. Colette, abanicándose en el aire húmedo y gris, nos pedía de vez en cuando traducciones; valientemente alguien se esforzó en explicar el matrimonio anglicano. Pero era en vano. En los desafortunados capítulos centrales, cuando Stephen Gordon se mostraba espantado por la perversidad de los bailes en nuestros bares favoritos de París, Colette se levantó abruptamente.

¿Estos *terribles?* Colette repetía con desdén. ¿Estos *terribles* iban a señalarla con sus temblorosos y afeminados dedos de piel pálida? *Celle-ci n'est pas une vie!* Colette se volvió para gritarnos mientras bajaba las escaleras: *Ce n'est pas notre vie!* Con mucho cansancio terminamos el libro y regamos el peral. Eso no es una vida, no es nuestra vida.

## James Douglas, Reseña a *El pozo de la soledad en el Sunday Express* de Londres, 1928

Soy muy consciente de que la inversión y la perversión sexual son calamidades que se extienden hoy entre nosotros. Alardean de ello en recintos públicos cada vez con creciente descaro y con la más insolente y provocativa bravuconería. Se complacen en su excéntrica notoriedad. He visto cómo la plaga acecha desvergonzadamente las grandes asambleas públicas. He oído cómo susurraban sobre el asunto hombres jóvenes y mujeres que no pueden alcanzar a captar su inconcebible putrefacción. No se puede escapar de este contagio.

Permítanme que advierta a los novelistas y a nuestros hombres de letras que tanto la literatura como la moralidad corren peligro. La literatura no se ha recuperado todavía del perjuicio que provocó el escándalo de Oscar Wilde. A fin de prevenir la contaminación y la corrupción de la ficción inglesa es el deber del crítico imposibilitar que cualquier otro novelista reincida en esta infamia. Preferiría darle a un niño sano o a una niña sana una ampolla de ácido prúsico antes que esta novela.

## Obscene Publications Act, 1857

Al igual que Oscar Wilde antes que ella, se emplazó a Radclyffe Hall ante un tribunal inglés para que explicara el escandaloso espectáculo que había creado tan caprichosamente. O, mejor dicho, Radclyffe Hall no fue convocada. Estaba allí, iracunda, sentada tres filas por detrás mientras el abogado de su editorial tartamudeaba ante el magistrado que en *El pozo de la soledad* todas las relaciones entre mujeres eran de un puro carácter intelectual. El personaje de Stephen Gordon no lo era, por así decirlo, como *esas*. Después de todo, en Inglaterra no había lesbianas: la misma palabra se quedó congelada en la boca de un magistrado.

Un furiosísimo grito de indignación se alzó de la tercera fila. ¡Por Dios, era el año 1928, protestó Radclyffe Hall, estaban en el país más civilizado de toda la Tierra! Una invertida, una lesbiana, una persona tan rara como Stephen Gordon bien podía aparecer: todas ellas, como habían argumentado ilustres sexólogos en sus ensayos, eran criaturas involuntariamente trágicas que merecían la benevolencia británica. Podía suceder que fueran caballeros como lo era ella misma. O podrían ser almas descarriladas. En cualquier caso, sin la magnanimidad de la magistratura todas se ahogarían en un *pozo de soledad.* Ese era el motivo, señaló Radclyffe Hall con abultado énfasis, por el que había titulado su novela *El pozo de la soledad.*

Desde el fondo de la sala, Virginia Woolf tuvo que enterrar su cara en las manos para evitar la larga sarta de exclamaciones que podían salir volando de su boca. Y garabateó en su cuaderno: libro descolorido, tibio, insípido que yace húmedo y plano como una losa en un patio. A su lado, Casandra, con ojos salvajes, apenas podía contenerse. No fue para esto para lo que ella había vivido nuestros futuros.

## Virginia Woolf, *The New Censorship,* 1928

Virginia Woolf, por supuesto, salió elocuentemente en defensa de Radclyffe Hall en cuerpo y alma. Si se prohibían las novelas modernas, escribió en *The New Censorship,* los lectores retornarían sencillamente a los clásicos de la literatura griega y latina, que fueron mil veces más obscenos. No empecemos a diseccionar a Ovidio o a Aristóteles, ¡esos elementos fundacionales de la educación inglesa! Llamada a declarar como experta en la novela moderna, Virginia Woolf preparaba sus notas: ¿Haría el favor el señor magistrado de considerar, solo por un momento, que la sentencia sobre el libro de Radclyffe Hall, calificado como perniciosamente obsceno, se basaba en la opinión de un crítico que recientemente había abogado por dar ampollas de ácido prúsico a los niños?

Sin embargo, en privado Virginia pensaba que *El pozo de la soledad* era una charca de sentimentalismo pegajoso y fariseo que se filtraba e iba empapando su moral en todas direcciones. Incluso peor que intentar leer el libro, le escribió a Vita, era tratar de discutirlo con la propia John, que no toleraría ninguna otra defensa salvo la de que su novela era la obra de un irreprochable genio trágico. Para alivio de Virginia Woolf, el magistrado decidió que las escritoras de novelas modernas no podían considerarse expertas en obscenidad. Así que Virginia pasó el resto de la tarde contemplando la luz pálida y melosa que se filtraba turbia a través de los altos ventanales de la sala del tribunal, como si estuviera sentada en el fondo de un estanque.

## Virginia Woolf, *Orlando: A Biography,* 1928

Pero ¿cuándo podré por fin leer *Orlando?,* Vita urgía a Virginia en cada carta. Apenas necesito decirte que a duras penas podré existir hasta que lo consiga.

Sin embargo, no se puede meter prisa a la ficción que va rumbo al futuro. Orlando quedó publicado el mismo día en el que Orlando proclamaba en la última línea de la novela: Y sonó la duodécima campanada de la medianoche; la campanada duodécima de la medianoche del jueves once de octubre de mil novecientos veintiocho. A la vez que *Orlando* cobraba existencia, con los tipos de imprenta todavía casi presionando la página, la campanada de medianoche señalaba la víspera de Orlando en el tiempo actual. Virginia Woolf hizo encuadernar el manuscrito en piel de ternero y lo envió a Vita como regalo, aunque no era su cumpleaños. Era simplemente el día en que la *vita* de Vita vino al mundo.

Esto era una biografía, lo anunciaba el título. Pero era también una novela, una fantasía total, una visión de dos mujeres en el ático de una casa, una conversación sobre la ficción y acerca del futuro, una biografía novedosa, fragmentos de un poema sáfico, una composición como explicación, una humorada heroicamente privada, una serie de retratos, un manifiesto, un nicho en la historia de la literatura, un experimento de alquimia, una autobiografía y un largo fragmento de la vida de ahora. En rigor nadie sabría decir cuál era su género, resultaba tan veleidoso en su talante y tan anchuroso en su forma como la misma figura de Orlando. Cada vez que Orlando despertaba, había muchas más vidas.

## Virginia Woolf, *Women and Fiction,* 1928

Tras rodear los impecables prados de césped de Cambridge, Virginia Woolf se acercó al tema desde ángulos errantes. Imaginad que leéis una novela, dijo a las estudiantes que la observaban con curiosidad mientras abrían sus cuadernos, y que llegáis a esta frase: A Chloe le gustaba Olivia. Podéis deciros a vosotros mismos: Sí, me acuerdo, durante cientos de años a Chloe le ha gustado Olivia, yacían juntas bajo la sombra de los helechos a la orilla del mar en una isla que nunca hemos olvidado. O, en cambio, podéis temer por las vidas de Chloe y de Olivia, o por la propia novela, que con seguridad quedará prohibida en un plazo breve por algún magistrado en la sala de algún tribunal en la que la luz es como el agua de una zanja. De hecho, las verdades de las mujeres en la ficción han significado problemas desde los tiempos de Casandra.

Sin embargo, si sois capaces de cerrar la puerta de vuestra habitación, podréis intentar escribir la historia de Chloe y Olivia vosotras mismas. Lo primero que hay que hacer es cambiar sus nombres, para que la historia pueda sentirse como propia.

# EPÍLOGO

## Lina Poletti, sin fecha

Finalmente llegó para nosotras el momento de escribir la biografía de Lina Poletti. Habíamos temido por su vida, mas la verdad es que tuvo muchas vidas y que todas ellas, las suyas propias junto a las nuestras, se involucraban entre sí.

Después de *Orlando,* al asomarnos a la ventana veíamos la exuberancia del follaje entrelazándose en su verdor de rama en rama. La mañana radiante, sin vientos y sin muerte, punteaba de luz las hojas hasta que se pusieron a aletear en sus tallos. *Jour de ma vie!* ¡Mañana de mi vida!, nos decíamos unas a otras. Y comenzamos a ir recogiendo por la ventana los enormes ovillos y madejas de historias que nos había cedido el mundo.

En nuestras manos, Lina cambió de nombres. Huyó en mitad de la noche sin prenderle fuego a las trastiendas. En un pueblo llamado Pizzoli puso por escrito su peregrinaje a través del invierno, a través de noches en que las estrellas se retiraban a una distancia infinita de cualquier sentimiento humano. Durante un tiempo llevó víveres, rodando en bicicleta con sus altas botas abotonadas por carriles agujereados de baches, a chozas y graneros donde se escondía la gente. Personas con ojos hambrientos llenos de gratitud le decían que se sorprendían al verla porque no había muchos seres como ella. En la noche, cuando bombardeaban las bibliotecas, ella cruzaba las líneas enemigas; por las mañanas, su voz fervorosa se escuchaba, crepitante, por la radio de alguna ciudad ya liberada. Nosotras somos el antiguo coro, gritaba Lina entre los pitidos de las ondas, nuestras voces no van a ser nunca silenciadas.

Al acabar la guerra viajó a las más polvorientas ruinas de Grecia y allí, con mucha paciencia, iba arañando la tierra desnuda hasta que encontraba una estatua sin ojos, pero aún con escamas de pintura de color verde vivo y dorado, rodeada de pequeños huesos: no era esto lo que había esperado hallar. Así que cambió sus ideas en lo tocante al color de los dioses y de los ciudadanos. Las urracas se instalaban en los árboles junto a las ruinas mientras Lina escribía en su cuaderno: *perdere la propria vita,* que quiere decir, a la vez, perder el decoro, perder la propiedad, perder lo que te delimita, perder las posesiones, el posesivo *impadronirsi* de una vida.

Unos años después, Lina se sentó formando un círculo con otras mujeres para hablar de los derechos que debían poseer. Les tocaba las mejillas cuando estas rompían a llorar. Decidieron abrir, juntas, una biblioteca para prestar libremente los libros prohibidos. La llamaron la Biblioteca de las Mujeres. A Lina la riñeron en alguna ocasión por fumar en esta misma biblioteca; otro día la reprendió una mujer cuando entraba a un baño. *Non sai che cos'è una donna?* ¿Es que no sabes lo que es una mujer?, le espetó. A ella, a Lina Poletti, que había leído ya en 1906, en su primera edición, *Una donna*.

El mundo moderno era a menudo desconcertante, pero Lina Poletti había vivido durante un siglo sin prenderle fuego. Aprendió las palabras nuevas. Ayudó a arrancar de sus pedestales las viejas estatuas. Luchó contra la ley de la sangre, luchó contra la hora viril, luchó por los derechos que Ana Kuliscioff no había alcanzado a ver en vida. Cada vez que asomaban los fascistas, Lina escribía un manifiesto; habrá siempre una vela que no se apagará. Unía sus manos a las de personas que, según le habían dicho, eran indescriptibles, salvajes, invertidas, inferiores, criminales y extranjeras. Marcharon por las calles cantando: *Insieme siamo partite, insieme torneremo:* juntas nos marchamos, juntas regresaremos. Un fragmento está todavía incompleto, solamente juntas hemos de avanzar. Su voz se volvió ronca con los años. Cambió de nombres. Cambió de géneros. Observó con sus ojos incandescentes cómo alcanzábamos el tiempo de nuestro presente.

Escribimos las vidas de Lina Poletti, pero no siempre las comprendimos. De algún modo Lina estaba siempre más allá de nosotras. Ella superaba la ola que nos dejaba atrás a las demás, luchando por respirar. Podía divisar la tierra mientras nosotras estábamos en calma, refugiadas en nuestros interludios. En otras palabras, Lina supo cómo darle la vuelta a su interior y sacarlo al exterior y a otros lugares. Siempre estuvo sirviéndonos de faro hacia adelante, hacia un futuro que no sabíamos aún cómo vivir. Somos el antiguo coro, urgía Lina Poletti a sus compañeras, y adoptamos diferentes aspectos de los personajes según los diferentes siglos. Así la seguíamos al final, más allá de nosotras mismas. O bien la narrábamos para otras lo mejor que podíamos: *esas cosas, ahora, para mis compañeras / voy a cantarlas llenas de belleza.* Safo, fragmento 160.

# AGRADECIMIENTOS

Un extracto de este libro fue publicado en *Speculative Nonfiction* (n.º 3: Erasure, junio de 2020); y otro fue publicado por *Passages North* en julio de 2021.

Los fragmentos de *If Not, Winter: Fragments of Sappho by Sappho,* versión de Anne Carson (copyright de Anne Carson, 2002) se reproducen en la versión original con permiso de Virago Press, un sello de Little, Brown Book Group, UK (todos los derechos reservados). En su versión en castellano (*Si no, el invierno. Fragmentos de Safo,* 2019), con traducción de Aurora Luque, se reproducen aquí por cortesía de la editorial Vaso Roto.

El fragmento de *The Albertine Workout* (copyright de Anne Carson, 2014) se reproduce en la versión original con permiso de Anne Carson y Aragi Inc. (todos los derechos reservados). En su versión en castellano (*Albertine. Rutina de ejercicios,* 2016), con traducción de Jorge Esquinca, se reproduce también por cortesía de la editorial Vaso Roto.

Mi más profundo agradecimiento a Elly y Sam, quienes decidieron que esto iba a ser una novela.

# NOTA BIBLIOGRÁFICA

Esta es una obra de ficción. O quizá sea una hibridación tal de distintos imaginarios y de íntimas no-ficciones, de biografías especulativas y «sugerencias para obras breves» (como las llamaba Virginia Woolf mientras esbozaba *Orlando),* que no pueda optar a hacer parte de categoría alguna. No hay, por ejemplo, ningún registro histórico de Lina Poletti zafándose de sus mantillas mientras gateaba por una iglesia de Rávena. Alessandra Cenni, quien ha trabajado sin descanso para recuperar el rastro histórico de Lina (Cordula) Poletti, se pregunta en la conclusión de su libro *Gli occhi eroici: Sibilla Aleramo, Eleonora Duse, Cordula Poletti: una storia d'amore nell'Italia della Belle Époque* si en verdad Lina pudo haber querido perderse *(perdersi)* en la oscuridad para hacer posibles sus futuras reencarnaciones.

Más aún, hombres como Gabriele d'Annunzio —quien se pavonea prepotentemente en todos los relatos que se han escrito sobre Eleonora Duse y Romaine Brooks— no merecen aquí ni una nota a pie de página sobre con quién se casaron o cómo murieron. Ha sido sorprendentemente sencillo dejar fuera a ese tipo de hombres: un corte rápido y el resto de la historia se sutura sin ellos. Pienso en Vita Sackville-West, quien dijo en una carta en 1919 que la única venganza que se podía ejercer sobre ciertos hombres era rescribirlos descaradamente. Por aquel entonces, todo lo que ella tenía a mano era un capítulo inacabado de su novela *Challenge.*

Así pues, relataba Vita, «anoche fui a Aphros y encarcelé a todos los funcionarios griegos, lo que me proporcionó una satisfacción feroz». Que mi propuesta sobre el género y la ficción se base en una cita de una carta real —que he obtenido de una fuente académica fiable: *The Formation of 20th-Century Queer Autobiography: Reading Vita Sackville-West, Virginia Woolf, Hilda Doolittle, and Gertrude Stein,* de Georgia Johnston— en la que la autora explica que, en un sentido ficticio pero no por ello menos satisfactorio, se ha ido a Grecia una noche para lograr una retribución narrativa por las injusticias cometidas contra su protagonista (con cuyo nombre a veces ella misma se movía por el mundo); esto, creo yo, ilustra el género de la presente obra.

Como explica Saidiya Hartman en su «elenco de personajes» de *Wayward Lives, Beautiful Experiments: Intimate Histories of Riotous Black Girls, Troublesome Women, and Queer Radicals,* un coro bien podría ser «todas las jóvenes anónimas de la ciudad que tratan de encontrar una manera de vivir y están en busca de la belleza». Y, aun así, en su mayoría, las figuras que se han convertido en mis personajes vivieron vidas reales; muchas de ellas dejaron huellas materiales que indican cómo se sintieron en el mundo y con el lugar que tenían en él. Es por ello que he incluido referencias de fuentes primarias (copias de cartas, pinturas, novelas, memorias, fotografías, discursos, etc., que Melanie Micir llama «un archivo diverso de actos biográficos» en *The Passion Projects: Modernist Women, Intimate Archives, Unfinished Lives)* y de las fuentes académicas que he consultado mientras escribía. Todo aquello que he citado, parafraseado o traducido directamente de alguna fuente lo citaré más abajo. Las fuentes que he utilizado sintéticamente o que he consultado de manera general se ofrecen en la bibliografía incluida al final. Cualquier error cometido es mío y, por supuesto, a ninguna fuente se le puede exigir responsabilidades por mi imaginación.

Todas las traducciones de Safo están tomadas del libro de Anne Carson *If Not, Winter: Fragments of Sappho* (Knopf, 2002 [ed. cast. *Si no, el invierno,* traducido por Aurora Luque, Vaso Roto, 2019]), con el que mi libro está profundamente en deuda.

Los extractos de los textos publicados de Sibilla Aleramo pertenecen a *Unna donna* e *Il passaggio,* así como a sus artículos (que se ofrecen en *Gli occhi eroici,* de Alessandra Cenni, y en la antología de Sibilla Aleramo editada por Bruna Conti: *La donna e il femminismo: Scritti 1897-1910);* las traducciones y modificaciones son mías. El material de las cartas de Sibilla Aleramo, Lina Poletti, Eleonora Duse y Santi Muratori está extraído de *Gli occhi eroici* (Cenni) y *de Il tempo delle attrici: Emancipazionismo e teatro in Italia fra Otto e Novecento,* de Laura Mariani; todas las traducciones son mías. La paráfrasis del tratado de Guglielmo Cantarano, «Contribuzione alla casuistica della inversione dell'instinto sessuale», está basada en el artículo «The Origin of Italian Sexological Studies: Female Sexual Inversion, ca. 1870-1900», de Chiara Beccalossi, y en *Amiche, compagne, amanti: Storia dell'amore tra donne,* de Daniela Danna. La paráfrasis de *La donna delinquente: La prostituta e la donna normale,* de Cesare Lombroso, se deriva del artículo de Mary Gibson «Labelling Women Deviant: Heterosexual Women, Prostitutes and Lesbians in Early Criminological Discourse». Los elementos de *A Treatise on the Nervous Disorders of Women,* del doctor T. Laycock, están tomados de *The Lesbian History Sourcebook: Love and Sex Between Women in Britain from 1870 to 1970* (editado por Alison Oram y Annmarie Turnbull), incluido el término «paroxismos de la histeria» y una versión ligeramente alterada de la cita original: *«Young females of the same age, he cautioned, cannot associate together in public schools without serious risk of exciting the passions, and being led to indulge in practices injurious to both body and mind».* Las palabras de Anna Kuliscioff se apoyan en el artículo de Rosalia Colombo Ascari «Feminism and Socialism in Anna Kuliscioff's Writings». Algunos detalles sobre el Congreso Nacional de Mujeres en Italia de 1908 están tomados de *Il primo Congresso delle donne italiane, Roma, 1908: Opinione publica e feminismo,* de Claudia Frattini.

La frase de Nora en la obra de Ibsen, *Casa de muñecas,* se cita en el artículo de Toril Moi «"First and Foremost a Human Being": Idealism, Theatre, and Gender in *A Doll's House*». La descripción de la obra inacabada de Aleramo, *L'assurdo,* está tomada del libro de Charlotte Ross *Eccentricity and sameness: discourses on lesbianism and desire between women in Italy, 1860s-1930s.* El episodio del cochero William Seymour se ha parafraseado de *The Lesbian History Sourcebook,* de Oram y Turnbull.

El fragmento de la portadora de la linterna está parafraseado de la colección de los primeros diarios de Virginia (Stephen) Woolf, *A Passionate Apprentice: The Early Journals, 1882-1941* (ed. Mitchell Alexander Leaska). La frase «la portadora de la linterna no era otra que la presente escritora» es una ligera variación de las palabras de Woolf. El listado del trabajo editorial de Leslie Stephen, incluidas las frases «cada artículo de los veintiséis primeros tomos» y «tintura de gotas de quinina», se toman de la biografía de Virginia Woolf escrita por Hermione Lee. La poeta de quien cito la caracterización de Casandra —«cuando se erguía para vaticinar brillaba como una lámpara en un refugio antiaéreo»— es Anne Carson, y la tomo de «Cassandra Float Can», en su obra *Float*. La frase «Virginia Stephen no había nacido el 25 de enero de 1882, sino muchos miles de años antes, y desde el primer instante tuvo que encontrarse con instintos ya adquiridos por miles de antepasadas» se cita de «A Sketch of the Past», de la propia Woolf, que se incluye en *Moments of Being*. La descripción de Laura Stephen se extrae de la biografía de Hermione Lee, incluyendo (con ligeras alteraciones) las frases «diabólica, malvada, perversa, tremendamente apasionada, extremadamente perturbadora y supremamente patética» y «una niña alelada de mirada ausente que apenas sabía leer» (esto lo cita Lee de «Old Bloomsbury», de Woolf, recogido en *Moments of Being),* así como la sentencia «le dije que se fuera». El título «LOGICK o el uso correcto de la razón con un surtido de reglas para prevenir el error en asuntos de religión y de la vida humana, así como en las ciencias», y el episodio en el que se profana provienen de *A Passionate Apprentice* (editado por Leaska), al igual que una versión de las palabras de la señorita Janet Case: «Destaquemos el muy raro tipo de genitivo del tercer verso». «The Serpentine» se escribió en el diario de Virginia (Stephen) Woolf en 1903; la nota de suicidio citada y algunos detalles provienen de esa misma entrada, reimpresa en *A Passionate Apprentice*. El texto «Reseña a *El toque femenino en la literatura de ficción»* («Review of *The Feminine Note in Fiction»),* de Virginia (Stephen) Woolf, apareció originalmente en *The Guardian* el 25 de enero de 1905 (su cumpleaños) y se recoge en el primer volumen de *The Essays of Virginia Woolf, 1904-1912* (ed. Andrew McNeillie). He incorporado dos citas ligeramente modificadas de su reseña: «que cada vez más novelas eran escritas por y para mujeres, y que eran las culpables en grado creciente de que la novela como obra de arte estuviese desapareciendo», y «después de todo, ¿no es demasiado pronto para criticar "el toque femenino" en cualquier asunto? ¿Y no sería una mujer el crítico adecuado de otras mujeres?».

La descripción que Radclyffe Hall hace de Natalie Barney (como el personaje de Valérie Seymour) está tomada, con ligeras modificaciones, de *El pozo de la soledad*. Las palabras de Léo Taxil se citan de su libro de

1894 *La corruption fin-de-siècle,* aunque la traducción es mía. La frase de «Retorno a Mitilene», de Renée Vivien, está citada de la tesis de Lowry Gene Martin II: «Desire, Fantasy and the Writing of Lesbos-sur-Siene, 1880-1989» (las traducciones son mías). La descripción de *Comment les femmes deviennent écrivains,* de Aurel, se toma de *Gli occhi eroici* (Cenni).

La expresión del ardor de Matilde Serao por Eleonora Duse, así como los términos «Nennella», «commediante» y «la smara», están tomados de *Eleonora Duse: A Biography,* de Helen Sheehy. La descripción de los orfanatos (incluida la tasa de mortalidad en el orfanato Santissima Annunziata y el término «niños de la Madonna») se basa en el artículo «Motherhood through the Wheel: The Care of Foundlings in Late Nineteenth-Century Naples», de Anna-Maria Tapaninen. La descripción de la ley de paternidad francesa se toma del texto «Seduction, Paternity, and the Law in Fin de Siècle France», de Rachel G. Fuchs. La identificación de Eleonora Duse con Madame Robert en *L'assurdo,* de Sibilla Aleramo, es sugerida por Laura Mariani en *Il tempo delle attrici,* y mi interpretación —muy vaga— de las líneas de «Gli inviti», de Lina Poletti, se sirve del texto del poema reimpreso en *Gli occhi eroici,* de Cenni. La línea del «Retrato de Mabel Dodge en Villa Curonia», de Gertrude Stein, se cita de la obra *Selected Writings of Gertrude Stein,* editado por Carl Van Vechten. La descripción de la entrevista de Eleonora Duse de 1913 reelabora una sugerencia de Lucia Re en «Eleonora Duse and Women: Performing Desire, Power, and Knowledge».

El verso 52 de Heroides XV (Carta de Safo a Faón), de Ovidio, se cita de la edición de Loeb (*Heroides. Amores,* traducida por Grant Showerman). La descripción de la técnica utilizada por Giacinta Pezzana para comprimirse los pechos *(binding)* al caracterizarse como Hamlet, así como los comentarios de Pezzana sobre cómo meterse en el personaje, se basan en dos artículos de Laura Mariani: «Portrait of Giacinta Pezzana, Actress of Emancipationism (1841-1919)» e «In scena en travesti: il caso italiano e l'Amleto di Giacinta Pezzana». La frase de la carta de Giacinta Pezzana a Sibilla Aleramo en 1911 se cita de *L'attrice del cuore. Storia di Giacinta Pezzana attraverso le lettere,* de Laura Mariani. La referencia al término de jerga «gousse d'ail» proviene de *Sapphic Fathers: Discourses of Same-Sex Desire from Nineteenth-Century France,* de Gretchen Schultz, mientras que la perspectiva de Sarah Bernhardt sobre la moralidad de Fedra se basa en lo relatado en sus memorias: *Ma double vie.* «Un idilio de

Teócrito» es una cita del diario de Virginia (Stephen) Woolf, publicado en *A Passionate Apprentice,* texto que describe su viaje a Grecia. La descripción de sus viajes y ejercicios de traducción incorpora algunos elementos de sus entradas de diario en los años 1905 y 1906. La descripción de las puestas en escena de Natalie Barney de *Équivoque* y *Dialogue au soleil couchant* se basa, por un lado, en *Performing Antiquity: Ancient Greek Music and Dance from Paris to Delphi, 1890-1930,* de Samuel Dorf (que es también la fuente de los versos de Gorgo: «Tu vida es tu poema / el más hermoso», tomado de *Équivoque),* y, por otro lado, en el texto de Artemis Leontis, *Eva Palmer Sikelianós: A Life in Ruins,* así como en *Traces of Light: Ausence and Presence in the Work of Loïe Fuller,* de Ann Cooper Albright. La conversación entre Eva Palmer y la señora (Stella) Patrick Campbell se inspira en la autobiografía de Eva Palmer-Sikelianós *Upward Panic,* editada por John P. Anton. El lema de Sarah Bernhardt está registrado en sus memorias, *Ma double vie.*

Los *Idilios* de Teócrito están reunidos en el volumen de Loeb *Theocritus. Moschus. Bion* (editado y traducido por Neil Hopkinson). La línea «Tranquila junto a un mar luminoso y risueño» se toma del poema de Oscar Wilde «Theocritus: A Villanelle», publicado en *The Collected Poems of Oscar Wilde* (edición de Anne Varty). Las memorias de Isadora Duncan, *My Life,* proporcionaron algunos elementos utilizados en la descripción de los proyectos que los Duncan llevaron a cabo en Grecia.

Las entradas del *Dictionnaire érotique moderne* (1864) de Alfred Delvau están tomadas de la obra de Gretchen Schultz, *Sapphic Fathers,* y de la de Nicole G. Albert, *Lesbian Decadence: Representations in Art and Literature of Fin-de-Siècle France,* respectivamente. El verso del poema de Gertrude Stein «Rico y pobre en inglés» se cita del artículo de Joanne Winning «The Sapphist in the City: Lesbian Modernist Paris and Sapphic Modernity», que además rastrea las relaciones espaciales generadas por las librerías La Maison des Amis des Livres y Shakespeare and Company en «Odéonia» —como llamó Arienne Monnier a ese espacio que se creó en Rue de l'Odéon—, en lo que podría analizarse como una posible geografía lésbica de la «Margen izquierda» de París. He recopilado detalles sobre la librería de Monnier basándome en el artículo de Martine Poulain «Adrienne Monnier et la Maison des Amis des Livres, 1915-1951»; y los detalles sobre Sylvia Beach proceden de su propia obra, *Shakespeare and Company.* Que Eileen Gray «lamentaba que su padre se obcecara en pintar los tostados paisajes ardientes de Italia en lugar de todos los grises fríos que se mostraban satinados y sedosos en su condado de nacimiento» es citado, con ligeras variaciones, de una entrevista a Gray reproducida en *Eileen Gray: Her Work and Her World,* de Jennifer Goff. La conexión entre la pintura de Romaine Brooks *The Screen* (también llamada *The Red Jacket)* y los primeros trabajos de Eileen Gray es sugerida por Jasmine Rault en *Eileen Gray and the Design of Sapphic Modernity: Staying In;* Rault también proporciona una breve descripción de Jack. La comparación de Damia con un «boxeador de feria en reposo» fue realizada por el crítico de danza André Levinson, como señala Kelley Conway en *Chanteuse in the City: The Realist Singer in French Film.*

La descripción de la puesta en escena de la *Electra* de Sófocles en el París de 1912, con Eva Palmer Sikelianós y Penelope Sikelianós Duncan, debe mucho a *Eva Palmer Sikelianós: A Life in Ruins,* de Artemis Leontis; Leontis también defiende que la pasión de Eva por la música y el teatro griegos se acrecentaron como una forma de aproximación a Penélope. La cita sobre Electra, quien «se alza ante nosotras atada con tanta fuerza» y «a cada mínimo movimiento nos ha de contar lo más extremo», se toma con ligeras alteraciones de «Sobre el desconocimiento del griego» («On Not Knowing Greek»), de Virginia Woolf (incluido en *The Common Reader).* Mi representación del verbo griego λυπειν y sus implicaciones se basa en «Screaming in Translation», de Anne Carson. «La chica griega» es el título de una sección en las memorias inéditas de Romaine Brooks, de la que se reproducen algunos extractos en «The Toll of Friendship: Selections from the Memoirs of Romaine Brooks», de Timothy Young.

La explicación del *ius sanguinis* se basa en la que proporciona Lucia Re en su artículo «Italians and the Invention of Race: The Poetics and Politics of Difference in the Struggle over Libya, 1890-1913» (del que parafraseo la afirmación de Pisanelli: «El elemento principal de la nacionalidad es la raza»); en el señalamiento de sus impactos coloniales estoy en deuda también con el relato de Angelica Pesarini, «Non s'intravede speranza alcuna», publicado en *Future* (obra colectiva compilada por Igiaba Scego). El retrato del pensamiento racista de figuras como Mantegazza y Orano se inspira en *Vital Subjects: Race and Biopolitics in Italy, 1860-1920,* de Rhiannon Noel Welch, así como en «Italians and the Invention of Race», de Re (del que he traducido aproximadamente los versos de Sibilla Aleramo en «L'ora virile» sobre las guerras entre países —y razas— y las mujeres que acaban apoyándolas). «Oscar Wilde's Salomé: Desorienting Orientalism», de Yeeyon Im, es la fuente de la descripción que hace Wilde de Sarah Bernhardt como esa «serpiente del Nilo antiguo» que imaginó como la Salomé ideal.

La utilización de las mayúsculas en palabras como «Belleza» durante la descripción de la ideología de Isadora Duncan (así como su crítica a sus políticas raciales) sigue la pauta que marcó Ann Daly en «Isadora Duncan and the Distinction of Dance». El encuadre del verso de Casandra «Itys, itys» continúa el trabajo de Emily Pillinger, *Cassandra and the Poetics of Prophecy in Greek and Latin Literature.* La descripción del traje de Ida Rubinstein en *Cleopatra* se basa en «Ida Rubinstein: A Twentieth-Century Cleopatra», de Charles S. Mayer, que también es la fuente de la descripción del retrato de Romaine Brooks de Ida caminando en la nieve con su «largo abrigo de armiño».

Las citas —con variaciones— de los ensayos de Virginia Woolf están tomadas de los relatos «Mr Bennett and Mrs Brown» (también llamado «Character in Fiction» y reimpreso en *The Essays of Virginia Woolf, vol. 3: 1919-1924,* editado por Andrew McNeillie) y «A Society» («Una sociedad»), que apareció en *Monday or Tuesday.* He parafraseado algunas partes del primer ensayo en mi sección «Virginia Woolf, *Mr Bennet and Mrs Brown,* 1924», y citado de ahí (con una ligera alteración) la famosa frase «fue más o menos hacia diciembre de 1910 cuando la mentalidad humana cambió». La frase «cada año moría un buen porcentaje de mujeres por enfermedades vinculadas al parto» se cita del relato «Una sociedad», de Woolf, el cual describe las ideas de la «Sociedad del Futuro», de una misoginia sistémica. La alusión a las «jóvenes de la sociedad futura», tomada de la dedicatoria de Pierre Louÿs en *Les chansons de Bilitis* —que Natalie Barney repite en su *Cinq petit dialogues grecs*— se cita del artículo de Tama Engelking «Translating the Lesbian Writer: Pierre Louÿs, Natalie Barney, and "Girls of the Future Society"». «Objetos, comida, aposentos» son secciones del libro de Gertrude Stein *Tender Buttons.* La alusión a la «Libreria delle Artrici» de Eleonora Duse como «una habitación propia» viene del artículo de Lucia Re «Eleonora Duse and Women». El retrato de Casandra en el *Agamenón* de Esquilo está en deuda con «Cassandra Float Can», de Anne Carson, en *Float*. La frase «hijas de hombres bien educados» es de *Tres Guineas,* de Virginia Woolf. La paráfrasis de *Women and Soldiers,* de la señora Ethel Alec-Tweedie y la cita «¡Por todos los dioses, las mujeres nos han aniquilado! Pronto acabaremos tan extinguidos como el dodo» son del artículo de Laura Doan «Topsy-turvydom: Gender Inversion, Sapphism, and the Great War», al igual que la referencia al *Manual del motor para la mujer,* de Gladys de Havilland. La caracterización de Virginia Woolf de la Primera Guerra Mundial como una «absurda ficción masculina» es citada por Anne Fernihough en «Modernist Materialism: War, Gender, and Representation in Woolf, West, and HD», haciendo referencia a una carta de Woolf a Margaret Llewyn Davis de enero de 1916. La información sobre el artículo 14, incluidos los nombres de las mujeres comerciantes registradas en el censo de 1911 en Bolonia, proviene del artículo «Economic autonomy and male authority: female merchants in modern Italy», de Maura Palazzi. La descripción del pacifismo de Natalie Barney se deriva de «Imagining a Life», de Mary Eichbauer, aunque he alterado ligeramente la cita que ella toma de *Pensées* de Barney.

«El mundo moderno, a la vista está, va a perecer bajo una inundación de fealdad» es una cita de *El pozo de la soledad,* de Radclyffe Hall, atribuida a Pierre Louÿs, pero introducida en la novela como un sentimiento que Valérie Seymour compartiría. La cita «Per voi, per voi tutte, cadute» se toma de *Il poema della guerra,* de Lina Poletti, siendo mías —y muy libres— las traducciones de esa frase y de algunas otras. El himno que comienza con «Siamo il grido...» es del movimiento transfeminista contemporáneo Non Una di Meno, el cual he traducido. «¡Oh, Casandra!, ¿por qué me atormentas?» es una cita de «Una sociedad», de Woolf.

«Cuando lo inacabado, lo incompleto, lo no escrito, lo no regresado llegaron juntos a su manera fantasmal y se revistieron con el semblante de lo completo» es una cita de «Noche y día», de Virginia Woolf. En *La lámpara que no ardió,* de Radclyffe Hall, la joven Joan Ogden es «sorprendida cortándose el pelo con una navaja». El fragmento del artículo de Élisabeth de Gramont, «Les lacques d'Eileen Gray», se publicó originalmente en *Les feuillets d'art* en marzo de 1922, y se cita aquí del libro de Jennifer Goff, *Eileen Gray: Her Work and Her World.*

La afirmación de Noel Pemberton Billing sobre que «las esposas de los hombres en altos cargos estaban enredadas en un éxtasis lesbiano en el que se traicionaban los secretos más sagrados del Estado» se cita del ensayo de Deborah Cohler, *Citizen, Invert, Queer: Lesbianism and War in Twentieth-Century Britain,* que analiza el caso de Maud Allan. Del libro de Cohler también se extraen las siguientes citas (de la transcripción del juicio, de una carta privada y de los debates parlamentarios de 1921, respectivamente): «Clítoris... un órgano superficial que, cuando se excita indebidamente o se encuentra hipertrofiado, ejerce la más terrible influencia sobre cualquier mujer»; «Lord Albermarle, de quien se dice que entró al Turf [club] y dijo: "¡Nunca he oído nada de Clítoris, ese tipo griego del que tanto se habla hoy en día!"»; y «asunto repulsivo». Algunos detalles de la vida de Ada Bricktop Smith, incluida la frase «Nacida en Virginia-del-Oeste-por-la gracia-de-Dios», son de *Bricktop's Paris: African American Women in Paris between the Two World Wars,* de Denean Sharpley-Whiting, con un vistazo a la vida nocturna basado en la obra de Robert McAlmon y Kay Boyle: *Being Geniuses Together, 1920-1930.* El episodio sobre el sello de autógrafos de Josephine Baker se relata en las memorias de Ada Bricktop Smith *(Bricktop by Bricktop),* que se cita en el libro de Sharpley-Whiting.

La pregunta «¿No es acaso tarea del novelista el transmitir este espíritu cambiante, incógnito e incircunscrito, sea cual sea la aberración o la complejidad que pueda mostrar?» es una cita de «Modern Fiction», de Virginia Woolf, incluida en *The Common Reader.* La expresión de Virginia Woolf «quiero hacer la vida más y más plena» se cita de *The Diary of Virginia Woolf* (vol. 2: 1920-1924), editado por Anne Olivier Bell. En una entrada de su diario de 1925 (por lo tanto, en el vol. 3: 1925-1930), Woolf escribe: «Tengo una idea: inventaré un nuevo nombre para mis libros que sustituya al de "novela". *Un nuevo ___ de Virginia Woolf.* ¿Pero qué? ¿Elegía?». El tercer volumen de los diarios es también es la fuente de la cita «(Quiero empezar a describir mi propio sexo)». El episodio de Rachel Footman en Oxford se parafrasea de *Bluestockings,* de Jane Robinson (que es un extracto de las memorias inéditas de Footman: «Memories of 1923-1926»). El retrato de Clarissa Dalloway se deriva de *La señora Dalloway,* de Virginia Woolf, que incluye la frase «interesada en la política igual que un hombre».

La frase de la carta de Virginia Woolf de 1925 a Vita Sackville-West «si tú me vas a inventar, yo te inventaré a ti» se cita de *Desiring Women: The Partnership of Virginia Woolf and Vita Sackville-West,* de Karyn Z. Sproles. La frase en romaní «man camelo tuti» (y su traducción) se citan de «Gypsies and Lesbian Desire: Vita Sackville-West, Violet Trefusis, and Virginia Woolf», de Kirstie Blair, y está incluida originalmente en una carta de Violet Trefusis a Vita Sackville-West. La discusión sobre los pájaros, Casandra y la locura en los escritos de Virginia Woolf debe mucho a «Finding Asylum for Virginia Woolf's Classical Visions», de Emily Pillinger. La afirmación «mediterraneanista» de Lina Poletti acerca de la necesidad de descentrar Europa en las concepciones de lo clásico se deriva de una afirmación en una de sus cartas a Santi Muratori: «Rispetto all'Asia-Africa, da cui la Grecia esce, e non più rispetto all'Europa, come si è fatto fin qui», que se cita en *Gli occhi eroici,* de Cenni. La descripción de *Parallax* (Paralaje), de Nancy Cunard, parafrasea una afirmación de Oliver Tearle en *The Great War, The Waste Land and the Modernist Long Poem.* La explicación apasionada del pigmento de la tinta de imprenta de Nancy Cunard, «rojo o negro», está tomada de sus memorias *These Were the Hours.* Las siguientes líneas son citas de «Miss Ogilvy Finds Herself» (La señorita Ogilvy se encuentra a sí misma), de Radclyffe Hall: «Muchas otras de su clase», «ella ha de emprender un camino solitario a través de las dificultades de su naturaleza», y «¡Ojalá hubiera nacido hombre!». La idea de Eileen Gray del «problema de las ventanas», es decir, que «una ventana sin postigos era como un ojo sin párpados», apareció publicada originalmente en un número de *L'architecture vivante* (1929) y se cita aquí de *Eileen Gray and the Design of Sapphic Modernity,* de Jasmine Rault; Rault también brinda una descripción detallada de la villa E-1027 y sugiere vínculos temáticos con las obras de Radclyffe Hall y de Virginia Woolf. Aquí se citan tres líneas de *Composition as Explanation* (La composición como explicación), de Gertrude Stein (que se presentó inicialmente como una serie de charlas en Cambridge y Oxford en 1926, y fue publicado por Hogarth Press más tarde ese año; el ensayo fue finalmente reimpreso en *What Are Masterpieces* en 1940): «La composición es la cosa vista por cada viviente en el vivir que está haciendo»; «Esto hace la cosa que estamos mirando muy diferente y esto hace lo que hacen de ello quienes lo describen, ello produce una composición, confunde, muestra, es, parece, le gusta cómo es y hace lo que se ve tal y como se ve»; y «Es *eso* lo que hace vivir la cosa que están haciendo». El elogio de Natalie Barney a Gertrude Stein se cita de *Adventures of the Mind: The Memoirs of Natalie Clifford Barney* (trad. John Spalding Gatton). Del ensayo de Virginia Woolf «How Should One Read a Book?» (¿Cómo se debería leer un libro?) —que nació como charla en 1926 en Hayes Court Common School for Girls, y cuyo texto fue finalmente revisado para *The Common Reader:*

*Second Series* en 1932— he citado las siguientes frases: «¿Cómo vamos nosotras a poner orden en este caos multitudinario y así conseguir el más profundo y el más amplio placer a partir de lo que leemos?» y «si una novela te aburre, déjala. Intenta otra cosa. La poesía es demasiado afín a la ficción para ser una opción buena. Pero la biografía es algo muy diferente. Ve a la librería y toma la vida de cualquiera». El primero se cita de la versión de *The Common Reader: Second Series,* y el segundo de un borrador manuscrito de la conferencia reproducido en el artículo de Beth Rigel Daugherty «Virginia Woolf 's 'How Should One Read a Book?'».

El relato de la vida de Berthe Cleyrergue se inspira sobre todo en sus memorias, *Berthe ou Un demi-siècle auprès de l'Amazone,* de las que he parafraseado y traducido numerosos fragmentos.

De *La Naissance du Jour* (El nacimiento del día), de Colette, he traducido el epígrafe y una cita posterior de Colette dirigida a un crítico. La frase «la hora viril» alude al ensayo de Sibilla Aleramo *L'ora virile* (1912), que Lucia Re analiza en «Italians and the Invention of Race». Lady Buck-and-Balk y Tilly Tweed-in-Blood son personajes de *Ladies Almanack* (Almanaque de señoras), de Djuna Barnes. La inscripción de la copia ficticia de *To the Lighthouse (Al faro)* que Virginia Woolf envió a Vita Sackville-West proviene del libro de Hermione Lee, *Virginia Woolf.* La nota de Woolf a Sackville-West sobre la publicación en Estados Unidos de su relato «Los alfileres de Slater no tienen punta» se cita de *The Letters of Virginia Woolf, Vol. 3: 1923-1928* (editado por Nigel Nicolson y Joanne Trautmann), y he parafraseado algunas secciones de ese relato. La cita «esa rara amalgama de sueño y realidad» proviene de «The New Biography» (La nueva biografía), de Virginia Woolf, que se incluye en *The Essays of Virginia Woolf, Vol. 4* (ed. Andrew McNeillie).

He citado de *The Diary of Virginia Woolf, Vol 3: 1925-1930* (ed. Anne Olivier Bell) una serie de frases breves que ilustran la concepción de *The Jessamy Brides* (Las novias Jessamy) y la inspiración que supuso para *Orlando.* Se citan extractos de las notas de Virginia Woolf en «Suggestions for short pieces» (Sugerencias para obras breves) sobre «Una biografía» y «Un poema» de la introducción de Suzanne Raitt e Ian Blyth a la edición de Cambridge de *Orlando* (que cita el borrador manuscrito). He citado algunas frases de las cartas de Virginia Woolf a Vita Sackville-West de 1927 (comprendidas en *The Letters of Virginia Woolf, Vol 3: 1923-1928),* incluyendo «te llevaba a leer todo libro como si una misma lo hubiera escrito», «Me asaltó la idea de buscar cómo podría yo revolucionar la biografía en una noche», y «¿Te importaría?». Como es evidente, he descrito algunos personajes y elementos de la trama de *A Note of Explanation* (Una nota explicativa), de Vita Sackville-West, *El pozo de la soledad,* de Radclyffe Hall, y *Orlando,* de Virginia Woolf (del que también he citado la última línea).

La declaración de Sibilla Aleramo en *La donna italiana* en la que atribuye a Mussolini el haber «despertado en las masas femeninas la llamada a su sagrada misión específica de reproductoras de la especie» se cita de «The Body and the Letter: Sibilla Aleramo in the Interwar Years», de Carole C. Gallucci (la traducción es suya). La descripción de Virginia Woolf de Vita como «divinamente adorable, un poco despeinada, con una chaqueta de terciopelo», tomada de una carta a Clive Bell en 1924, se cita (con ligeras modificaciones) de la introducción de Raitt y Blyth a *Orlando.* La frase «(Aquí se incorporó otro yo)» se cita de *Orlando;* la pregunta «¿Estos *terribles* iban a señalarla con sus temblorosos y afeminados dedos de piel pálida?» proviene de *El pozo de la soledad.* La defensa organizada por los abogados de Jonathan Cape durante el juicio por *El pozo de la soledad* —por ejemplo, que «todas las relaciones entre mujeres eran de un puro carácter intelectual»— se cita con una ligera alteración de «Lesbianism, History, and Censorship: *The Well of Loneliness* and the Suppressed Randiness of Virginia Woolf 's *Orlando*». El análisis que hizo Virginia Woolf en privado acerca de *El pozo de la soledad* —«libro descolorido, tibio, insípido que yace húmedo y plano como una losa en un patio»— se cita de *Lesbian Scandal and the Culture of Modernism,* de Jodie Medd. Extractos de la reseña de *El pozo de la soledad* escrita por James Douglas para el *Sunday Express* en 1928 se citan de forma absolutamente textual (simplemente he reordenado las oraciones) a partir de la reimpresión de «A Book That Must Be Suppressed» en *Palatable Poison: Critical Perspectives on The Well of Loneliness* (eds. Laura Doan y Jay Prosser). La carta de Vita Sackville-West a Virginia Woolf pidiéndole una copia de *Orlando* se cita de la edición de *Orlando* de Raitt y Blyth. «A Chloe le gustaba Olivia» es, como es sabido, una cita de *Una habitación propia* (1929), de Virginia Woolf, obra presentada originalmente como una serie de charlas en Cambridge en octubre de 1928.

*«Insieme siam partite / Insieme torneremo / Non una, non una / Non una di meno»* es un cántico del movimiento transfeminista italiano con-

temporáneo Non Una di Meno (la traducción es mía). «*Perdere la propria vita*», frase extraída de una carta que Lina Poletti escribió a Santi Muratori en 1933, se cita de *Gli occhi eroici,* de Alessandra Cenni; la glosa es mía.

# BIBLIOGRAFÍA

Adam, Peter. *Eileen Gray: Her Life and Work.* Londres: Thames & Hudson, 2019.

Ahmed, Sara. *Living a Feminist Life.* Durham y Londres: Duke University Press, 2017 [ed. cast. *Vivir una vida feminista.* Trad. María Enguix. Manresa: Bellaterra Edicions, 2018].

Albanese, Matteo, Christian Raimo, Igiaba Scego, y Anna Simone. *Politica della violenza: Per un antifascism al passo coi tempi: note su razzismo, sessismo e crisi dello Stato-nazione.* Milán: Fondazione Giangiacomo Feltrinelli, 2020.

Albert, Nicole G. *Lesbian Decadence: Representations in Art and Literature of Fin-de-Siècle France.* Trad. Nancy Erber y William Peniston. Nueva York: Harrington Park Press, 2016.

—. «Renée Vivien, d'un siècle à l'autre». *Diogène* 228, 4 (2009): 146-150.

Albright, Ann Cooper. «The Tanagra Effect: Wrapping the Modern Body in the Folds of Ancient Greece». En *The Ancient Dancer in the Modern World: Responses to Greek and Roman Dance.* Ed. Fiona Macintosh. Oxford: Oxford University Press, 2010: 57-76.

—. *Traces of Light: Absence and Presence in the Work of Loïe Fuller.* Middletown, CT: Wesleyan University Press, 2007.

Aleramo, Sibilla. *Andando e stando.* [1921]. Milán: Feltrinelli, 1997.

—. *Il passaggio.* [1919]. Ed. Bruna Conti. Milán: Serra e Riva Editori, 1985.

—. *Lettere d'amore a Lina.* Ed. Alessandra Cenni. Milán: Savelli, 1982.

—. *Amo dunque sono.* [1927]. Milán: Mondadori, 1982.

—. *Una donna.* [1906]. Milán: Feltrinelli, 1982 [ed. cast. *Una mujer.* Trad. Melina Márquez. Madrid: Altamarea, 2020].

—. *La donna e il femminismo: Scritti 1897-1910.* Ed. Bruna Conti. Roma: Editori Riuniti, 1978.

Alfieri, Gabriella. «"Fare le Italiane". Il romanzo come testo modellizzante tra Otto e Novecento». *The Italianist* 38:3 (2018): 384-401.

Angelini, Claudia Bassi. «Aspetti della mobilitazione civile nella provincia di Ravenna durante la Prima guerra mondiale: dai comitati femminili di assistenza ai "bambini viennesi"». En *La Grande Guerra nel Ravennate (1915-1918).* Ed. Alessandra Luparini. Rávena: Longo, 2010: 87-115.

—. *Le 'signore del fascio': L'associazionismo femminile fascista nel Ravennate (1919-1945).* Rávena: Longo, 2008.

—. «L'associazionismo femminile a Ravenna nel prima metà del Novecento». En *Le Camere del lavoro italiane: esperienze storiche a confronto.* Rávena: Longo, 2001: 117-155.

Apter, Emily. «Acting Out Orientalism: Sapphic theatricality in turn-of-the-century Paris». En *Performance and Cultural Politics.* Ed. Elin Diamond. Nueva York: Routledge, 1996: 15-36.

Ascari, Rosalia Columbo. «Feminism and Socialism in Anna Kuliscioff's Writings». En *Mothers of Invention: Women, Italian Fascism, and Culture.* Ed. Robin Pickering-Iazzi. Minneapolis: University of Minnesota Press, 1995: 1-25.

Aurel. *Comment les femmes deviennent écrivains.* [1907]. París: BnF, 1987.

Avery, Simon, y Katherine M. Graham, eds. *Sex, time and place: queer histories of London c.1850 to the present.* Londres y Nueva York: Bloomsbury Academic, 2016.

Baldanza, Frank. «Orlando and the Sackvilles». *PMLA* 70.1 (1955): 274-279.

Bardi, Abby. «The Gypsy as Trope in Victorian and Modern British Literature». *Romani Studies* 16.1 (2006): 31-42.

Barnes, Djuna. *The Ladies Almanack.* [1928]. Normal, IL: Dalkey Archive Press, 1992.

Barkway, Stephen. «"Oh Lord what it is to publish a best seller": The Woolfs' Professional Relationship with Vita Sackville-West». En *Leonard and Virginia Woolf, the Hogarth Press and the Networks of Modernism.* Ed. Helen Southworth. Edimburgo: Edinburgh University Press, 2010: 234-259.

Barney, Natalie Clifford. *Actes et entr'actes.* [1910]. Internet Archive, 28 de junio de 2019.

—. *Quelques Portraits: Sonnets de Femmes.* [1900]. Verona: L'Imprimerie Articolor, 1999.

—. *Nouvelles Pensées de l'Amazone.* [1939]. París: Ivrea, 1996.

—. *Adventures of the Mind: The Memoirs of Natalie Clifford Barney.* Trad. John Spalding Gatton. Nueva York: New York University Press, 1992.

—. *A Perilous Advantage: The Best of Natalie Clifford Barney.* Ed. y trad. Anna Livia. Norwich, VT: New Victoria Publishers, 1992.

—. *Aventures de l'esprit.* [1929]. París: Editions Persona, 1982.

—. [Tryphé]. *Cinq petit dialogues grecs: antithèses et parallèles.* París: Éditions de la Plume, 1902.

Bassanese, Fiora A. «Sibilla Aleramo: Writing a Personal Myth». En *Mothers of Invention: Women, Italian Fascism, and Culture.* Ed. Robin Pickering-Iazzi. Minneapolis: University of Minnesota Press, 1995: 137-165.

Beach, Sylvia. *Shakespeare and Company.* [1956]. Lincoln: University of Nebraska Press, 1991.

Beccalossi, Chiara. «The Origin of Italian Sexological Studies: Female Sexual Inversion, ca. 1870-1900». *Journal of the History of Sexuality* 18.1 (2009): 103-120.

Benadusi, Lorenzo, Paolo L. Bernadini, Elisa Bianco, y Paola Guazzo. «In the Shadow of J.J. Winckelmann: Homosexuality in Italy During the Long Nineteenth Century». En *Homosexuality in Italian Literature, Society, and Culture, 1789-1919.* Ed. Lorenzo Benadusi *et. al.* Newcastle upon Tyne: Cambridge Scholars Publishing, 2017: 1-28.

Ben-Ghiat, Ruth, y Mia Fuller, eds. *Italian Colonialism.* Nueva York y Basingstoke: Palgrave Macmillan, 2005.

Ben-Ghiat, Ruth y Stephanie M. Hom. *Italian Mobilities.* Nueva York: Routledge, 2016.

Bennett, Claire-Louise. *Pond.* Nueva York: Riverhead Books, 2016.

Benstock, Shari. «Paris Lesbianism and the Politics of Reaction, 1900-1940». En *Hidden From History: Reclaiming the Gay and Lesbian Past.* Ed. Martin Bauml Duberman, Martha Vicinus, y George Chauncey, Jr. Nueva York: New American Library/Penguin Books, 1989: 332-346.

—. *Women of the Left Bank: 1900-1940.* Austin: University of Texas Press, 1986.

Bernhardt, Sarah. *Ma double vie: Mémoires de Sarah Bernhardt.* [1907]. Ed. Claudine Hermann. París: Éditions des Femmes, 1980.

Biagini, Elena. «R/estistenze. Giovani lesbiche nell'Italia di Mussolini». En *Fuori della norma: storie lesbiche nell'Italia della prima metà del Novecento.* Ed. Nerina Milletti y Luisa Passerini. Turín: Rosenberg & Sellier, 2007: 97-133.

Bizot, Richard. «The Turn-of-the-Century Salome Era: High- and Pop-Culture Variations on the Dance of the Seven Veils». *Choreography and Dance* 2.3 (1992): 71-87.

Blair, Kirstie. «Gypsies and Lesbian Desire: Vita Sackville-West, Violet Trefusis, and Virginia Woolf». *Twentieth Century Literature* 50.2 (2004): 141-166.

Boldrini, Laura. *Questo non è normale: come porre fine al potere maschile sulle donne.* Milán: Chiarelettere, 2021.

Bonnet, Marie-Jo. «Sappho, or the Importance of Culture in the Language of Love: Tribade, Lesbienne, Homosexuelle». Trad. Anna Livia. En *Queerly Phrased: Language, Gender, and Sexuality.* Ed. Anna Livia y Kira Hall. Oxford: Oxford University Press, 1997: 147-166.

Brand, Dionne. *The Blue Clerk: Ars Poetica in 59 Versos.* Durham, NC: Duke University Press, 2018.

—. *A Map to the Door of No Return: Notes to Belonging.* Toronto: Penguin Random House/Vintage Canada, 2011.

Briggs, Julia. *Reading Virginia Woolf.* Edimburgo: Edinburgh University Press, 2006.

Brittain, Vera. *Radclyffe Hall: A Case of Obscenity?* Londres: Femina, 1968.

Burns, Edward, ed. *The Letters of Gertrude Stein & Carl Van Vechten, 1913-1946.* Nueva York: Columbia University Press, 2013.

Butler, Judith. *Undoing Gender.* Nueva York y Londres: Routledge, 2004 [ed. cast. *Deshacer el género.* Trad. Patricia Soley-Beltrán. Barcelona: Paidós, 2006].

Buttafuoco, Annarita, y Marina Zancan, eds. *Svelamento: Sibilla Aleramo: una biografia intellettuale.* Milán: Feltrinelli, 1988.

Cantarano, Guglielmo. «Inversione e pervertimenti dell'istinto sessuale». *La Psichiatria: gazzetta trimestrale* 8 (1890): 275-293. https://archive.org/details/psichiatriagazz03unkngoog/.

—. «Contribuzione alla casuistica della inversione dell'istinto sessuale». *La psichiatria, la neuropatologia e le scienze affini: gazzetta trimestrale* 1 (1883): 201-216.

Carson, Anne. *Float.* Nueva York: Knopf, 2016 [ed. cast. *Flota.* Trad. Jordi Doce Andrés Catalán. Lugo: Cielo Eléctrico, 2019].

—. *The Albertine Workout.* Nueva York: New Directions Books, 2014 [ed. cast. *Albertine. Rutina de ejercicios.* Trad. Jorge Esquinca. Madrid: Vaso Roto, 2016].

—. *If Not, Winter: Fragments of Sappho.* Nueva York: Knopf, 2002 [ed. cast. *Si no, el invierno.* Trad. Aurora Luque. Madrid: Vaso Roto, 2019].

—. «Translator's Foreword: Screaming in Translation». En *Sophocles' Electra.* Ed Michael Shaw. Nueva York: Oxford University Press, 2001: 41-47.

—. *Eros the Bittersweet.* Champaign, IL: Dalkey Archive Press, 1998.

Casalini, Maria. *La Signora del Socialismo italiano: Vita di Anna Kuliscioff.* Roma: Editori Riuniti, 1987.

Castle, Terry. *The Apparitional Lesbian: Female Homosexuality and Modern Culture.* Nueva York: Columbia University Press, 1993.

Cavalieri, Pier Luigi. *Sibilla Aleramo, gli anni di Una donna. Porto Civitanova 1888-1902.* Ancona: affinità elettive, 2009.

Caws, Mary Ann, y Sarah Bird Wright. *Bloomsbury and France: Art and Friends.* Nueva York: Oxford University Press, 2000.

Cenni, Alessandra. *Gli occhi eroici: Sibilla Aleramo, Eleonora Duse, Cordula Poletti: una storia d'amore nell'Italia della Belle Époque*. Milán: Mursia, 2011.

—. «Ritratto d'un amazzone italiana: Cordula Poletti (1885-1971)». En *Fuori della norma: storie lesbiche nell'Italia della prima metà del Novecento.* Ed. Nerina Milletti y Luisa Passerini. Turín: Rosenberg & Sellier, 2007: 43-71.

Chadwick, Whitney, y Tirza T. Latimer. *The Modern Woman Revisited: Paris between the Wars.* New Brunswick, N.J: Rutgers University Press, 2003.

Chadwick, Whitney, y Joe Lucchesi. *Amazons in the Drawing Room: The Art of Romaine Brooks.* Berkeley: University of California Press, 2000.

Chalon, Jean. *Chère Natalie Barney: Portrait d'une sédutrice.* París: Flammarion, 1992.

Cleyrergue, Berthe. B*erthe ou Un demi-siècle auprès de l'Amazone/souvenirs de Berthe Cleyrergue; recueillis et précédés d'une étude sur Natalie C. Barney par Michèle Causse.* Ed. Michèle Causse. París: Éditions Tierce, 1980.

Cline, Sally. *Radclyffe Hall: A Woman Called John.* Londres: J. Murray, 1997.

Coffman, Chris. «Woolf's Orlando and the Resonances of Trans Studies». *Genders* 51 (2010): 1-18.

Cohler, Deborah. *Citizen, Invert, Queer: Lesbianism and War in Twentieth-Century Britain.* Minneapolis: University of Minnesota Press, 2010.

Colette. *La Naissance du Jour.* [1928]. París: Flammarion, 1993.

—. *En pays connu.* [1950]. París: Fayard, 1986.

Conti, Bruna. *"Postfazione". Sibilla Aleramo: Il passaggio.* Milán: Serra e Riva Editori, 1985: 105-121.

—. «Introduzione». *Sibilla Aleramo: La donna e il femminismo: Scritti 1897-1910.* Ed. Bruna Conti. Roma: Editori Riuniti, 1978: 7-35.

Conway, Kelley. *Chanteuse in the City: The Realist Singer in French Film.* Berkeley: University of California Press, 2004.

Cramer, Patricia Morgne. «Virginia Woolf and Sexuality». En *The Cambridge Companion to Virginia Woolf.* 2.ª ed. Ed. Susan Sellers. Cambridge: Cambridge University Press, 2010: 180-196.

Cunard, Nancy. *Parallax.* [1925]. Londres: Parataxis Editions, 2001.

—. *These were the Hours: memories of my Hours Press, Reanville and Paris, 1928-1931.* Ed. Hugh D. Ford. Carbondale: Southern Illinois University Press, 1969.

Dade, Juliette. «Ineffable Gomorrah: The Performance of Lesbianism in Colette, Proust, and Vivien». *Women in French Studies* 20 (2012): 9-20.

—. «Exploring Sapphic Discourse in the Belle Époque: Colette, Renée Vivien, and Liane de Pougy». Conferencia en University of Illinois at Urbana-Champagne, 2009.

Dalgarno, Emily. *Virginia Woolf and the Migrations of Language.* Cambridge: Cambridge University Press, 2011.
—. *Virginia Woolf and the Visible World.* Cambridge: Cambridge University Press, 2001.
Daly, Ann. *Done into Dance.* Middletown, CT: Wesleyan University Press, 2002.
—. «Isadora Duncan and the Distinction of Dance». *American Studies* 35.1 (1994): 5-23.
Danna, Daniela. «Beauty and the Beast: Lesbians in Literature and Sexual Science from the Nineteenth to the Twentieth Centuries». En *Queer Italia: same-sex desire in Italian literature and film.* Ed. Gary Cestaro. Nueva York: Palgrave Macmillan, 2004: 117-132.
—. *Amiche Compagne Amanti: Storia dell'amore tra donne.* Trento: UNI Service, 2003.
Daugherty, Beth Rigel. «Virginia Woolf's "How Should One Read a Book?"». *Woolf Studies Annual* 4 (1998): 123-185.
de Céspedes, Alba. *Dalla parte di lei.* [1949]. Milán: Mondadori, 1994.
De Donno, Fabrizio. «Routes to Modernity: Orientalism and Mediterraneanism in Italian Culture, 1810-1910». *California Italian Studies* 1.1 (2010). http://escholarship.org/uc/item/920809th.
—. «La Razza Ario-Mediterranea: Ideas of Race and Citizenship in Colonial and Fascist Italy, 1885-1941». *Interventions: International Journal of Postcolonial Studies* 8:3 (2006): 394-412.
de Gramont, Élisabeth [E. de Clermont Tonnerre]. «Les lacques d'Eileen Gray». *Feuillets d'art* 3 (1922): 147-48.
De Grazia, Vittoria. *How Fascism Ruled Women: Italy, 1922-1945.* Berkeley: University of California Press, 1992.
DeJean, Joan. *Fictions of Sappho, 1546-1937.* Chicago: University of Chicago Press, 1989.
Del Boca, Angela. «The Myths, Suppressions, Denials, and Defaults of Italian Colonialism». En *A Place in the Sun: Africa in Italian Colonial Culture From Post-Unification to the Present.* Ed. Patrizia Palumbo. Berkeley: University of California Press, 2003: 17-36.
De Leo, Maya. «"No Lesbian-free Zones!" Percorsi Di Storiografia Lesbica per Una Lettura Del Novecento». *Contemporanea* 15.4 (2012): 696-702.

Dellamora, Richard. *Radclyffe Hall: A Life in the Writing.* Filadelfia: University of Pennsylvania Press, 2011.

Delvau, Alfred. *Dictionnaire érotique moderne par un professeur de langue vert.* [1864]. París: BnF, 2007. https://gallica.bnf.fr/ark:/12148/bpt6k50519s.

de Pougy, Lianne. *Idylle saphique.* [1901]. París: Alteredit, 2003.

Derbew, Sarah. «Mapping Black Antiquity», *Black Perspectives (African American Intellectual History Blog),* 11 de noviembre de 2021. https://www.aaihs.org/mapping-black-antiquity/.

Detloff, Madelyn. «Strong-armed Sisyphe: feminist queer modernism again... again». *Feminist Modernist Studies* 1:1-2 (2018): 36-43.

—. «Modern Times, Modernist Writing, Modern Sexualities». En *The Cambridge Companion to Lesbian Literature.* Ed. Jodie Medd. Cambridge: Cambridge University Press, 2015: 139-153.

DiBattista, Maria. «Introduction». *Orlando: a biography, by Virginia Woolf.* Notas de Maria DiBattista. Ed. Mark Hussey. Nueva York: Harcourt Books, 2006: xxxv-lxvii.

Dilts, Rebekkah. «(Un)veiling Sappho: Renée Vivien and Natalie Clifford Barney's Radical Translation Projects». *Refract: An Open Access Visual Studies Journal* 2.1 (2019): 79-110.

Doan, Laura. «Miss Ogilvy Finds Herself: The Queer Navigational Systems of Radclyffe Hall». *English Language Notes* 45.2 (2007): 9-22.

—. «Topsy-turvydom: Gender Inversion, Sapphism, and the Great War». *GLQ* 12.4 (2006): 517-542.

—. *Fashioning Sapphism: The Origins of Modern English Lesbian Culture.* Nueva York: Perseus, 2001.

Doan, Laura, y Jane Garrity. «Introduction». En *Sapphic Modernities: Sexuality, Women and National Culture.* Ed. Laura Doan y Jane Garrity. Nueva York: Palgrave Macmillan, 2007: 1-13.

Doan, Laura, y Jay Prosser, eds. *Palatable Poison: Critical Perspectives on the Well of Loneliness.* Nueva York: Columbia University Press, 2001.

Dominijanni, Ida. *Il trucco: sessualità e biopolitica nella fine di Berlusconi.* Roma: Ediesse, 2014.

Dominijanni, Ida, *et al.* «Salto della specie». *Punto di vista. Libreria delle donne di Milano/Circolo cooperativo delle donne "Sibilla Aleramo".* 12 de mayo de 2020. http://www.libreriadelledonne.it/puntodivista/contributi/salto-della-specie/.

Dorf, Samuel N. *Performing Antiquity: Ancient Greek Music and Dance from Paris to Delphi, 1890-1930.* Nueva York: Oxford University Press, 2018.

—. «Dancing Greek Antiquity in Private and Public: Isadora Duncan's Early Patronage in Paris». *Dance Research Journal* 44.1 (2012): 5-27.

—. «Seeing Sappho in Paris: Operatic and Choreographic Adaptations of Sapphic Lives and Myths». *Music in Art* 34.1-2 (2009): 291-310.

Douglas, James. «A Book That Must Be Suppressed». En *Palatable Poison: Critical Perspectives on The Well of Loneliness.* Ed. Laura Doan y Jay Prosser. Nueva York: Columbia University Press, 2001: 36-38.

Drake, Richard. «Sibilla Aleramo and the Peasants of the Agro Romano: A Writer's Dilemma». *Journal of the History of Ideas* 51.2 (1990): 255-272.

DuBois, Page. *Sappho.* Londres: I.B. Tauris, 2015.

Duckett, Victoria. «The Actress-Manager and the Movies: Resolving the Double Life of Sarah Bernhardt». *Nineteenth Century Theatre and Film* 45.1 (2018): 27-55.

—. *Seeing Sarah Bernhardt: Performance and Silent Film.* Champaign: University of Illinois Press, 2015.

Duncan, Isadora. *My Life.* Nueva York: Horace Liveright, 1927.

Dutton, Danielle. *Attempts at a Life.* Saxtons River, VT: Tarpaulin Sky Press, 2007.

Eichbauer, Mary. «Imagining a Life». *Journal of Lesbian Studies* 4.3 (2000): 1-29.

Elliott, Bridget, y Jo-Ann Wallace. *Women Artists and Writers: Modernist (im)positionings.* Nueva York: Routledge, 1994.

—. «Fleurs Du Mal or Second-Hand Roses?: Natalie Barney, Romaine Brooks, and the "Originality of the Avant-Garde"». *Feminist Review* 40.1 (1992): 6-30.

Ellmann, Lucy. *Ducks, Newburyport.* Norwich: Galley Beggar Press, 2019.

Engelking, Tama Lea. «Translating the Lesbian Writer: Pierre Louÿs, Natalie Barney, and "Girls of the Future Society"» *South Central Review* 22.3 (2005): 62-77.

—. «Renée Vivien's Sapphic Legacy: Remembering the "House of Muses". *Atlantis* 18:1-2 (1992): 125-141.

Evaristo, Bernardine. *Girl, Woman, Other.* Nueva York: Black Cat/Grove Atlantic, 2019 [ed. cast. *Niña, mujer, otras.* Trad. Julia Osuna Aguilar. Madrid: AdN, 2019].

Fabre-Serris, Jacqueline. «Anne Dacier (1681), Renée Vivien (1903): Or What Does it Mean for a Woman to Translate Sappho?». En *Women Classical Scholars: Unsealing the Fountain from the Renaissance to Jacqueline de Romilly.* Ed. Rosie Wyles y Edith Hall. Oxford Scholarship Online: 2016. DOI:10.1093/acprof:oso/9780198725206.003.0005.

Faderman, Lillian. *Surpassing the Love of Men: Romantic Love and Friendship Between Women from the Renaissance to the Present.* Nueva York: William Morrow, 1971.

Farfan, Penny. *Performing Queer Modernism.* Nueva York: University of Oxford Press, 2017.

Fernihough, Anne. «Modernist Materialism: War, Gender, and Representation in Woolf, West, and H.D». En *A History of the Modernist Novel.* Ed. Gregory Castle. Cambridge: Cambridge University Press, 2015: 231-253.

Ferrante, Elena. *I margini e il dettato.* Roma: Edizioni E/O, 2021 [ed. cast. *En los márgenes: sobre el placer de leer y escribir.* Trad. Celia Filipetto Isicato. Barcelona: Lumen, 2022].

Fogu, Claudio. «We Have Made the Mediterranean; Now We Must Make Mediterraneans». En *Critically Mediterranean: Temporalities, Aesthetics, and Deployments of a Sea in Crisis.* Ed. yasser elhariry y Edwige Tamalet Talbayev. Cham: Palgrave Macmillan, 2018: 181-197.

—. «From Mare Nostrum to Mare Aliorum: Mediterranean Theory and Mediterraneism in Contemporary Italian Thought». *California Italian Studies,* 1.1 (2010). http://dx.doi.org/10.5070/C311008856.

Folli, Anna. *Penne leggère. Neera, Ada Negri, Sibilla Aleramo: Scrituttre femminilli italiane tra Otto e Novecente.* Milán: Guerini e Associati, 2001.

Franco, Susanne. «Eleonora Duse e Isadora Duncan: Soggettività, immaginari, rappresentazioni». En *Voci e anime, corpi e scritture: atti del convegno internazionale su Eleonora Duse, Venezia, 1-4 ottobre 2008.* Ed. Maria Ida Biggi y Paolo Puppa. Roma: Bulzoni, 2009: 495-509.

Frattini, Claudia. *Il primo Congresso delle donne italiane, Roma, 1908: Opinione pubblica e femminismo.* Roma: Biblink, 2008.

Freccero, Carla. «The Queer Time of Lesbian Literature: History and Temporality». En *The Cambridge Companion to Lesbian Literature.* Ed. Jodie Medd. Cambridge: Cambridge University Press, 2015: 19-31.

Fuchs, Rachel G. «Seduction, Paternity, and the Law in Fin de Siècle France». *The Journal of Modern History* 72.4 (2000): 944-989.

Gabriele, Tommasina. «An Apology for Lesbian Visibility in Italian Literary Criticism». *Italica* 87.2 (2010): 253-371.

Gabrielli, Patrizia. «Congresso del 1908 e dintorni: qualche riflessioni sul "fare politica" delle donne». *Storia e problemi contemporanei* 49 (2008): 5-24.

Gallucci, Carole C. «The Body and the Letter: Sibilla Aleramo in the Interwar Years». *Forum Italicum* 33.2 (1999): 363-391.

Garafola, Lynn. *Legacies of Twentieth-Century Dance.* Middletown, CT: Wesleyan University Press, 2004.

Gargano, Claudio. *Capri Pagana: Uranisti e amazzoni tra Ottocento e Novecento.* Capri: Edizioni La Conchiglia, 2007.

Garrity, Jane, y Tirza True Latimer. «Queer Cross-Gender Collaboration». En *The Cambridge Companion to Gay and Lesbian Writing.* Ed. Hugh Stevens. Cambridge: Cambridge University Press. 2010: 185-201.

Gazzetta, Viviana. *Orizzonti nuovi: Storia del primo femminismo in Italia (1865-1925).* Viella: Roma, 2018.

Gibson, Mary. «Labelling Women Deviant: Heterosexual Women, Prostitutes, and Lesbians in Early Criminological Discourse». En *Gender, Family and Sexuality: The Private Sphere in Italy, 1860-1945.* Ed. Perry Willson. Basingstoke: Palgrave Macmillan, 2004: 89-104.

Ginzburg, Natalia. *Lessico famigliare.* [1963.] Torino: Einaudi, 2014 [ed. cast. *Léxico familiar.* Trad. Mercedes Corral. Barcelona: Lumen, 2016].

—. *Le piccole vertù.* [1962.] Torino: Einaudi, 1996 [ed. cast. *Las pequeñas virtudes.* Trad. Celia Filipetto. Barcelona: Acantilado, 2002].

Giolo, Orsetta, y Lucia Re. *La soggettività politica delle donne: Proposte per un lessico critico.* Roma: Aracne editrice, 2014.

Giustozzi, Raimondo. «Il paesaggio civitanovese nella pagine del romanzo *Una donna*». *SibillaAleramo.it.* Ed. Alvise Manni y Sergio Fucchi. Centro Studî Civitanovesi. 23 de noviembre de 2007. http://www.sibillaaleramo.it/Ilpaesaggiocivitanovese.htm.

Gleeson, Jules. «Inteview with Judith Butler: "We need to rethink the category of women"». *The Guardian.* 7 de septiembre de 2021. https://www.theguardian.com/lifeandstyle/2021/sep/07/judith-butler-interview-gender.

Glendinning, Victoria. *Vita: A Biography of Vita Sackville-West.* Nueva York: Quill, 1983.

Glick, Elisa. *Materializing Queer Desire: Oscar Wilde to Andy Warhol.* Albany: SUNY Press, 2009.

Goff, Jennifer. *Eileen Gray: Her Work and Her World.* Sallins, Co. Kildare, Irlanda: Irish Academic Press, 2015.

Gordon, Lois. *Nancy Cunard: Heiress, Muse, Political Idealist.* Nueva York: Columbia University Press, 2007.

Gottlieb, Robert. *Sarah: The Life of Sarah Bernhardt.* New Haven y Londres: Yale University Press, 2010.

Graziosi, Mariolina. «Gender Struggle and the Social Manipulation and Ideological Use of Gender Identity in the Interwar Years». En *Mothers of Invention: Women, Italian Fascism, and Culture.* Ed. Robin Pickering-Iazzi. Minneapolis: University of Minnesota Press, 1995: 26-51.

Green, Laura. «Hall of Mirrors: Radclyffe Hall's The Well of Loneliness and Modernist Fictions of Identity». *Twentieth Century Literature* 49. 3 (2003): 277-297.

Gristwood, Sarah. *Vita & Virginia.* Londres: National Trust Books/Pavilion Books, 2018.

Gualtieri, Elena. «The Impossible Art: Virginia Woolf on Modern Biography». *The Cambridge Quarterly* 29.4 (2000): 349-361.

Gubar, Susan. «Sapphistries». *Signs 10.1* (1984): 43-62.

Guidi, Laura, y Maria Rosaria Pelizzari, eds. *Nuove frontiere per la storia di genere.* Salerno: Università di Salerno, 2013.

Hall, Radclyffe. «Miss Ogilvy Finds Herself». [1926/1934]. En *The Norton Anthology of Literature by Women: The Traditions in English.* Ed. Sandra M. Gilbert y Susan Gubar. Nueva York: Norton, 1985: 1442-1455.

—. *The Well of Loneliness.* [1928]. Nueva York: Avon Books, 1981.

—. *The Unlit Lamp.* [1924]. Nueva York: Dial Press, 1981.

Hall, Radclyffe, y Jana Funke. *"The World" and Other Unpublished Works by Radclyffe Hall.* Manchester: Manchester University Press, 2016.

Hanscombe, Gillian, y Virginia L. Smyers. *Writing for Their Lives: The Modernist Women 1910-1940.* Londres: The Women's Press, 1987.

Hartman, Saidiya. *Wayward Lives, Beautiful Experiments: Intimate Histories of Riotous Black Girls, Troublesome Women, and Queer Radicals.* Nueva York: W.W. Norton & Company, 2019.

Hawthorne, Melanie. «Two Nice Girls: The Psychogeography of Renée Vivien and Romaine Brooks». *Dix-Neuf* 21.1 (2017): 69-92.

—. «Introduction». *Women lovers, or The third woman. By Natalie Clifford Barney.* Ed. y trad. Chelsea Ray. Madison: University of Wisconsin Press, 2016: xi-xxxi.

Hom, Stephanie Malia. «On the Origins of Making Italy: Massimo D'Azeglio and "Fatta l'Italia, bisogna fare gli Italiani"». *Italian Culture* 31.1 (2013): 1-16.

Hornby, Louise. *Still Modernism: Photography, Literature, Film.* Nueva York: Oxford University Press, 2017.

Hovey, Jaime E. «Gallantry and its discontents: Joan of Arc and virtuous transmasculinity in Radclyffe Hall and Vita Sackville-West». *Feminist Modernist Studies* 1:1-2 (2018): 113-137.

Ibsen, Henrik. *A Doll's House.* Ed. Chris Megson *et al.* Trad. Michael Meyer. Londres: Bloomsbury Academic, 2020.

Im, Yeeyon. «Oscar Wilde's Salomé: Disorienting Orientalism». *Comparative Drama* 45.4 (2011): 361-380.

Jaeggy, Fleur. *Vite congetturali.* Milán: Adelphi, 2015.

Jay, Karla. «Introduction». *Adventures of the Mind: The Memoirs of Natalie Clifford Barney.* Trad. John Spalding Gatton. Nueva York: New York University Press, 1992: 1-17.

—. «Introduction». *A Perilous Advantage: The Best of Natalie Clifford Barney.* Ed. y trad. Anna Livia. Norwich, Vt.: New Victoria Publishers, 1992: i-xiv.

—. *The Amazon and the Page: Natalie Clifford Barney and Renée Vivien.* Bloomington: Indiana University Press, 1988.

Johnston, Georgia. *The Formation of 20th-Century Queer Autobiography: Reading Vita Sackville-West, Virginia Woolf, Hilda Doolittle, and Gertrude Stein.* Nueva York: Palgrave MacMillan, 2007.

Joubi, Pascale. «Réappropriation et reconfiguration du gender, du saphisme et de Mytilène par Renée Vivien». En *Fictions modernistes du masculine-féminin, 1900-1940.* Ed. Andrea Oberhuber, Alexandra

Arvisais, y Marie-Claude Dugas. Rennes: Presses universitaires de Rennes: 2016: 199-214.

Jowitt, Deborah. «Images of Isadora: The Search for Motion». *Dance Research Journal* 17.2/18.1 (1986): 21-29.

Koritz, Amy. *Gendering bodies/performing art: dance and literature in early-twentieth-century culture.* Ann Arbor: University of Michigan Press, 1995.

Kroha, Lucienne. «The Novel, 1870-1920». En *A History of Women's Writing in Italy.* Ed. Letizia Panizza y Sharon Wood. Cambridge: Cambridge University Press; 2000: 164-76.

Kuliscioff, Anna. *Il monopolio dell'uomo.* [1894]. Milán: Fondazione Giangiacomo Feltrinelli, 2011.

Kurth, Peter. *Isadora: A Sensational Life.* Nueva York: Little, Brown & Company, 2001.

Laing, Olivia. *Everybody: A Book About Freedom.* Nueva York: Norton, 2021.

Lanata, Giuliana. «Sul Linguaggio Amoroso Di Saffo». *Quaderni Urbinati Di Cultura Classica* 2 (1966): 63-79.

Langer, Cassandra. *Romaine Brooks: A Life.* Madison: University of Wisconsin Press, 2015.

—. «Reframing Romaine Brooks' Heroic Queer Modernism». *Journal of Lesbian Studies* 14:2-3 (2010): 140-153.

Latimer, Tirza True. «Improper Objects: Performing Queer/Feminist Art/History». En *Otherwise: Imagining Queer Feminist Art Histories.* Ed Amelia Jones y Erin Silver. Manchester: Manchester University Press, 2015: 93-109.

—. «Romaine Brooks and the Future of Sapphic Modernity». En *Sapphic Modernities: Sexuality, Women and National Culture.* Ed. Laura Doan y Jane Garrity. Nueva York: Palgrave Macmillan, 2007: 35-54.

—. *Women Together/Women Apart: Portraits of Lesbian Paris.* Nueva Jersey: Rutgers University Press, 2005.

Laycock, Thomas. *A Treatise on the Nervous Disorders of Women.* Londres: Longman *et al.,* 1840. *Wellcome Collection.* https://wellcomecollection.org/works/fgqp53eb

Lee, Hermione. «Virginia Woolf's Essays». En *The Cambridge Companion to Virginia Woolf.* 2.ª ed. Ed. Susan Sellers. Cambridge: Cambridge University Press, 2010: 89-106.

—. *Virginia Woolf's Nose: Essays on Biography.* Princeton: Princeton University Press, 2005.

—. *Virginia Woolf.* Londres: Vintage Books, 1997.

Leontis, Artemis. *Eva Palmer Sikelianos: A Life in Ruins.* Princeton: Princeton University Press, 2019.

—. «Eva Palmer's Distinctive Greek Journey». En *Women Writing Greece: Essays on Hellenism, Orientalism and Travel.* Ed. Efterpi Mitsi y Vassiliki Kolocotroni. Ámsterdam: Brill/Rodopi, 2008: 159-184.

Lewis, Robin Coste. *Voyage of the Sable Venus and other poems.* Nueva York: Knopf, 2019.

Lista, Giovanni. *Loïe Fuller, Danseuse de la Belle Époque.* París: Stock - Éditions d'Art Somogy, 1994.

Livia, Anna. «Disloyal to Masculinity: Linguistic Gender and Liminal Identity in French». En *Queerly Phrased: Language, Gender and Sexuality.* Ed. Anna Livia y Kira Hall. Nueva York: Oxford University Press, 1997: 349-368.

—. «The Trouble with Heroines: Natalie Clifford Barney and Anti-Semitism». En *A Perilous Advantage: The Best of Natalie Clifford Barney.* Ed. y trad. Anna Livia. Norwich, Vt.: New Victoria Publishers, 1992: 181-193.

—. *Minimax: a novel.* Portland, OR: Eighth Mountain Press, 1991.

Livia, Anna, y Kira Hall. «"It's a Girl!" Bringing Performativity Back to Linguistics». En *Queerly Phrased: Language, Gender, and Sexuality.* Ed. Anna Livia y Kira Hall. Nueva York: Oxford University Press, 1997: 3-18.

Lombroso, Cesare, y E.G. Ferrero. *La donna delinquente: la prostituta e la donna normale.* Turín: L. Roux, 1893. Wellcome Collection. https://wellcomecollection.org/works/neggkzqn.

Longman, Stanley Vincent. «Eleanora Duse's Second Career». *Theatre Survey* 21.2 (1980): 165-180.

Lounsberry, Barbara. *Virginia Woolf's Modernist Path: Her Middle Diaries and the Diaries She Read.* Gainesville: University Press of Florida, 2016.

Louÿs, Pierre. *Les chansons de Bilitis, traduites du grec.* [1900]. París: BnF, 2015. https://gallica.bnf.fr/ark:/12148/bpt6k9603434c.

Love, Heather. «Transgender Fiction and Politics». En *The Cambridge Companion to Gay and Lesbian Writing.* Ed. Hugh Stevens. Cambridge: Cambridge University Press, 2010: 148-164.

—. *Feeling Backward: Loss and the Politics of Queer History.* Cambridge, MA: Harvard University Press, 2009.

—. «“Spoiled Identity”: Stephen Gordon’s Loneliness and the Difficulties of Queer History». *GLQ* 7.4 (2001): 487-519.

Lucey, Michael. *Someone: The Pragmatics of Misfit Sexualities, from Colette to Hervé Guibert.* Chicago: University of Chicago Press, 2019.

—. *Never Say I: Sexuality and the First Person in Colette, Gide, and Proust.* Durham: Duke University Press, 2006.

Malcolm, Janet. «Someone Says Yes To It: Gertrude Stein, Alice B. Toklas, and “The Making of Americans”». *New Yorker,* 6 de junio de 2005. https://www.newyorker.com/magazine/2005/06/13/someone-says-yes-to-it.

Marcolongo, Andrea. *La lingua geniale: 9 ragioni per amare il greco.* Roma-Bari: Laterza, 2016.

Marcus, Laura. «Woolf’s feminism and feminism’s Woolf». En *The Cambridge Companion to Virginia Woolf.* 2.ª ed. Ed. Susan Sellers. Cambridge: Cambridge University Press, 2010: 142-179..

Marcus, Sharon. *The Drama of Celebrity.* Princeton y Oxford: Princeton University Press, 2019.

—. «Sarah Bernhardt’s Exteriority Effects». *Modern Drama* 60.3 (2017): 296-321.

—. «Salomé!! Sarah Bernhardt, Oscar Wilde, and the Drama of Celebrity». *PMLA* 126.4 (2011): 999-1021.

Mariani, Laura. *L’attrice del cuore. Storia di Giacinta Pezzana attraverso le lettere.* Florencia: Le Lettere, 2005.

—. «Portrait of Giacinta Pezzana, Actress of Emancipationism (1841-1919)». *European Journal of Women’s Studies* 11. 3 (2004): 365-379.

—. «I personaggi “insexués” di Sarah Bernhardt: Riflessioni sul travestimento in scena». En *Passaggi. Letterature comparate al femminile.* Ed. Liana Borghi. Urbino: Quattroventi, 1999: 103-111.

—. «In scena en travesti: il caso italiano e l’Amleto di Giacinta Pezzana». En *La passione teatrale: tradizioni, prospettive e spreco nel teatro italiano: otto e novecento: studi per Alessandro D’Amico.* Ed. Alessandro Tinterri. Roma: Bulzoni, 1997: 247-273.

—. *Sarah Bernhardt, Colette e l’arte di travestimento.* Bolonia: Il Mulino, 1996.

—. *Il tempo delle attrici: Emancipazionismo e teatro in Italia fra Ottocento e Novecento.* Bolonia: Mongolfiera, 1991.

—. «Sibilla Aleramo. Significato di tre incontri con il teatro: il personaggio di Nora, Giacinta Pezzana, Eleonora Duse». *Teatro e Storia* 2.1 (1987): 67-133.

Mariscal, Lucia P. Romero. «"A Society": An Aristophanic Comedy by Virginia Woolf». *Athens Journal of Philology* 1.2 (2014): 99-109.

Martin, II, Lowry Gene. «Desire, Fantasy, and the Writing of Lesbos-sur-Seine, 1880-1939». Conferencia en UC Berkeley, 2010.

Mayer, Charles S. «Ida Rubinstein: A Twentieth-Century Cleopatra». *Dance Research Journal 20.2* (1988): 33-51.

McAlmon, Robert, y Kay Boyle. *Being Geniuses Together, 1920-1930.* Londres: Hogarth Press, 1984.

McGuire, Valerie. «Arcadian Histories: Italian Encounters in the Eastern Mediterranean». En *New Perspectives in Italian Cultural Studies: Definition, Theory, and Accented Practices.* Ed. Graziella Parati. Madison: Fairleigh Dickinson University Press, 2012: 231-258.

Medd, Jodie. *Lesbian Scandal and the Culture of Modernism.* Cambridge: Cambridge University Press, 2012.

—. «Encountering the Past in Recent Lesbian and Gay Fiction». En *The Cambridge Companion to Gay and Lesbian Writing.* Ed. Hugh Stevens. Cambridge: Cambridge University Press. 2010: 167-184.

Micir, Melanie. *The Passion Projects: Modernist Women, Intimate Archives, Unfinished Lives.* Princeton: Princeton University Press, 2019.

Miletti, Nerina. «Donne "fuori della norma"». En *Fuori della norma: storie lesbiche nell'Italia della prima metà del Novecento.* Ed. Nerina Milletti y Luisa Passerini. Turín: Rosenberg & Sellier, 2007: 20-41.

Moi, Toril. «"First and Foremost a Human Being": Idealism, Theatre, and Gender in A Doll's House». *Modern Drama 49.3* (2006): 256-284.

Molinari, Véronique. «Educating and Mobilizing the New Voter: Interwar Handbooks and Female Citizenship in Great-Britain, 1918-1931». *Journal of International Women's Studies* 15.1 (2014): 17-34.

Monahan, Patrick. «To Bricktop on Her Belated Birthday». *The Paris Review,* 15 de agosto de 2011. https://www.theparisreview.org/blog/2011/08/15/to-bricktop-on-her-belated-birthday/.

Monk, Ray. «This Fictitious Life: Virginia Woolf on Biography, Reality, and Character». *Philosophy and Literature* 31.1 (2007): 1-40.

Moore, Madeline. «Orlando: An Edition of the Manuscript». *Twentieth Century Literature* 25.3-4 (1979): 303-55.

Mullin, Katherine. «Modernisms and Feminisms». En *The Cambridge Companion to Feminist Literary Theory.* Ed. Ellen Rooney. Cambridge: Cambridge University Press, 2006: 136-152.

Musiani, Elena. «La scrittura come avvio alla conquista della cittadinanza femminile nell'Italia di un "lungo Ottocento"». *The Italianist* 38.3 (2018): 352-368.

Musser, Charles. «Conversions and Convergences: Sarah Bernhardt in the Era of Technological Reproducibility, 1910-1913». *Film History* 25.1-2 (2013): 154-175.

Nelson, Maggie. *On Freedom: Four Songs of Care and Constraint.* Minneapolis: Graywolf Press, 2021.

Newton, Esther. «The Mythic Mannish Lesbian: Radclyffe Hall and the New Woman». En *Hidden From History: Reclaiming the Gay and Lesbian Past.* Ed. Martin Bauml Duberman, Martha Vicinus, y George Chauncey, Jr. Nueva York: New American Library/Penguin Books, 1989: 281-293.

Nicholson, Harold. *Some People.* [1927]. Londres: Constable, 1996.

Nicolson, Nigel. *Portrait of a Marriage: Vita Sackville-West and Harold Nicolson*. [1973]. Londres: W&N, 2001.

Noble, Jean Bobby. *Masculinities without Men?: Female Masculinity in Twentieth-Century Fictions.* Berkeley: UC Berkeley Press, 2004.

Non Una di Meno. Conferencia magistral en AAIS (American Association of Italian Studies) impartida por Zoom por Miriam Tola, Enrica Rigo, y Paola Rudan. 1 de junio de 2021.

—. «Abbiamo un piano: Piano femminista contro la violenza maschile sulle donne e la violenza di genere». nonunadimeno.wordpress.com. 2017.

Oram, Alison, y Annmarie Turnbull. *The Lesbian History Sourcebook: Love and Sex Between Women in Britain from 1780 to 1970.* Londres y Nueva York: Routledge, 2001.

Orban, Clara. «Women, Futurism, and Fascism». En *Mothers of Invention: Women, Italian Fascism, and Culture.* Ed. Robin Pickering-Iazzi. Minneapolis: University of Minnesota Press, 1995: 52-75.

Orecchia, Donatella. *La Prima Duse: Nascita di un'attrice moderna (1879-1886).* Roma: Editoriale Artemide, 2007.

Orenstein, Gloria Feman, y Berthe Cleyrergue. «The Salon of Natalie Clifford Barney: An Interview with Berthe Cleyrergue». *Signs: Journal of Women in Culture and Society* 4.3 (1979): 484-496.

*Ovid. Metamorphoses Vol. 1: Books 1-8.* Trad. Frank Justus Miller, revisado por G.P. Goold. Loeb Classical Library 42. Cambridge, MA: Harvard University Press, 1916.

—. *Heroides. Amores.* Trad. Showerman, revisado por G. P. Goold. Loeb Classical Library 41. Cambridge, MA: Harvard University Press, 1914.

Palazzi, Maura. «Economic autonomy and male authority: female merchants in modern Italy». *Journal of Modern Italian Studies* 7.1 (2002): 17-36.

Palmer-Sikelianós, Eva. *Upward Panic: The Autobiography of Eva Palmer-Sikelianos.* Ed. John P. Anton. Chur, Switzerland y Philadelphia: Harwood Academic Publishers, 1993.

Parkes, Adam. «Lesbianism, History, and Censorship: The Well of Loneliness and the Suppressed Randiness of Virginia Woolf's *Orlando*». *Twentieth Century Literature* 40.4 (1994): 434-460.

Parmegiani, Sandra y Michela Prevedello, eds. *Femminismo e femminismi nella letteratura italiania dall'Ottocento al XXI secolo.* Florencia: Società Editrice Fiorentina, 2019.

Passerini, Luisa. «Presentazione». En *Fuori della norma: storie lesbiche nell'Italia della prima metà del Novecento.* Ed. Nerina Milletti y Luisa Passerini. Turín: Rosenberg & Sellier, 2007: 7-19.

Pearl, Monica B. «Lesbian Autobiography and Memoir». En *The Cambridge Companion to Lesbian Literature.* Ed. Jodie Medd. Cambridge: Cambridge University Press, 2015: 169-187.

Pérez, Hiram. *A Taste for Brown Bodies: Gay Modernity and Cosmopolitan Desire.* Nueva York: NYU Press, 2015.

Pesarini, Angelica. «Non s'intravede speranza alcuna». En *Future: il domani narrato dale voci di oggi.* Ed. Igiaba Scego. Florencia: Effequ, 2019: 67-77.

Pheby, Alex. *Lucia.* Norwich: Galley Beggar Press, 2018.

Pillinger, Emily. *Cassandra and the Poetics of Prophecy in Greek and Latin Literature.* Cambridge: Cambridge University Press, 2019.

—. «Finding Asylum for Virginia Woolf's Classical Visions». En *A Handbook to the Reception of Classical Mythology.* Ed. Vanda Zajko y Helena Hoyle. Malden, MA: John Wiley & Sons: 2017: 271-283.

Poletti, Cordula [Lina]. *Il poema della guerra.* [1918]. HathiTrust, n.d.

Poulain, Martine. «Adrienne Monnier et la Maison des amis des livres, 1915-1951». *Bulletin des bibliothèques de France (BBF)* 1 (1992): 76-77.

Pozzo, Barbara. «Male Homosexuality in Nineteenth Century Italy: A Juridical View». En *Homosexuality in Italian Literature, Society, and Culture, 1789-1919.* Ed. Lorenzo Benadusi *et. al.* Newcastle upon Tyne: Cambridge Scholars Publishing, 2017: 103-128.

Prins, Yopie. *Ladies' Greek: Victorian Translations of Tragedy.* Princeton: Princeton University Press, 2017.

—. «OTOTOTOI: Virginia Woolf and "The Naked Cry" of Cassandra». En *Agamemnon in Performance: 458BC to AD 2004.* Ed. Fiona Macintosh *et al.* Oxford: Oxford University Press, 2006: 163-185.

—. *Victorian Sappho.* Princeton, N. J: Princeton University Press, 1999.

Punzo, Maurizio. «Il "salotto" di Anna Kuliscioff e Critica sociale». *Forum Italicum* 54.1 (2020): 312-330.

Raftis, Alkis. *Isadora Duncan and the Artists.* Trad. Christopher Copeman. Atenas: Dora Stratuo Dance Theatre/Way of Life Publications, 2017.

Raitt, Suzanne, y Ian Blyth. «Introduction». *Orlando: a biography. By Virginia Woolf.* Ed. Suzanne Raitt y Ian Blyth. Cambridge: Cambridge University Press, 2018: xxxvii-xcii.

Rapazzini, Francesco. «Élisabeth de Gramont, Natalie Barney's "Eternal Mate"». *Central Review* 3.22 (2005): 6-31.

Rault, Jasmine. *Eileen Gray and the Design of Sapphic Modernity: Staying In.* Farnham, Surrey: Ashgate, 2011.

—. «Eileen Gray: New Angles on Gender and Sexuality». Conferencia en McGill University, 2006.

Ray, Chelsea. «Decadent Heroines or Modernist Lovers: Natalie Clifford Barney's Unpublished Feminine Lovers or the Third Woman». *South Central Review* 22.3 (2005): 32-61.

Rayor, Diane J. *Sappho: A New Translation of the Complete Works.* Cambridge: Cambridge University Press, 2014.

Re, Lucia. «Eleonora Duse and Women: Performing Desire, Power, and Knowledge». *Italian Studies* 70.3 (2015): 347-363.

—. «Italians and the Invention of Race: The Poetics and Politics of Difference in the Struggle over Libya, 1890-1913». *California Italian Studies* 1.1 (2010): 1-58.

—. «L'art du silence: Eleonora Duse e il cinema muto». En *Voci e anime, corpi e scritture: atti del convegno internazionale su Eleonora Duse, Venezia, 1-4 ottobre 2008.* Ed. Maria Ida Biggi and Paolo Puppa. Roma: Bulzoni, 2009: 427-444.

—. «"Effetti di reale". Politica e antipolitica degli scrittori da Giovanni Verga a Sibilla Aleramo». En *Le "Tre Italie": dalla presa di Roma alla Settimana Rossa (1870-1914).* Ed. Mario Isnenghi y Simon Levis Sullam. Turín: UTET, 2009. 270-285.

—. «D'Annunzio, Duse, Wilde, Bernhardt: il rapporto autore/attrice fra decadentismo e modernità». *MLN* 117.1 (2002): 115-152.

Rearick, Charles. *The French in Love and War: Popular Culture in the Era of the World Wars.* New Haven: Yale University Press, 1997.

Reynolds, Margaret. *The Sappho History.* Nueva York: Palgrave, 2003.

—. *The Sappho Companion.* Nueva York: Palgrave, 2000.

Riccobono, Rossella, ed. *Window on the Italian Female Modernist Subjectivity: From Neera to Laura Curino.* Newcastle: Cambridge Scholars Publishing, 2013.

Ricorda, Ricciarda. «"Una rete a maglie larghe"»: le scrittrici italiane ed Eleonora Duse». En *Voci e anime, corpi e scritture: atti del convegno internazionale su Eleonora Duse, Venezia, 1-4 ottobre 2008.* Ed. Paolo Puppa and Maria Ida Biggi. Roma: Bulzoni, 2009: 339-353.

Ripanti, Espérance Hakuzwimana. *E poi basta: manifesto di una donna nera italiana.* Gallarate: People, 2020.

Robinson, Jane. *Bluestockings: A Remarkable History of the First Women to Fight for an Education.* Londres: Penguin, 2009.

Roche, Hannah. *The Outside Thing: Modernist Lesbian Romance.* Nueva York: Columbia University Press, 2019.

Rodriguez, Suzanne. *Wild Heart: A Life.* Nueva York: Harper Collins, 2002.

Rose, David C. «Paris Lesbos». *Journal of Lesbian Studies* 13:4 (2009): 362-372.

Ross, Charlotte. «Pathologies and Eroticism: Paolo Mantegazza's Ambiguous Reflections on Female Same-Sex Sexuality». En *Homosexuality in Italian Literature, Society, and Culture, 1789-1919.* Ed. Lorenzo

Benadusi *et. al.* Newcastle upon Tyne: Cambridge Scholars Publishing, 2017: 45-63.
—. *Eccentricity and sameness: discourses on lesbianism and desire between women in Italy, 1860s-1930s.* Oxford: Peter Lang, 2015.
Ross, Charlotte, Julia Heim, & SA Smythe. «Queer Italian Studies: Critical Reflections from the Field». *Italian Studies* 74.4 (2019): 397-412.
Rossi-Doria, Anna. *Dare forma al silenzio: scritti di storia politica delle donne.* Roma: Viella, 2007.
Rubin, Gayle. «Introduction to A Woman Appeared to Me». En *Deviations: A Gayle Rubin Reader.* Durham y Londres: Duke University Press, 2011: 87-108.
Rule, Jane. *Lesbian Images.* Garden City, NY: Doubleday & Company, 1975.
Sackville-West, Vita. *A Note of Explanation.* San Francisco: Chronicle Books, 2018.
—. «Seducers in Ecuador». [1924]. En *Seducers in Ecuador & The Heir.* Londres: Penguin Vintage Classics, 2018.
—. *Challenge.* Londres: Virago/Little, Brown Book Group/Hachette Livre, 2012.
—. *Selected Writings.* Ed. Mary Ann Caws. Nueva York: Palgrave Macmillan, 2002.
—. *Knole and the Sackvilles.* [1922]. Tualatin, OR: Norwood Editions, 1986.
Sagasti, Luis. *Fireflies.* Trad. Fionn Petch. Edimburgo: Charco Press, 2017.
Salvatori, Lidia. «Feminism in transit: A study of the transnational feminist movement Non Una Di Meno». Conferencia en University of Leicester, 2021.
Scego, Igiaba. *La linea di colore.* Florencia: Bompiani, 2020.
—, ed. *Future: il domani narrato dale voci di oggi.* Florencia: Effequ, 2019.
Schettini, Laura. «Role Playing: Gender Ambiguity, Criminology and Popular Culture in Italy Between the Nineteenth and Twentieth Century». En *Homosexuality in Italian Literature, Society, and Culture, 1789-1919.* Ed. Lorenzo Benadusi *et. al.* Newcastle upon Tyne: Cambridge Scholars Publishing, 2017: 29-43.
—. *Il gioco delle parti: travestimenti e paure sociali tra Otto e Novecento.* Milán: Le Monnier/Mondadori, 2011.

—. «Scritture Variabili: L'amore tra donne nella stampa populare e nella letterature scientifica durantei primi decenni del Novecento». En *Fuori della norma: storie lesbiche nell'Italia della prima metà del Novecento.* Ed. Nerina Milletti y Luisa Passerini. Turín: Rosenberg & Sellier, 2007: 170-199.

Scott, Bonnie Kime. *Gender in Modernism: New Geographies, Complex Intersections.* Urbana y Chicago: University of Illinois Press, 2007.

Schultz, Gretchen. *Sapphic Fathers: Discourses of Same-Sex Desire from Nineteenth-Century France.* Toronto: University of Toronto Press, 2014.

Secrest, Meryle. *Between Me and Life: A Biography of Romaine Brooks.* Nueva York: Doubleday, 1974.

Seymour, Mark. «Keystone of the patriarchal family? Indissoluble marriage, masculinity and divorce in Liberal Italy». *Journal of Modern Italian Studies* 10.3 (2005): 297-313.

Sharpley-Whiting, T. Denean. *Bricktop's Paris: African American women in Paris between the two world wars.* Albany: SUNY Press, 2015.

Sheehy, Helen. *Elenora Duse: A biography.* Nueva York: Knopf, 2003.

Sigel, Lisa Z. «Censorship in Inter-War Britain: Obscenity, Spectacle, and the Workings of the Liberal State». *Journal of Social History* 45.1 (2011): 61-83.

Simonini, Jessy. «"Dalla mia pianura sconfinata che protende al mare...". Attraverso Cordula Poletti». *Le Ortique*, 17 de enero de 2022. https://leortique.wordpress.com/2022/01/17/dalla-mia-pianura-sconfinata-che-protende-al-mare-attraverso-cordula-poletti/.

Smith, Ada Bricktop, y James Haskins. *Bricktop by Bricktop.* Nueva York: Atheneum, 1983.

Souhami, Diana. *No Modernism without Lesbians.* Londres: Head of Zeus, 2020.

—. *Wild girls: Natalie Barney and Romaine Brooks.* Londres: Weidenfeld & Nicolson. 2004.

—. *The Trials of Radclyffe Hall.* Londres: Weidenfeld & Nicolson, 1998.

—. *Gertrude and Alice.* Hammersmith: Pandora, 1991.

Southworth, Helen. «Introduction». En *Leonard and Virginia Woolf, the Hogarth Press and the Networks of Modernism.* Ed. Helen Southworth. Edimburgo: Edinburgh University Press, 2010: 1-26.

—. «Correspondence in Two Cultures: The Social Ties Linking Colette and Virginia Woolf». *Journal of Modern Literature* 26.2 (2003): 81-99.

Spackman, Barbara. *Accidental Orientalists: Modern Italian Travelers in Ottoman Lands.* Liverpool: Liverpool University Press, 2017.

Sproles, Karyn Z. *Desiring Women: The Partnership of Virginia Woolf and Vita Sackville-West.* Toronto: University of Toronto Press, 2006.

Srinivasan, Priya. «The Nautch women dancers of the 1880s: Corporeality, US Orientalism, and anti-Asian immigration laws». *Women & Performance* 19.1 (2009): 3-22.

Stein, Gertrude. *Tender Buttons.* [1914]. Ed. Seth Perlow. San Francisco: City Lights Books, 2014.

—. *The Autobiography of Alice B. Toklas.* [1933]. Londres: Penguin, 2001.

—. *Selected Writings of Gertrude Stein.* Ed. Carl van Vechten. Nueva York: Vintage Books, 1990.

—. *What Are Masterpieces.* Nueva York: Pitman Publishing, 1940.

Strachey, Lytton. *Eminent Victorians.* [1922]. Londres: Penguin Books, 1986.

Swanson, Diana L. «Lesbian Approaches». En *Palgrave Advances in Virginia Woolf Studies.* Ed. Anna Snaith. Nueva York: Palgrave Macmillan, 2007: 184-208.

Tapaninen, Anna-Maria. «Motherhood through the Wheel: The Care of Foundlings in Late Nineteenth-Century Naples». En *Gender, Family, and Sexuality: The Private Sphere in Italy, 1860-1945.* Ed. Perry Willson. Cham: Palgrave Macmillan: 2004: 51-70.

Tavella, Chiara. «"L'antica anima ribelle ad ogni giogo": idee e parole della rivolta nei primi scritti di Sibilla Aleramo». En *Italia ribelle: narratori, poeti e personaggi della rivolta (1860-1920).* Ed. Claudio Brancaleoni, Sandro Gentili, y Chiara Piola Caselli. Perugia: Morlacchi Editore, 2018: 227-256.

Taxil, Léo. *La corruption fin-de-siècle.* [1894]. París: BnF, 2009. http://catalogue.bnf.fr/ark:/12148/cb314376810.

Taylor, Melanie. «Peter (A Young English Girl): Visualizing Transgender Masculinities». *Camera Obscura* 56/19.2 (2004): 1-45.

—. «Changing Subjects: Transgender Consciousness and the 1920s». Conferencia en University of York, 2000.

Tearle, Oliver. *The Great War, The Waste Land and the Modernist Long Poem.* Londres: Bloomsbury Academic, 2019.

Templeton, Joan. *Ibsen's Women.* Cambridge: Cambridge University Press, 1997.

Theocritus. «Idyll 1». En *Theocritus. Moschus. Bion.* Ed. y trad. Neil Hopkinson. Loeb Classical Library 29. Cambridge, MA: 2015: 18-35.

Thurman, Judith. *Secrets of the Flesh: A Biography of Colette.* Nueva York: Ballantine Books, 1999.

Troilo, Simona. «"A gust of cleansing wind": Italian archaeology on Rhodes and in Libya in the early years of occupation (1911-1914)». *Journal of Modern Italian Studies* 17.1 (2012): 45-69.

Truong, Monique. *The Book of Salt.* Nueva York: Houghton Mifflin Harcourt, 2003.

Valisa, Silvia. «Corpo and Corpus: Paranoid and Reparative Writing in Sibilla Aleramo's *Una donna* and *Il passaggio*». *Italian Culture* 36:1 (2018): 18-31.

Vertinsky, Patricia. «Ida Rubinstein: Dancing Decadence and "The Art of the Beautiful Pose"». *Nashim: A Journal of Jewish Women's Studies & Gender Issues* 26 (2014): 122-146.

Vicinus, Martha. *Intimate Friends: Women who Loved Women, 1778-1928.* Chicago y Londres: University of Chicago Press, 2004.

Viganò, Renata. *L'Agnese va a morire.* [1949]. Turín: Einaudi, 1994.

von Kulessa, Rotraud. *Entre la reconnaissance et l'exclusion: La position de l'autrice dans le champ littéraire en France et en Italie à l'époque 1900.* París: Honoré Champion, 2011.

Wade, Francesca. *Square Haunting: Five Writers in London Between the Wars.* Nueva York: Crown, 2020.

Ward, Jane. «Gender Labor: Transmen, Femmes, and Collective Work of Transgression». *Sexualities* 13.2 (2010): 236-54.

Wells-Lynn, Amy. «The Intertextual, Sexually-Coded Rue Jacob: A Geocritical Approach to Djuna Barnes, Natalie Barney, and Radclyffe Hall». *South Central Review* 22.3 (2005): 78-112.

Whitworth, Michael H. «Virginia Woolf, Modernism and Modernity». En *The Cambridge Companion to Virginia Woolf.* Ed Susan Sellers, 2.ª ed. Cambridge: Cambridge University Press, 2010: 107-123.

Wickes, George. *The Amazon of Letters: The Life and Loves of Natalie Barney.* Nueva York: Putnam's, 1976.

—. «A Natalie Barney Garland». *The Paris Review* 61 (1975): 85-134.

Wilde, Oscar. *The Collected Poems of Oscar Wilde.* Ed. Anne Varty. Hertfordshire: Wordsworth Editions, 2000.

Willson, Perry. «Introduction: Gender and the Private Sphere in Liberal and Fascist Italy». En *Gender, Family and Sexuality: The Private Sphere in Italy, 1860-1945.* Ed. Perry Willson. Basingstoke: Palgrave Macmillan, 2004: 1-19.

Winning, Joanne. «"Ezra through the open door": The Parties of Natalie Barney, Adrienne Monnier and Sylvia Beach as Lesbian Modernist Cultural Production». En *The Modernist Party.* Ed. Kate McLoughlin. Edimburgo: Edinburgh University Press, 2013: 127-146.

—. «Lesbian Modernism: Writing in and beyond the Closet». En *The Cambridge Companion to Gay and Lesbian Writing.* Ed. Hugh Stevens. Cambridge: Cambridge University Press, 2010: 50-64.

—. «The Sapphist in the City: Lesbian Modernist Paris and Sapphic Modernity». En *Sapphic Modernities: Sexuality, Women and National Culture.* Ed. Laura Doan and Jane Garrity. Nueva York: Palgrave Macmillan, 2007: 17-33.

—. «Writing by the Light of The Well: Radclyffe Hall and the Lesbian Modernists». En *Palatable Poison: Critical Perspectives on the Well of Loneliness.* Ed. Laura Doan y Jay Prosser. Nueva York: Columbia University Press, 2001: 372-393.

Wolf, Christa. *Cassandra: A Novel and Four Essays.* Trad. Jan van Heurck. Nueva York: FSG, 1998.

Woolf, Virginia. *Orlando: a biography.* [1928]. Ed. Suzanne Raitt y Ian Blyth. Cambridge: Cambridge University Press, 2018 [ed. cast. *Orlando.* Trad. María Luisa Balseiro. Madrid: Alianza Editorial, 2012].

—. *Mrs. Dalloway.* [1925]. Ed. Anne E. Fernald. Cambridge: Cambridge University Press, 2015 [ed. cast. *La señora Dalloway.* Trad. José Luis López Muñoz. Madrid: Alianza Editorial, 2012].

—. *The Essays of Virginia Woolf, Vol. 5: 1929-1932.* Ed. Stuart C. Clarke. Nueva York: Mariner, 2010.

—. *A Room of One's Own.* [1929]. Ed. Mark Hussey. Orlando, Nueva York, San Diego y Londres: Harvest/Harcourt, 2005 [ed. cast. *Una habitación propia.* Trad. Catalina Martínez Muñoz. Madrid: Alianza Editorial, 2012].

—. *The Common Reader: Second Series.* [1932]. Londres: Penguin Vintage Classics, 2003.
—. *Three Guineas.* [1938]. Ed. Naomi Black. Londres: Shakespeare Head Press by Blackwell, 2001.
—. *Monday or Tuesday.* [1921]. Mineola, NY: Dover Publications, 1997.
—. *Night and Day.* [1919]. Londres: Penguin, 1992.
—. *A Passionate Apprentice: The Early Journals, 1882-1941.* Ed. Mitchell Alexander Leaska. San Diego, Nueva York y Londres: Harcourt Brace Jovanovich, 1990.
—. *The Essays of Virginia Woolf, 1904-1912, Vol. 1: 1904-1912.* Ed. Andrew McNeillie. San Diego, Nueva York y Londres: Harcourt Brace Jovanovich, 1989.
—. *The Essays of Virginia Woolf, Vol. 3: 1919-1924.* Ed. Andrew McNeillie. Nueva York: Harcourt Brace Jovanovich, 1988.
—. *Moments of Being: Autobiographical Writings.* Ed. Jeanne Schulkind. Londres: Hogarth Press, 1985.
—. *The Diary of Virginia Woolf, Vol 3: 1925-1930.* Ed. Anne Olivier Bell. Nueva York: Harcourt Brace, 1981.
—. *The Diary of Virginia Woolf, Vol 2: 1920-1924.* Ed. Anne Olivier Bell. Nueva York: Harcourt Brace, 1980.
—. *The Letters of Virginia Woolf, Vol 3: 1923-1928.* Ed. Nigel Nicolson y Joanne Trautman. Nueva York and Londres: HBJ/Harvest, 1980.
—. *The Essays of Virginia Woolf, Vol 4.* Ed. Andrew McNeillie. Londres: Hogarth Press, 1967.
—. *The Common Reader: First Series.* Londres: Hogarth Press, 1925.
Yee, Rhiannon Noel. *Vital Subjects: Race and Biopolitics in Italy, 1860-1920.* Liverpool: Liverpool University Press, 2016.
Young, Timothy. «The Toll of Friendship: Selections from the Memoirs of Romaine Brooks». *The Yale Review* 103 (2015): 73-91.
Zancan, Marina, ed. *Alba de Céspedes.* Milán: Fondazione Arnoldo e Alberto Mondadori, 2005.
Zitani, Ellen. «Love's Ethics: Sibilla Aleramo and Queer Feminism in fin de siècle Italy». Conferencia en CUNY, 2013.
—. «Sibilla Aleramo, Lina Poletti and Giovanni Cena: Understanding Connections between Lesbian Desire, Feminism and Free Love in Early-Twentieth-Century Italy». *Graduate Journal of Social Science* 6.1 (2009): 115-140.

Zito, Eugenio. «"Amori et Dolori Sacrum": Canons, Differences, and Figures of Gender Identity in the Cultural Panorama of Travellers in Capri Between the Nineteenth and Twentieth Century». En *Homosexuality in Italian Literature, Society, and Culture, 1789-1919.* Ed. Lorenzo Benadusi *et. al.* Newcastle upon Tyne: Cambridge Scholars Publishing, 2017: 129-154.

# ÍNDICE